위대한 시인들의 사랑과 꽃과 시 ❷

무엇을 성찰할 것인가?

위대한 시인들의 사랑과 꽃과 시 ❷

무엇을 성찰할 것인가?

서동인

주류성

목차

매화를 주제로 한 시들

　덕을 갖춘, 완성된 인간형을 이른바 군자君子라 하니 그것
을 본떠서 꽃과 나무 가운데 매화·난초·국화·대나무 네 가
지를 따로 뽑아 사군자四君子라 하였다. '네 가지 성인'이란
뜻에서 식물 가운데 네 가지만을 가려 그것들을 군자라 하여
떠받들고 칭송하는 까닭은 무엇인가? 추위와 관련이 있다.
그것들이 견디는 추위와 일생 동안 사람이 겪는 고난과 간난
을 같은 것으로 이해하여 세파에도 꿋꿋이 견디며 덕과 인품
을 쌓아가는 성인에 비길만한 식물이라는 데 있다. 사군자가
때때로 우리에게 주는 감동은 그저 감동이 아니라 크나큰 본

보기가 되기에 예로부터 사람들은 문인화文人畵로서 사군자를 그리고, 그 그림을 실내에 걸어두어 한갓 식물에 지나지 않는 것일지라도 그것들이 가진 심성을 닮기 위해 노력하였다. 즉, 바르게 살아가는 데 길잡이로 삼기 위해 곁에 두고 아끼며, 굳고 고운 심성을 기르는 도구로 이용하였던 것이다.

해마다 음력 정월의 세수歲首를 지나면서 모습을 드러내기 시작하는 매화는 새해의 시작과 함께 처음 피는 꽃이기에 누구에게나 강한 인상을 준다. 홍매도 있지만, 매화라고 하면 으레 옥빛보다 희고, 눈보다도 시릴 만큼 차가운 흰 매화를 떠올리게 된다. 그 차가운 흰 빛 매화가 피는 계절 또한 추위가 다 가시지 않은 때이다. 나비도 벌도 모르는 꽃, 추위에 떨면서도 제 모습과 향을 잃지 않는 꽃. 차가운 계절을 견디고 한 점 티 없는 모습으로 피는 꽃이 바로 매화이다.

중국과 한국의 많은 문인들이 지극히 사랑했던 매화는 선비를 상징하는 꽃이었다. 차가운 세파를 견디면서도 절개와 지조를 잃지 않는 지사志士. 그래서 매화를 한사寒士라는 이름으로 부르기도 하였다. 사군자의 첫머리에 놓은 까닭도 매화의 고고한 기품을 중시한 데 있다. 매화가 중국과 한국의 문인들에게 '선비의 꽃'으로 각인된 것은 중국 북송北宋 시대의 임포林逋(967~1028)로부터이다. 그는 송나라의 은사隱士였다. 은사는 산림에 숨어서 사는 선비. 그가 지금의 항주杭州 서호西湖 물가에 있는 고산孤山에서 매화와 학을 친구로 삼아 숨어서 살았으므로 매화를 말할 때는 반드시 임포를 꼽았다. 그를 은사隱士 또는 일사逸士라는 말 대신에 처사處士로 부르기도 하는데, 이런 고사가 있은 뒤로 사람들은 매화를 은일隱逸과 일사逸士의 상징으로 이해하였다. '은일'은 속세를 벗어나 산림에 숨어 사는 것을 뜻하며, '일사'는 은둔한 선비를 가리킨다. 그를 특별히 송나라 은군자隱君子라고도 부르는데, 임포는 『성심요록省心銓要』에서 "만족할 줄 알면 즐겁고 탐욕에 힘쓰면 근심스럽다"는 말을 남기기도 하였다. 임포가 살다 간 뒤로 고려와 조선의 글깨나 한다는 사람들은 고산孤山이니 매호梅湖니 하는 명칭을 자신의 호(號)로 삼았는데, 이런 것들 또한 임포를 닮고자 하는 마음에서 나온 것이었다.

임포가 가고 나서 얼마 안 되어 범석호范石湖[1]라는 이가 나타나 『매보梅譜』(1186)라는 저작을 통해 '매화는 천하에 으

<hr>

1) 본명은 범성대(范成大)이다.

뜸가는 꽃으로 운치가 있고 품격이 뛰어나다'고 칭송하였다. 그 뒤로 고려와 조선의 선비들도 매화를 지극히 사랑하였고, 매화를 대상으로 무수히 많은 시를 남겼다.

비록 매화의 원산지는 중국이지만, 매화가 한국에 정착하여 문인들의 시에 흔히 오르내리게 된 것은 고려 중기 이후의 일로 볼 수 있다. 매화는 모양이 뛰어나게 예쁘거나 색이 현란하지도 않다. 기껏해야 홍색, 분홍색, 백색 정도이다. 그럼에도 매화를 뛰어난 기품을 가진 꽃으로 평가한 까닭은 찬 겨울 추위를 이겨내고 피는 꽃이기에 인고와 역경을 견뎌내는 절개, 나아가 고결한 품성을 지닌 인물로 보았기 때문이다. 이름을 드러내지 않은 채 초야에 살면서도 은인자중하는 일사의 모습으로 여겼던 것이다. 그래서 매화는 소위 사군자의 첫 자리에 두는 꽃이 되었다. 초야에 묻혀 사는 선비 즉, 고결한 은둔자를 국화로 표현하듯이 매화는 가난한 선비(학자)를 상징하는 꽃이었다. 이런 배경에서 '매화의 일생은 춥지만 그 향기를 팔지 않는다'(梅一生寒不賣香)라는 표현이 나왔다. 이것은 매화라는 꽃을 빌어 군자의 지고지순한 세계를 표현한 것이지만, 이런 인식 때문에 매화는 봄꽃 가운데 으뜸으로 꼽혀왔다.

닮고 싶다, 그 심성과 향기

　한국과 중국의 시인들이 일찍부터 매화를 찬미한 시는 헤아릴 수 없을 만큼 많다. 그러나 여기서는 우리나라 시인들의 '매화 시'를 주로 소개하는 것을 원칙으로 하였고, 그중에서도 잘 알려진 인물들의 작품을 중심으로 선별하였다. 그렇기는 하여도 매화의 원산지가 중국이고, 매화를 상찬한 시가 본래 중국에서 먼저 시작되었으며, 매화를 시작으로 차례대로 피는 봄꽃들의 순서를 제시한 중국 시 한 편이 있으니 그것부터 살펴보는 게 좋겠다. 당나라 시인 백거이白居易(772~845)의 '춘풍春風'이라는 작품이다.

　봄바람이 불기 전에 동산의 매화가 피고
　앵두꽃 살구꽃 복사꽃 배꽃이 차례로 피네
　냉이꽃 느릅깍지꽃 깊은 골짜기 속에 피니
　그 길로 봄바람도 나를 위해 불어오네
　春風先發苑中梅
　櫻杏桃梨次第開
　薺花榆莢深村裏

亦道春風爲我來

백거이白居易를 백락천白樂天(772~846)으로도 부르는데, 樂天(락천)은 그의 성년 이전 이름이다. 매화 다음으로 산수유나 개나리, 진달래, 벚꽃 같은 것들은 말하지 않았지만, 우리가 흔히 아는 봄꽃들의 개화 순서를 제시한 점에 눈길이 간다.

서거정의 『동문선』에 "복사꽃과 오얏꽃을 몹쓸종으로 여기는 바, 봄꽃이라고 다 한 가지로 보지 말라"(直將命僕桃如李 眞作春花一樣看)며 매화의 기품을 칭송한 시가 있다. 이것은 김흔의 옥당상매玉堂賞梅라는 작품의 일부로, 매화의 품격이 복사꽃이나 오얏꽃보다 훨씬 위에 있음을 나타낸 것이다.

먼저 매화 향기 진한 시 한 편을 보자. 노수신盧守愼(1515~1590)의 시이다. 노수신의 작품 '만우晩雨'는 '봄철 늦게 내리는 비'라는 뜻이다. 봄이 무르익어 매화가 한창 피기 시작하는 때, 비 내리는 풍경을 읊고 있다.

취하여 지팡이 짚고 매화를 찾아가서
바라보는데 황혼에 비가 솔솔 내리네

텅 빈 집에서 귀 가리고 누워 있자니

등불은 꺼져가고 창은 반쯤 열려 있네

醉扶藜杖過寒梅

脈脈黃昏小雨來

便向空齋掩耳臥

殘燈無焰半臙開

　시인은 그저 취해서 지팡이를 짚고 차가운 매화를 찾아간
것으로 그렸다. 그러나 그가 술에 취했는지, 매화 향에 취했
는지는 분명히 하지 않았다. 아마도 매화를 찾아가기 전에
매화 향에 취한 것이리라.

　매화나무 바로 아래로 찾아가 꽃을 바라보며 온종일 매화
향기에 취해 있는 중인데, 늦은 봄비가 저녁 무렵부터 내리
기 시작하였다. 집에는 아무도 없다. 돌아와 누워 있자니 고
독이 밀려오고 빗소리만 더욱 크게 들린다. 이 비를 맞고 매
화가 떨어질 것을 생각하니 빗소리가 듣기 싫다. 귀를 가리
고 돌아눕는데, 등불은 꺼져가고 반쯤 열린 창으로는 매화 향
이 솔솔 들어온다. 코끝이 새큼해지는 봄의 향기. 지금 내리는
비가 멎으면 꽃잎은 뜰에 가득 내려앉고 봄내 즐거움을 주던

매화향도 가버릴 것이어서 '만우'에 대한 원망을 실었다.

조선 중기의 훌륭한 문인이자 정치가였던 신흠申欽
(1566~1628)의 시 중에는 절창이 많다. 누구보다도 많은 시를
남긴 '다작 시인'이었으면서 훌륭한 시를 많이 남긴 인물이
다. 그 많은 걸작 중에서도 꽃과 관련하여 신흠의 대표작은
'매화는 향기를 팔지 않는다'[梅不賣香]라는 시이다.

오동나무 천년 늙어도 항상 곡조를 간직하고
매화는 일생 춥게 살아도 향기를 팔지 않는다
달은 천 번을 이울어도 그 본질은 남아 있고
버드나무 백 번을 꺾여도 또 새 가지가 난다
桐千年老恒藏曲
梅一生寒不賣香
月倒千虧餘本質
柳經百別又新枝

그림에는 그것을 그린 화인畵人의 화의畵意가 있고, 시에
는 시인의 시의詩意가 있기 마련이다. 상촌 신흠의 이 시는
중국과 한국의 모든 매화 시 가운데 그 시의와 함의에 있어

최고의 걸작으로 꼽을 수 있으리라.

 "오동나무는 가야금이나 거문고와 같은 악기로 남아 천 년
이 지나도 사람들에게 아름다운 노래를 안기고 매화는 항상
추운 시절에 피어도 그 향기로 사람에게 감동을 준다. 매화
의 본질은 맑고 그윽한 향기이다. 매화의 청향淸香이 천 년
토록 변함없는 것이라면, 달의 본질은 끝없이 되풀이되는 것
이다. 마찬가지로 버드나무는 아무리 꺾여도 질긴 생명력을
가졌다. 그러니 우리네 삶도 이런 것을 본받아야 하지 않겠
는가."

 대략 이것이 상촌 선생이 하고 싶은 말이었을 거다. 그가
구사한 어휘와 함의를 조용히 되짚어보건대 평생 그가 간직
한 인품과 꺾어도 꺾이지 않는 의지를 엿볼 수 있다. 만인에
게 향기를 선물할 수 있는 아름다운 사람, 그런 사람이 무척
그리운 세상이다. 이런 인품을 가진 이를 중국의 사마천은
일찍이 『사기』 이광李廣 열전에서 매우 적확하게 표현하였
다.

"복사꽃과 오얏꽃은 말이 없어도 그 밑으로 저절로 지름길이 난다."(桃李不言 下自成蹊)

  간단한 여덟 글자이건만, 그것이 의미하는 바는 참으로 깊고 넓다. 대충 새기자면 '말없이 베푸는 게 많았고 사람을 끄는 매력을 가진 사람'이었다는 뜻이겠다.

  예로부터 '꽃을 어진 사람'이라고 하였으니 그것은 아마도 가진 것을 베풀기 때문이었을 것이다. 꽃은 그 모습이 아름답다. 그리고 향기롭다. 꽃은 그 향기를 사람들에게 나누어 주지만 대가를 바라지도 않고 팔지도 않는다. 이런 인자仁者의 마음을 가지면 오래 산다 하여 인자수仁者壽라는 말도 있다. 꽃이 향기를 주되 팔지는 않듯이 '선을 행하는 것이 가장 즐겁다'(爲善最樂)는 인자의 마음을 가르치고 있는 것인지도 모르겠다. 신흠은 아주 명민한 사람이었다. 말하자면 그는 천재 소년으로, 이미 나이 10여 세에 글을 잘 짓는다는 소문이 널리 파다하게 퍼졌다.

  다음은 상촌 선생이 '한가롭게 살면서 읊은 네 편'의 연작시 한거사영閑居四詠이다. 봄·여름·가을·겨울 사계절을 노래한 작품으로, 총 4수의 오언절구 가운데 첫 수인 봄과 그 다음 여름 연이다. 슬며시 봄 추위가 물러나더니 어느새 매화가 이제 막 망울을 터트린 모습을 노래하였다. 찾아오는 이 없으니 중문을 열어 둘 일 없어 시인의 집은 한가하다. 때 맞춰 매화 향을 실어오는 바람.

봄
근심스럽게 찾는 사람 하나 없어
낮에도 중문을 열지 않았다네
봄바람이 약속을 어기지 않고
향기로운 매화 몇 가지 망울 터트렸네
悄悄無因問
重門晝未開
東風知有信
香綻數枝梅

봄날 눈 앞에 펼쳐진 정경을 있는 그대로 그리고 있다. 온종일 닫혀 있는 중문으로 보건대 안채와 바깥채가 따로 있어 바깥문과 중문을 따로 낸, 규모와 격식을 제법 갖춘 기와집일 것 같다. 찾는 이도 없는 집. 그 주위로는 매화나무가 있

다. 이제 막 매화꽃이 피고 있고, 따사로운 봄바람이 사락사
락 불며 매화 향을 실어 나르고 있다.

시인은 자신의 눈에 비친 대로 서술하였을 뿐, 이 시에는
시인의 감정이 전혀 스며 있지 않다. 그것은 의도한 것으로
서 자신의 감정을 극도로 자제한 결과이다. 매화 향기를 맡
고, 고즈넉한 봄철 어느 날의 한가한 집을 눈에 그리는 몫은
고스란히 시를 읽는 이들에게 돌리고 있다.

여름
적막하게 주렴을 바닥까지 드리우고
한가한 시름에 해 저물면 문을 닫네
꾀꼬리도 뭐가 그리 바쁜 일 있는가
울면서 푸른 숲 사이를 바삐 누비네
寂寞簾垂地
閑愁掩暮關
黃鸝亦多事
啼遍翠林間

그 집의 여름철은 한가로움을 넘어 적막하다. 바닥까지 드

리운 발(=주렴)은 인적 없는 집을 더욱 고적하게 만든다. 봄내
문이 닫혀 있었지만, 여름날엔 열려 있다. 한낮의 꾀꼬리는
먹이를 찾다가 새끼에게 먹이느라 바쁜가 보다. 짙푸른 숲을
부지런히 누비면서 꾀꼬리 소리가 어지럽게 울리고 있다. 해
가 저물고, 꾀꼬리의 자취 사라지면 그 집의 문도 닫힌다.

봄을 읊은 앞의 연과 마찬가지로 여름 편에도 시인의 감정
과 정서는 개재되어 있지 않다. 푸른 숲에 에워싸인 산속의
한가한 거처와 꾀꼬리 소리 요란한 여름날의 정경이 한 편의
동영상처럼 생생하게 그려진다. 이런 삶을 일찍이 흥선대원
군 이하응李昰應(1820~1898)은 이렇게 말한 바 있다.

"꾀꼬리 우는 곁에서 악보를 어루만지고 꽃 앞에서 좋은 시
구절을 찾는다."(鶯邊按譜花前覓句)

신흠의 가계는 꽤 많은 글을 남겼다. 신흠의 아들 신익성
및 신익전申翊全은 물론 신익전의 아들 신정申晸(1628~1687)
도 아버지와 조부의 피를 받아 시에 남다른 재주가 있었다.
신정에게도 퍽 수작으로 꼽을 수 있는 매화시[梅詩]가 있다.

어린 매화 나무 한 그루

날 따라 큰 고갤 넘어왔지

주인이 병든 줄도 모르고

베갯머리에 꽃을 피웠네.

短短寒梅樹

相隨度嶺來

不知人已病

猶向枕邊開

주인이 병이 들어 있는 줄을 모르고 찾아왔지만, 그것이 지금 그 주인에게 꼭 필요한 약일 것이라고 믿게 만든다. 신정이 병들어 누워 있을 때 『호곡만필』의 저자 남용익이 병문안을 오니 남용익에게 이렇게 물었다.

"듣자 하니 공께서 근래 『기아箕雅』를 편찬하신다던데 제 시도 거기에 실으셨나요?"

남용익은 아니라고 했다. 그러자 신정은 자신이 언젠가 영남 지방에서 돌아오면서 매화나무 한 그루를 싣고 서울로 돌아오며 지은 것이라며 '매시'를 읊어주었다. 남용익이 듣고 그 시가 너무 좋아서 줄곧 외우다가 집에 돌아와 『기아』에 수록하였다.(『대동기문』).

아마도 신정의 매화시가 바로 그 시였던가 보다.

꽃과 새, 초목과 해와 별과 곤충으로 사람들의 심상을 표현한 역사는 아주 오래되었다. 시에는 그림만이 아니라 소리를 담기 위해 새를 불러들였고, 형태를 묘사하기 위해 바람을 이용하였다. 정월이 지나자마자 찾아오는 매화는 그 하얀색과 그윽한 향기로 많은 시인들의 마음을 붙잡았다. 이 땅에서 매화가 시인들의 소재가 된 것은 대략 고려 중기 이후의 일이다.

고려의 유명한 문인 이인로李仁老(1152~1220)에게도 매화시가 있다.

봄은 정을 품어 옥으로 꽃을 빚는데
흰옷은 실로 시가施家에만 있는 것이지
몇 번이나 술에 취한 어두운 눈으로
숲속에 걸려 있는 흰옷을 잘못 보게 하나

옥으로 빚은 꽃은 매화이다. 그러나 게슴츠레 취한 눈으로 보면 매화는 숲속에 걸려 있는 흰옷으로 보인다고 하였다. 옥은 차갑게 보이지만 예로부터 온화함의 상징이었다. 그래서 온여기옥溫如其玉이라는 말도 생겼다. '온화함(따뜻함)이 옥과 같다'는 말이다. 그런가 하면 사람의 덕을 옥에 비유하여 비덕여옥比德如玉(덕이 옥과 같다)이라는 말도 있다. 이 또한 '온화한 옥을 덕에 비길 수 있다'는 뜻이다.

이인로의 또 다른 매화 시.

고야산 신선 얼음처럼 흰 피부에 눈으로 옷을 짓고
향기로운 입술은 새벽이슬 구슬방울을 들이마시고
잡다한 꽃들 붉은 봄빛으로 물들이는 걸 싫어하여
신선이 사는 높은 누대로 학을 타고 날아가려 하네
姑射冰膚雪作衣
香脣曉露吸珠璣
應嫌俗藥春紅染
欲向瑤臺駕鶴飛

까다로운 용어 몇 개가 시를 이해하는 데 어려움을 준다.

먼저 그에 대한 설명이 필요하겠다, 고야산姑射山은 신선이 산다는 곳. 射는 '쏠 사'란 한자여서 '사격'이나 '발사' 등에 쓰인다. 여기서는 지명이니 '야'(射)로 읽었다. 이것은 『장자』 소요유 편에 "막고야산에 신인이 사는데 그 피부가 마치 눈얼음처럼 희다"(藐姑射之山 有神人居焉 肌膚若氷雪)고 한 데서 따온 것이다. 그리고 冰膚雪作衣(얼음 같은 흰 피부 눈으로 옷을 지었다)는 것은 매화의 흰 색깔을 표현한 것, 2행의 香脣(향순)은 향기로운 입술이다. 그러니까 매화 이파리를 그렇게 부른 것이고, 曉露(효로)는 글자 그대로 새벽이슬. 珠璣(주기)는 두 글자 모두 옥구슬을 말하며, 吸(흡)은 '들이마시다'는 뜻. 吸入(흡입)이 대표적인 사용례이다. 瑤臺(요대)는 '옥으로 만든 높은 누대'이니 신선이 사는 곳을 이른다.

매화를 읊은 시로서 교과서적인 작품이 있다. 강희안의 5언절구 '분매盆梅'이다. 6연으로 이루어진 분매의 앞부분 3연인데(『양화소록』), 아마도 조선 시대 문인들의 시를 한자리에 모아놓고 평점을 매기라고 해도 우수한 점수를 줄만한 작품이라 하겠다.

(1)

섣달 화암花菴의 초당에

늙은 매화 가지 하나

창밖에는 눈 내리고

솔솔 향기 불어오네

花菴十二月

篤老一槎梅

蕭蕭窓外雪

細細逐香來

(2)

늙은 매화 두세 그루

섣달 눈 속에 활짝 피었네

말없이 서로 대하자니

가지엔 향기 진동하여라

古梅三兩樹

臘雪政儂家

無言相對坐

香動一枝斜

(3)

내가 매화냐 매화가 나냐

보기만 하여도 마음이 맑아

티끌 하나 날지 않는구나

창가에 외로운 달빛 흐른다

相 對 片 心 白

梅 儂 儂 足 梅

一 塵 時 不 動

窓 月 獨 徘 徊

   화분에 심어 화암花菴의 집 안에 들여놓은 분매. 아직 눈 내리는 섣달인데 눈 속에 꽃이 활짝 피었다. 화암은 강희안의 호. 강희안은 이미 3연에서 하고 싶은 이야기를 다 하였다. '상대편심백相對片心白'이라 하여 '매화를 대하고 있는 내 마음도 하나같이 희다'면서 '매화를 대하고 있자니 내 마음도 희게 되어 내가 매화인지 매화가 난지' 모를 만큼 흠뻑 취해 있음을 표현하였다. 바로 이것이 장자가 호접지몽에서 물화物化라고 말한 것과 같은 경지이다. 창밖에는 달빛이 흐르는 교교한 밤, 물아일체物我一體의 심상을 이른 것이다.

조선 선조시대 경상우도 영남 사림의 기둥 역할을 했던 남명南冥 조식曹植(1501~1572)의 시에도 매화를 그린 작품이 있다. '매화 밑에 모란을 심다'[梅下種牧丹매하종목단]라는 시이다. 그러나 이 시는 단순히 매화를 읊은 것이 아니라 조정 신하들을 매화에 빗댄 것이다.

> 꽃 중의 왕 모란을 심고 보니
> 조정 신하는 매어사梅御使로세.
> 외로운 학은 끝내 무엇을 하는가.
> 벌이나 개미만도 못하구려!

　남명은 매화나무 아래에 모란을 새로 심었다. 매화, 이화 다 지고 나면 탐스러운 화왕 모란을 보고 싶어서였다. 모란을 심고 보니 옆에 있는 매화는 모두 조정의 신하들. 그들을 매어사로, 모란을 화왕으로 표현한 뒤, 외로운 한 마리 학을 개미나 벌보다도 못한 존재로 그리고 있다. 전체 시를 살펴보건대 자신을 학으로 여겼던 듯하다. 이 시 한 편으로 조식을 들여다보는 듯하다. 지나친 자존감과 성격이 거칠 정도로 강하고 말이 몹시 직설적이며 과격했을 것이다.

옛날 임포는 고산에서 매화와 학을 벗 삼아 20년이나 은거하였다. 매화와 학은 모두 흰색이다. 때 묻지 않은 색이니 세파에 물들지 않은 고결한 인품을 지닌 사람들을 가리키기도 하였다. 앞의 시에서 남명 조식은 '차라리 벌이나 개미가 조정의 신하들보다 나을지도 모르겠다'며 푸념을 늘어놓았는데, 시의 발상과 전개 과정을 눈여겨보자니 남명의 성격은 대단히 편벽되어 있음을 알겠다. 앞의 연에서 시상을 떠올린 뒤, 그 뜻을 3행에서 뒤집어 마지막에 마무리하는 전개 과정을 보면 그가 원만한 인간관계를 갖지 못하고 크게 현달하지 못한 바탕을 짐작할 수 있다. 혹시 지나친 강골에 '나는 옳고 너는 틀렸다'는 식의 성격이 아니었을까?

퇴계 이황은 남명 조식과 동갑이며 같은 시대를 살았고, 이황과 조식이 경상좌도(낙동강 동편)와 경상우도의 차이는 있을지언정 같은 경상도 출신이건만 살아 있는 동안 퇴계 이황은 서신을 주고받긴 했으나 한 번도 그를 만난 적이 없었다. 그들의 견해라든가 정치적 입장이 달라서 그랬던 것일까? 후일 성운成運(1497~1579)이 쓴 남명 『행록(行錄)』에 "조식이 두류산(頭流山, 지금의 지리산)에 놀 때 한 소년을 만나보고는 사람들에게 '시기하고 질투하며 착한 사람을 원수처럼 여기니 훗날 만일 뜻을 얻게 되면 착한 사람들이 화를 입을 것이다'라고 하였다. 뒤에 사람들은 그 소년을 고봉高峰 기대승奇大升으로 잘못 지목하여 의심하였으니 기괴한 일이다."라고 하였다. 이것은 정철의 아들 정홍명鄭弘溟이 쓴 『기옹만필(畸翁漫筆)』에 나오는 이야기인데, 퇴계와 기대승의 친밀한 관계는 그가 주고받은 서신으로도 알 수 있다. 그런데도 퇴계 이황은 남명 조식과는 평생 만나주질 않았으니 이제 와서 남은 기록만으로는 사람의 일을 판별하기 어렵다. 다만 조식을 단성현감에 임명하자 (못마땅해서 조식은) 그것을 사직하는 상소를 올렸다. 그 글에 임금의 어머니를 "궁중의 한 과부에 불과하고 어린 전하는 선왕의 고단한 아들에 불과한데 백 가지 천 가지 천재와 억만 가지 인심을 어찌 감당하겠는가?"라는 말이 있었다. 명종이 '과부'라는 두 글자를 보고 말이 불손하다 하여 몹시 진노하였다. 이에 당시 좌의정이 나서서 조식을 구하였다. 좌의정은 『송사』영종 편의 구양수가 자성태후慈聖太后에게 "폐하는 깊은 궁궐의 한 부인이며 신들은 5~6명의 서생"이라고 한 말을 찾아냈다. 그리하여 "조식의 상소는 옛날 임금에게 고하던 사람의 말을 따라서 국가의 위태한 사세를 말한 것이지 거만한 말이 아닙니다."라고 해명하여 구원함으로써 더 이상 죄를 묻지 않았다. 후일 성혼의 아버지 성수침成守琛도 젊은 시절 조식과 한때 뜻이 맞아 좋게 지낸 사이였지만, 조식의 어조가 너무 과격하다면서 이렇게 평가했다고 한다.

"오래도록 남명과 만나지 못하였으나 그래도 그가 많이 진보하여 성숙하였으리라 여겼건만 그 사람 아직도 그런가?"

이토록 성수침이 대단히 못마땅해했다고 하는데, 사람의 본바탕은 참 변하기 어렵다. 성수침은 풍모가 온화하고 깨끗했다. 학문과 덕행을 갖춰서 '고상한 은군자'라는 평가를 받았다. 머리칼은 흩어져 땅에까지 닿았으며, 머리칼이 바람에 날리면 그 머리칼 사이로 두 눈이 번쩍번쩍 빛이 났다. 72세에 죽었다.

조식의 매화 시보다는 차라리 기생 운초雲楚의 매화 시가 훨씬 낫겠다. 운초의 '매화나무 밑에서 차운하다'[次梅下韻] 2수 중 첫 번째 연.

매화꽃 그윽이 맑은 정기를 풍기는데

말없이 마주 보니 그 모습 그림 같네

겨울 산 높고 험해 눈 아직 덮였는데

천심은 어김없이 땅 위로 봄을 낳네

甕盆梅吐暗精神

相對無言畫裏人

歲色崢嶸山有雪

天心隱約地生春

천심天心은 하늘의 마음이니, 그것은 곧 계절을 이른다. 동시에 매화를 이른 표현이기도 하다. 계절은 어느새 매화를 보내어 봄을 알리고 있는데, 높은 산은 아직 겨울이다. 집안에 들여놓은 분매盆梅(화분의 매화)의 향이 정신을 맑게 깨우니 그 매화 바라보는 운초의 모습이 한 폭의 그림처럼 그려진다.

매화는 찬 겨울의 끝자락에 모습을 드러냈다가 봄바람의 찬 기운이 다 가시기 전에 진다. 우리가 떠올리는 매화는 대개 백매白梅이다. 옥빛을 닮기도 하였고, 눈 빛깔을 닮은 듯한 흰 매화가 담백한 맛이 있다면 짙붉은 홍매는 그 맛이 한

수 위다. 그윽하고 깊은 기품이 색에서부터 묻어나 바라보는
눈꼬리마저 새콤해진다. 다음은 노수신의 '홍매紅梅'이다.

담홍색 꽃이 빗속에 탐스럽게 막 피었구나
담백색 꽃이 대나무 밖 가지에 비껴 있어라
우연히 얼굴에 동풍 불어 취기를 더했으리
눈 서리 같은 풍채 내 일찍이 알고 있었지

淺紅初綻雨中肥
淡白還斜竹外枝
偶是東風添醉面
雪霜標格我曾知

'대나무 밖으로 삐죽 솟은 나뭇가지'(매화 가지)를 죽외지竹
外枝라고 표현하였다. 푸른 대나무 숲 밖으로 삐죽 뻗어있
는 홍매 가지 하나로, 청홍靑紅의 대비를 알 수 있다. 그런
데 여기서 말한 '죽외지'는 그 전거가 중국에 있다. 소식蘇軾
(1037~1101)의 화태허매화和太虛梅花라는 시에 나오는 "강 머
리 천 그루 나무엔 봄이 저물어 가는데, 대나무 밖 한 가지
비껴 있는 게 더 좋아"(江頭千樹春欲闇 竹外一枝斜更好)라는 구

절이 그것이다. 여기서 '죽외지竹外枝'를 따온 것으로 볼 수 있다.[1]

매화가 한창 피기 시작하는 때는 입춘 무렵이다. 송암 권호문의 시 '입춘첩立春帖'은 제목부터가 이채롭다. 춘첩자春帖子를 붙이는 날에 이미 매화가 핀 모습을 배경으로 하고 있다. 춘첩자는 입춘 날에 대문이나 주요 출입구의 문에 써 붙이는 상서로운 글귀이다. 때는 바야흐로 음이 가고 양이 와서 계절이 원기를 회복하는 시기이다. 담장 가에는 어느새 매화가 피었다. 그 매화가 바로 입춘첩이라고 시인은 이해하고 있는 것이다.

기쁘게도 봄바람이 세태와 같지 않아
해마다 일찍이 나의 집에 불어오네
앞마을의 봄소식을 찾아가서
매화 가지 한 마리 새 소리 듣고 싶네
새벽 햇살 창에 드니 비로소 따뜻하고
담장 가에 먼저 핀 매화 사랑스러워

---

1) 『소동파시집(蘇東坡詩集)』 권 22

주역을 점쳐 보니 음이 가고 양이 와서

천도가 원기를 회복하였음을 알겠네

喜得東風不世情

年年早向蓽門榮

前村欲訪春消息

閒聽梅枝一鳥聲

曉日烘窓始覺暄

墻隈先愛動梅魂

大來小往推義易

天道從知元復元

　조선의 유명한 유학자, 문인치고 매화 시를 남기지 않은
이는 드물다. 그만큼 조선의 문인들은 매화를 사랑하였으
며, 고려와 조선의 매화 시 중에는 우리 문학사에 길이 남
을 명작들이 많다. 매화를 사랑한 이로, 퇴계退溪 이황李滉
(1501~1570)을 첫손에 꼽을 수 있겠는데, 그가 남긴 매화 시
또한 무척 많다. 그중에서 아주 평이하면서도 우리의 마음에
쉽게 와닿는 작품을 뽑아 보았다. 먼저 '도산의 달밤에 매화
를 읊다'[陶山月夜詠梅]이다.

홀로 산집 창에 기대니 밤빛이 차다
매화 가지 끝에 둥근 달 떠오르는데
실바람이 다시 불어오지 않을지라도
맑은 향기가 뜨락에 가득 차 있는 걸

獨倚山窓夜色寒
梅梢月上正團團
不須更喚微風至
自有淸香滿庭間

느지막이 피는 매화 그 참뜻 새삼 알겠네
일부러 내가 추위에 약한 걸 아는 거겠지?
가련도 하여라! 이 밤에 내 병이 낫는다면
밤새워 매화 옆에서 달바라기라도 하겠네

晩發梅兄更識眞
故應知我怯寒辰
可憐此夜宜蘇病
能作終宵對月人

나막신 신고 뜰을 거닐자 달이 따라오네

매화 곁을 거닐며 몇 번이나 돌았는가?

밤이 깊도록 앉아서 일어날 줄을 모르네

향기가 옷에 가득, 그림자는 몸에 가득

步屧中庭月趁人

梅邊行繞幾回巡

夜深坐久渾忘起

香滿衣布影滿身

　도산에서 매화꽃 핀 보름달 밤에 퇴계 이황이 바라보는 장면이 어떤 모습인지 시를 읽는 사이 고스란히 느껴진다. 퇴계 이황은 매화나무 가지 끝[梅梢]에 걸린 밝은 달[明月]로써 매화와 밝은 달의 궁합을 찾아내어 달밤에 감상하는 매화의 아름다움을 찬양하였다.

　바로 그것과 동일한 착상에서 나온 시가 율곡栗谷 이이李珥(1536~1584)의 '매초명월梅梢明月'이다. '매화 가지 끝에 떠오른 밝은 달'을 그린 이 시는 밝은 달밤에 보는 매화의 시리도록 흰 빛깔과, 그것을 바라보는 이의 마음이 티 없이 맑아지는 상태를 알려준다. 매화를 감상하는 화자의 감정 상태를 전달하기보다는 매화를 바라보고 느낀 것을 설명하는 데 그

치고 있다.

매화는 본래 옥빛을 띠는데

달빛 비치니 물빛 아닌가 싶네

눈 서리가 흰빛을 더욱 곱게 해

맑고 찬 기운 하얀 뼈에 시리다

매화를 대하고 내 영혼을 씻으니

오늘 밤 한 점의 찌꺼기도 없네

梅花本瑩然

映月疑成水

霜雪助素艶

淸寒徹人髓

對比洗靈臺

今宵無點滓

율곡 이이의 미성년기 이름은 숙헌叔獻이었다. 어려서 어머니 신사임당을 여의었다. 나이 열여섯에 아버지를 따라 지방에 나갔다가 마포 서강西江 나루로 들어오던 날 저녁, 신사임당(1504~1551)이 세상을 떠났다. 율곡은 그래서 어머니의

임종을 보지 못했다. 신사임당은 안견 이후 조선의 가장 이름난 여인 화가로서도 한 몫을 하였다. 북송화풍의 영향을 받아 산수화, 화조화, 초충화 등에 독자적인 한국화풍을 이루었다.

율곡의 아버지 이원수李元秀에게는 애첩이 있었는데, 신사임당이 가고 난 뒤 의붓아들인 자신을 박대했다. 그래서 율곡 이이는 열아홉 살에 집을 나와 금강산에 들어가 중이 되었다. 이름을 의암義庵이라고 하고, 금강산과 오대산 등 여러 산을 유람하였다. 말하자면 그는 질풍노도의 미성년기에 몹시 방황한 '결손 가정의 문제적 가출 소년'이었다.

그는 성질이 날카롭고 민첩해서 시와 문장에 능했다. 그래서 당시 사람들이 이르기를 "그의 전신은 정녕 김시습이며, 당나라 때의 시인 가도賈島가 현생했다"(前身定是金時習 今世還爲賈浪仙)[2]는 말이 나돌았다. 20세가 넘어서 머리카락을 기르고 집에 돌아와 유명해졌다. 처음에 절간으로 들어가 중이 되었다가 환속했으므로 그가 유학자의 길로 들어섰을 때 율곡을 받아들이지 않으려는 의논이 강했다.

2) 랑선(浪仙)은 가도의 미성년기 이름.

나중에 율곡은 곧 성주목사 노경린의 딸과 결혼하고, 그 이듬해 성주의 처가를 거쳐 강릉 외가로 가다가 잠시 경북 예안의 퇴계 집에 들러 퇴계를 만났다. 그는 나중에 조선 중앙정계에 거목으로 자랐다. 임진왜란을 앞두고 10만 양병설을 주장했는데, 안방준이 쓴『은봉야사별록』'임진기사(壬辰記事)'에는 율곡栗谷의 10만 양병설이 자세하게 소개되어 있다.

"만력 임진년(1592) 여름 4월에 왜적이 한꺼번에 많이 쳐들어왔다. 이보다 10년 전에 율곡 이이李珥 선생과 아계鵝溪 이산해李山海, 동강東岡 김우옹金宇顒, 서애西厓 유성룡柳成龍 등 여러 사람이 함께 경연經筵에 들어갔다. 율곡이 '국가의 형세가 부진함이 오래되었으니 앞으로 닥쳐올 화를 염려하지 않을 수 없습니다. 청컨대 10만의 병사를 양성하소서. 도성에 2만 명, 각 도에 1만 명씩 양성하여 위급한 일에 대비하소서. 그렇게 하지 않고, 맡은 직무를 게을리하면서 세월만 보내어 무사안일한 습관이 든다면 하루아침에 변이 일어나 시정의 백성을 이끌고 싸우게 될 것이니, 그러면 큰 일을 그르치게 됩니다'라고 하였다. 좌우에서 율곡의 말을 칭찬하는 이가 한 사람도 없었다. 서애 유성룡은 '일에 임하여 쓸데 없이 모의하기를 좋아한다.'는 말로 저지하였다. 경연에서 물러 나와 서애가 율곡에게 '지금과 같이 태평무사한 때 경연의 자리에서 마땅히 성학(聖學)을 우선하여 힘써 권해야 하지 군대의 일은 급한 일이 아닙니다. 공은 어떠한 소견이 있기에 우리들과 함께 서로 의논하지도 않고 혼자서 이와같이 아뢰는 겁니까?'라고 하였다. 이에 율곡은 '속된 선비가 어떻게 시무時務를 알겠소?' 하고는 웃으면서 대답하지 않았다. 그러자 아계 이산해가 '이현(유성룡의 字)'이 틀렸습니다. 숙헌(이이의 字)이 어찌 소견이 없겠습니까?'라고 하였을 뿐, 나머지 사람들은 모두 말없이 잠잠하였다. 이에 율곡은 돌아다 보면서 '여러분들은 어찌 한마디씩 하여 그 가부(可否)를 결정하지 않습니까?'라고 하였다. 동강 김우옹이 '이것은 감히 우리들이 논할 일이 아닙니다. 알지도 못하면서 말하는 것을 옛사람들이 어떻게 여겼던가요?'라고 하였다. …… 그로부터 얼마 안 되어 계미년(1583)에 북쪽 변방에서 오랑캐의 난리가 있었다.(니탕개의 난). 조정의 대신들은 어찌할 바를 몰랐으나 병조판서인 율곡이 계책을 세워서 겨우 일을 마무리 했다. 당시 조정의 신하들은 거의 깨달은 바가 있었겠지만 오히려 뉘우칠 줄을 모르고 '나라의 권력을 제멋대로 처리하고, 윗사람에게 교만하게 구니 그 뜻이 장차 무엇을 하려는 것인 가?'라는 등의 말로 율곡을 헐뜯어서 율곡으로 하여금 조정에 발붙이지 못하게 하였다."

당시의 사정을 안방준은 자신의 『묵재일기(默齋日記)』에서 다음과 같이 밝히고 있다.

"송응개宋應漑와 허봉許篈 등이 '교만하여 위를 업신여기고 나라의 정권을 제멋대로 휘두르니 그 뜻이 장차 무엇을 하려 함이냐?'는 등의 말로 율곡을 탄핵하자 율곡은 드디어 해주로 돌아갔다. 우계 성혼이 상소하여 율곡을 구원하고 해명하므로 당시의 의논이 성혼까지 공격하였다. 1583년 가을 성혼과 율곡 두 어진 이들을 심의겸沈義謙과 같은 당이라고 하여 모함하니 우계 성혼이 이를 낱낱이 상소하였고, 비로소 선조는 "너의 말이 옳다. 대간이 이이와 성혼을 함께 지적한 것은 다만 우연히 그렇게 되었던 것이다. 심의겸을 옳다 하는 자는 곧 간사한 의논이지만 이이와 성혼을 그르다 하는 자 또한 바른 의논은 아니다."라는 답을 내려주었다.

조선 후기의 백탑파 시인 중 한 사람인 초정楚亭 박제가朴齊家(1750~1805)에게도 율곡 이이의 '매초명월'과 유사한 시로서 보름달 뜰 무렵에 피는 매화를 읊은 작품이 있다. 다만 매화가 지면서 보름달이 뜨는 시기를 포착한 것이어서 시의 제목은 '매락월영梅落月盈'이다. '매화가 지자 달이 찬다'는 뜻이니 매화가 피고 지는 시간을 보름으로 설정한 것으로 이해할 수 있다.

창 밑 가지 몇 개 매화가 피고
창 앞에는 둥근 보름달이 떴다
맑은 달빛 허공을 환히 비추고
남은 꽃 이어서 꽃이 피는 듯
窓下數枝梅
窓前一輪月
淸光入空査
似續殘花發

한가함 속에 여유를 찾는다

옛사람들은 이런 한가함 속에 여유롭게 사는 삶을 매우 이 상적인 것으로 여겼다. 그리하여 그와 같은 자신들의 삶을 요약하여 이런 말로 전해왔다.

"꽃 속에서 한가로이 노닐며 시구절과 향기를 얻는다."(花間 得句香)

요즘 흔히 힐링(Healing)이라든가 소소한 행복이라고 하는 것과 같은 것으로 볼 수 있다. 이제 우리는, 그런 삶을 산 이 들이 남긴 시를 보며 만족한다. 이렇게 느끼면서.

"조용히 사물을 관찰하는 '정관靜觀'의 자세로 음향吟香을 즐긴다."

정관은 말 그대로 조용히 바라보는 것, 음향이란 좋은 시 를 읊을 때 느끼는 향기이다.

퇴계 이황이 어찌나 매화를 사랑하고 아꼈는지, 그가 남긴 '퇴계선생유묵매화시'라는 작품이 지금도 고스란히 남아 있다. 그러나 그에게 매화시만 있는 게 아니다. 산에 살며 네 계절의 흐름을 묘사한 시도 남아 있다. 그 대표적인 것이 산거사시(山居四時, 사계절 산에 살며)란 시이다. 봄부터 여름과 가을, 겨울에 이르기까지 산에서의 느낌을 적은 것인데, 각기 4영(四詠)으로 되어 있다. 그중에서 먼저 봄4영(春四詠) 가운데 아침나절을 묘사한 첫 연을 본다.

봄4영(春四詠)

안개 걷힌 봄산은 비단처럼 밝기도 해라
진귀한 새들 화답하며 온갖 소리로 우네
산집 즐겨 찾는 손님 다시 없었지만
푸른 풀이 뜰 안에 마음껏 솟아났네.

霧捲春山錦繡明
珍禽相和百般鳴
幽居更喜無來客
碧草中庭滿意生 (朝)

봄4영의 네 절구 끝에는 각기 **朝**(아침), **畫**(낮), **暮**(저녁), **夜**

(밤)이라는 시간을 제시하여 자신이 그린 하루의 시간을 표시해두었다. 다만 여름, 가을, 겨울의 각 4영은 설명을 생략한다.

퇴계 이황은 처음에 시냇가에 초가집을 짓고 그 이름을 한서암이라고 불렀는데, 그 당시 지은 시 '잡영'에 이르기를 "시냇가에 띠풀로 집을 옮겨 지었는데 때마침 산꽃이 어지럽게 피었더라. 시간이 흘러 때는 이미 늦었지만 아침엔 밭 갈고 밤엔 글 읽는 즐거움 끝이 없네."(茅茨移構澗庵中 正値岩花發亂紅 古往今來時已晚 朝耕夜讀樂無窮)라며 욕심 없는 시골살이의 즐거움을 한껏 표현하였다.

또 퇴계는 자신의 「계산잡영(溪山雜詠)」 가운데 '춘일계상(春日溪上, 봄날 시내 위에서)'이라는 시에서 봄날 초목의 생명력과 그것을 통해 느끼는 감흥을 이렇게 표현하였다.

눈 녹고 얼음 풀려 푸릇한 계곡물 생기네
살랑살랑 실바람에 버들가지 휘날리는데
앓다가 일어나보니 그윽한 흥 넉넉하고
향기로운 풀 싹트는 게 더욱 어여뻐라
雪消氷泮綠生溪

澹和風滿柳隄
病起來看有興足
更憐芳草欲生蒿

　그러면 그가 퇴계에 머물게 된 사연과 '도산陶山'에 얽힌 비하인드 스토리를 들어보자. 『해동잡록』가운데 도산기陶山記라는 글에 소상하게 그 내용이 실려 있다.

　영지산靈芝山의 한 줄기가 동쪽으로 나와 도산이 되었다. 어떤 이는 "이 산이 두 번 이루어져서 도산이라고 하였다"고 하고, 어떤 사람은 "옛날 이 산에 도기굴이 있었으므로 그에 따라 도산이라고 하였다"고도 한다. 도산은 그리 높거나 크지 않으며 그 골짜기가 넓고 형세가 뛰어나고 치우침이 없이 솟아서 사방의 산봉우리와 계곡들이 손잡고 절하면서 그 산을 사방으로 눌러앉은 것과 같다. 왼쪽에 있는 산을 동취병東翠屛이라 하고 오른쪽을 서취병이라고 한다. 동취병은 청량산淸凉山에서 나와 이 산 동쪽에 이르러 사방이 트였고, 서취병은 영지산에서 나와 이 산 서쪽에 이르러 봉우리들이 우뚝 높이 솟았다. 두 병풍이 마주 바라보며 서남쪽으로 구불구불 8~9리쯤 이어 내려가다가 동취병은 서쪽으로, 서취병은 동쪽으로 달려서 남쪽의 넓은 들판 아득한 곳 밖에서 모이는데, 산 뒤에 있는 물을 퇴계라 하고 산 남쪽에 있는 것을 낙천洛川이라 한다. 퇴계는 산 북쪽을 돌아 낙천에 들어가 산 동쪽으로 흐르고, 낙천은 동취병에서 나와 서쪽으로 산기슭 아래에 이르러서 넓어지고 깊어진다. 여기서 몇 리를 거슬러 올라가면 물이 깊어 배가 다닐 만하다. 금싸라기 같은 모래와 옥 같은 조약돌이 맑게 빛나며 물은 검푸르고 차다. 여기가 이른바 탁영담(濯纓潭, 갓끈을 씻는 물이라는 뜻)이다.

서쪽으로 서취병 벼랑을 지나 그 아래 물까지 더하고, 남쪽으로 큰 들을 지나 부용봉芙蓉峯 밑으로 들어가는데, 그 봉우리가 바로 서병이 동병으로 와서 합쳐진 곳이다. 처음에 내가 퇴계 위에 자리를 잡고, 시내 옆에 두어 칸 집을 얽어 짓고 책을 간직하고 옹졸한 성품을 기르는 처소로 삼으려 하였는데 벌써 세 번이나 그 자리를 옮겼으나 번번이 비바람에 허물어졌다. 그리고 시내 위로는 너무 한적해서 가슴을 넓히기에 적당하지 않았으므로 다시 옮기기로 하고 산 남쪽에 땅을 얻었다. 거기에는 조그만 골이 있는데, 앞으로는 강과 들이 내려다보이고 깊숙하고 아득하면서도 멀리 트여 있으며 산기슭과 바위들이 선명하여 돌 우물은 물맛이 달고 차서 이른바 한가롭게 숨어 살기에 적당하였다. 어떤 농부가 그 안에 밭을 일구고 사는 것을 내가 샀는데, 거기에 집 짓는 일을 법련法蓮이란 중이 맡았다가 얼마 안 되어 갑자기 죽었으므로 정일淨一이란 중이 이어받았다. 1557년(정사년)부터 1561년(신유년)까지 5년 동안 집 두 채가 이루어져 거처할 만하였다. 집은 3칸으로서 중간 한 칸은 완락재玩樂齋라 하였는데, 그것은 중국 송나라 주희의 『명당실기明堂室記』 가운데 "완상하여 즐기니 여기서 평생토록 지내도 싫지 않으리라."고 한 말에서 따온 것이다. 동쪽 한 칸은 암서헌岩棲軒이라 하였으니 그것 역시 주희의 '운곡雲谷'이란 시에 "오래도록 확신을 갖지 못했으나 바위에 깃들어(岩棲) 조그만 효험이라도 있기를 바란다."고 한 말에서 따온 것이다. 그리고 이런 것들을 모두 합해서 도산서원이라고 현판을 달았다. 당시엔 모두 여덟 칸으로, 시습재時習齋, 지숙료止宿寮, 관란헌觀瀾軒이라고 하였는데, 모두 합쳐서 농운정사隴雲精舍라는 현판을 달았다.……

    퇴계의 집은 본래 지금의 서울 서소문동에 있었다. 그곳에 살 때 이웃집 밤나무 몇 그루가 담을 넘어 가지가 뻗어있었다. 밤이 익어서 퇴계 선생의 집에 떨어지면 퇴계는 아이들이 주워 먹을까 걱정하여 그것을 주워서 담 너머로 던지고는 하였다. 남의 것이니 손을 대지 않게 하려는 그의 청렴함이 이러하였다. 이와 관련하여 마음에 새겨두어도 좋을 구절이 있다.

진실로 내 것이 아니면 비록 터럭 하나라도 취하지 말라(苟非吾之所有 雖一毫而莫取)

한편 권호문權好文(1532~1587)과 황준량黃俊良(1517~1563)은 안동 사람으로서 퇴계退溪 이황李滉(1501~1570)의 문하에서 학문을 익히고 수양하였으나 권호문은 이황과는 다른 삶을 살았다. 평생 중앙 정계에 발을 들여놓지 않고 은거하였다. 말년의 퇴계와 똑같이 은거의 삶을 실천한 것인데, 동문 수학한 선배 황준량이 중앙 정계에서 크게 활동한 것과는 대조적이다. 중국 송나라의 임포林逋(967~1028)가 서호西湖 고산孤山에서 매화와 학을 벗 삼아 은거한 것을 흉내 내어 권호문 역시 산림에 묻혀 은거하면서 매화를 지극히 사랑하였고, 매화 시를 꽤 많이 남겼다. '시를 읊어 뜰의 매화에게 묻다'라는 시에 차운한'[次吟問庭梅韻] 작품에서는 권호문이 퇴계 이황의 영향을 받아 산림에 은거한 까닭을 미루어 알 수 있다. '시를 읊어 뜰의 매화에게 묻다'란 구절은 『퇴계집』(권4)에 '정자중의 편지를 받고 진퇴의 어려움을 더욱 탄식하며 시를 읊어 정원의 매화에게 묻다'(得鄭子中書 益歎進退之難 吟問庭梅)라고 한 작품을 가리키며, 그에 대한 답시의 형식으로 지은 것이다.

옛날 선생께서 산에서 나오지 않은 건
숲속에 살려는 맑은 약속 때문이었네
한가로이 거취를 자주 물으셨는데
대궐을 멀리한 채 꿈속에서 머무셨네
當日先生不出山
爲緣淸契在林間
閑將去就煩相問
魂夢棲遲隔九關

이 시는 퇴계가 쓴 시의 운을 따라 지은 것이다. 끝까지 산에 살려 한 퇴계의 마음을 드러내는 것으로 시를 열었다. 퇴계는 자신의 거취를 권호문에게 자주 물었다고 하였다. 그리고 또 퇴계는 권호문에게 산림山林에 은거하며 사는 삶을 권했던 것 같다. 말년의 퇴계는 경성의 궁궐을 멀리하였고, 조용한 산수를 그리며 꿈에서도 도산에 머물렀음을 알려준다. '도산의 매화 시에 차운하다'[次陶山梅韻차도산매운]라는 연작시 또한 권호문의 대표적인 매화 시 가운데 한 편이다. 『퇴계집』에 '다시 도산의 매화를 찾다'[再訪陶山梅재방도산매]는 제목의 시 10수 가운데 세 번째와 네 번째 그리고 다섯 번째 시이다.

(1)

가지에 핀 천 송이 꽃 옥처럼 어여쁘고
매화와의 옛 맹세 해가 갈수록 굳어지네
우뚝이 홀로 서서 벌과 나비 모르지만
산에 핀 다른 봄꽃들을 비웃네

綴枝千點玉娟娟
舊契芳盟歲益堅
獨立不知蜂蝶面

笑他春藥照山然

　어찌 매화가 벌 나비 있음을 알랴! 벌 나비도 모르는 매화
가 봄꽃들을 비웃는다고 하였다. 사실 벌 나비는 매화의 향
기는 물론이고 매화의 존재를 알 턱이 없다. 가지에 핀 천만
송이 매화는 옥 같고, 눈 닮은 순백의 청순미를 가졌다. 시인
은 '옥같이 희고 예쁜 너를 대하니 외롭지 않아'라고 말하고
싶었을 것이다. 그러나 애써 말을 삼가고, 대신 그는 매화를
벗 삼아 산수 간에 살겠노라는 마음이 해마다 거듭 굳어진다
고만 해두었다.

(2)
요즘에 서로 만나 속세 인연 끊어지니
높은 풍류와 운치를 누가 다시 전하랴
청성산에도 한가로이 시 읊는 이 있어
홀로 찬연히 서시의 찡그림을 따라하네
相遇年來斷俗緣
風流高致更誰傳
靑城亦有閒吟子

苦效西矉獨粲然

2연에서 말한 청성산青城山은 시인의 집에서 바라보이는 산이었다. 서빈西矉을 본받는다는 말뜻은 중국 춘추 시대 월나라 출신으로서 오나라 왕 부차夫差(?~기원전 473년)에게 미인계로 보내진 서시西施와 관련된 이야기이다. 미인 서시는 얼굴을 찡그린 모습조차 어여뻐 그녀의 찡그림을 따라 했다는 고사에서 나온 말이다. 그러니까 矉(빈)은 '찡그린다'는 뜻. 效(효)는 원래 '본받다' '본받아 배우다'는 의미를 갖고 있는데, 우리말로는 그냥 '따라 한다'는 정도로 이해하면 된다. 서시가 얼굴을 찡그린 모습이 어찌나 아름다웠던지 추녀醜女인 동시東施가 그 모습을 흉내 내자 사람들이 피하고 보지 않았다는 이야기가 있다. 여기서 전의가 되어 자신의 재주는 헤아리지 않고 억지로 남을 흉내 내려고 하는 것을 비유하는 말로도 쓰인다. 동시가 서시의 찡그림을 따라 하였듯이 나 역시 육유나 임포를 따라하는 '따라쟁이'일 뿐이라는 의미를 나타내었다.

(3)

한가롭게 살면서 물상을 완상하는데

성근 매화와 흉금을 터놓으니 더욱 좋네

꽃망울이 끝내 절로 지는 것을 본다면

봄기운이 흘러감을 확실히 알 수 있네

恁地閒居玩物姿

更憐疏瘦共襟期

自看蓓蕾終飄落

四氣流行點可知

이 시에서 시인은 매화 완상玩賞을 말하고 있다. 띄엄띄엄
핀 매화와 흉금을 터놓고 대화하는 것이니 '한가로이 살면서
꽃을 탐하는 것'이고, 그것을 한마디로 표현하면 한거탐화閒
居探花이다. 시인은 봄이 다 가도록 매화에 탐닉하고 있다.
이것을 달리 탐매探梅라고도 한다. 봄마다 매화를 즐기던 퇴
계의 취향을 그대로 따랐음인지 권호문의 시에는 특히 도산
과 매화에 관한 시가 많다. 그의 '도산의 매화를 생각하다라
는 시에 차운하다'[次憶陶山梅韻] 2수 또한 퇴계를 그린 것이
다. 퇴계 이황이 서울에 있을 때 도산의 매화를 생각하며 읊
은 '도산의 매화를 생각하다'[憶陶山梅]라는 시가 『퇴계집』(권

5)에 있는데, 이것을 보고 쓴 시이다.

암서헌 밖에 열 그루 매화가 남아 있는데
옛날 시를 읊던 신선은 기다려도 오지 않네
흰 꽃과 그윽한 향이 예전 같지 않아서
달 밝고 맑은 밤에 부질없이 돌아보네

巖棲軒外十條梅
舊日吟仙望不來
素艷幽香如昨未
月明淸夜首空回

특별한 시선이 빈 산에 홀로 서서
해마다 2월이면 매화꽃이 핀다네
비바람 불어 매화 구경 못 했는데
매화 졌으니 누가 거문고를 타랴

空山獨立別詩仙
花發年年二月天
和雨和風無一賞
落來誰弄玉琴絃

해마다 고산에 매화가 피는 음력 2월이면 권호문은 스승 퇴계가 그리했던 것처럼 직접 고산으로 찾아가 매화를 보았고, 돌아와서는 그것을 시로 읊었다. 시 가운데 '옛날 시를 읊던 신선'은 임포를 가리키거나 그게 아니면 자신의 스승 퇴계 이황일 것이다.

다음에 소개하는 작품 또한 2월의 고산에 찾아갔던 기억을 더듬은 시이다. 시인의 머리에 입력된 매화의 개화 시기는 2월 초였던 것이다. 퇴계 이황은 임포를 흉내 내어 안동호 상류에 고산정孤山亭을 짓고, 때때로 후학이나 문인들을 불러 그곳에서 많은 시간을 보냈다. 그리하여 산림 간에 묻혀 안일安逸한 삶을 사는 가운데서도 권호문의 고산정 산행은 철마다 부지런히 계속되었다. 2월 초, 눈이 녹자마자 찾아간 산 역시 아마도 고산이었을 것이다. 매화를 찾아 고산에 이른 산행이었으니 고산탐매孤山探梅인 것이다. 이제 갓 눈이 녹았다. 시냇가 음지에는 아직 얼음이 남아 있다.

'2월 초 산에 이르러 일을 기록하다'[二月初到山記事]는 제목으로 보아 고산정이 있는, 지금의 안동호 상류 강가의 풍경일 것이다.

눈 녹은 뒤 산으로 돌아오니

풍경은 정녕 새로운 봄이네

홀로 술 마시며 세상일 잊었고

길게 시 읊어도 줄 사람이 없네

때때로 거룻배 타고 노를 젓고

간혹 작은 수레에 휘장 두르라 하네

강바람이 차갑다고 말하지 마라

정신 맑아서 속세보다 훨씬 좋으니

還山殘雪後

物色政新春

獨飮能忘世

長吟不贈人

時搖方艇櫓

或命小車巾

莫道江風冷

神淸勝在塵

이 외에도 '달밤에 매화를 읊다'는 시에 차운하다'[次月夜
咏梅韻차월야영매운]는 권호문의 연작시(3수)가 있다. 『퇴계

집』(권5)에 '도산에서 달밤에 매화를 읊다'[陶山月夜咏梅]라는 시가 있는데, 그 시 6수 가운데 첫 번째, 두 번째, 여섯 번째 시를 말한다.

매화작반梅花作伴의 삶

다음은 '후조당이 매화로 답해오다는 시의 운을 따라 짓다'[次後凋梅答韻차후조매답운]는 작품인데, 아직은 차가운 음력 2월의 매화 피는 풍경을 보고 그린 것 같다.

그윽한 집에 초봄에 홀로 피어
서로 바라보니 모두 오랜 정인 같네
은은한 향기가 바람에 일어나니
마른 매화 가지 달 아래 친하기 좋아

獨占幽軒第一春
相看皆是舊情人
細香便可風前惹
瘦影還宜月下親

여기서는 매화를 오래된, 아주 친근한 정인情人으로 표현하였다. 은은한 자취와 향기를 피우는 달빛 아래 매화는, 말하자면 월하정인月下情人이다. 요즘말로 달빛 아래 연인. 매화를 가까이하는 이런 나날을 좀 고상하게 표현하면 '매화작

반의 삶'이라고 할 것이다.

"매화와 짝을 짓다."(梅花作伴)

伴은 원래 '짝 반'으로 읽는다. 짝을 말하며 '따른다, 함께
한다'는 의미를 갖고 있다. 예를 들어 伴侶(반려)는 둘 다 똑
같은 의미를 가진 글자를 겹쳐 쓴 것이다. 다시 말해서 매화
작반(梅花作伴)은 매화와 함께 살아가는 삶을 이르는 말인데,
조선의 유학자와 문인들은 이런 것을 지극히 이상적인 삶으
로 여겼다.

일찍이 임포가 매화와 학을 친구로 삼아 지냈다고 하였듯
이 '고산영매[1] 시에 차운하다'[次孤山咏梅韻]라는 제목의 다
음 시를 보면 비로소 권호문이 진정으로 매화를 사랑하였음
을 알겠다.

눈 밟으며 향기 찾아 몇 번을 오갔나
겨울에도 굳센 절개 여전히 당당하네

1) 『퇴계집』권2, '황중거가 열 폭 그림에 화제를 써달라고 요구하다'(黃仲擧求題畵十
幅) 10수 중 제6수이다.

매우 곱고 청진한 모습을 보려거든

맑은 밤 달 아래서 보는 게 제일이지

踏雪尋香幾往還

犯冬勁節尙桓桓

欲知絶艶淸眞態

最在晴宵月下看

　시인은 눈 내리는 한겨울 추위에도 매화 향기를 찾아 고산을 분주하게 오갔다. 그곳에는 또 한 사람 은둔자가 있었으니 성재惺齋 금란수琴蘭秀(1530~1604)라는 사람이다. 그와의 잦은 접촉을 통해 은유자적하는 이들끼리 깊이 교감하면서 세속 밖의 일을 논의하였을 것이다. 그 대표적인 예가 권호문의 '고산매은孤山梅隱[2]' 시에 차운하다'[次孤山梅隱韻]이다.

　세상 등진 이 학과 더불어 스님과 얘기하니

　매화 핀 창가의 해와 달이 천진을 머금었네

　속세의 인연일랑 사립문 밖에 내던지고

<hr>

2) 『퇴계집』권3 '정자중이 병풍의 화제를 청하다'(鄭子中求題屛畵)의 8수 중 마지막 수이다.

맑고 야윈 몸 하나 보존한 것이 좋구나

伴鶴談僧避世人
梅窓日月飽天眞
塵緣抛却柴扉外
好保淸癯一箇身

　금란수를 '세상을 피해 온 사람'[避世人피세인]으로 표현하
였다. 간단히 말해서 세상을 등진 은둔자이다. 그를 학과 벗
삼아 스님과 담소를 하는 사람으로 묘사하였다. 속세의 인연
을 사립문 밖에 내던졌다고 한 것은 현실적 욕구를 모두 벗
어버렸음을 나타낸 말이다. 여기서 사립문은 속세와 선계의
경계가 되고 있다. 권호문이나 황준량 그리고 금란수는 모두
경북 영주 사람이다.

　시의 제목이 '고산매은孤山梅隱'이니 글자 뜻 그대로 풀면
'고산의 매화에 숨다'는 말이 되겠다. 그 매화는 고산의 매화
이면서 세상을 피해 고산에 숨은 성재惺齋 금란수琴蘭秀를
가리킨다. 청량산 아래에 고산정을 지은 이가 금란수였다.
고산정은 현재 안동시 도산면 가송리佳松里에 있는데, 그 당
시의 지명은 일동日洞이었다. 안동호 최상류, 청량산도립공

원 입구쯤에 있는 곳으로서 고산 아래에 있어서 그냥 이 지역을 고산이라고 불렀다.

퇴계 이황은 자신을 산림에 은거하는 처사로 여겼음인지 임포가 매화를 사랑한 것을 흉내 내어 안동시 도산면 가송리, 지금의 안동호 상류에 고산정孤山亭을 짓고 토계리兎溪里 집에서 도산의 고산정을 수시로 오갔다. 봄이면 도산의 매화를 찾아 시를 짓거나 후학들과 술을 마시며 담론을 즐겼다. 임포가 그러했던 것처럼 매화를 몹시 사랑한 퇴계는 자신의 문집에 매화시를 대단히 많이 남겼다. 조선 시대 유학자 가운데 가장 많은 매화 시를 남긴 사람이다.

어쩌면 이 시대를 사는 우리에게는, 송암 권호문의 욕심 없는 순수한 삶은 이룰 수 없는 꿈일 수 있다. 그러나 몸을 가눌 수도 없을 만큼 힘겹고 복잡한 삶에 지쳐 있을 때 권호문의 마음 자세로 돌아가 꽃을 보며 대화하고, 손에 든 무거운 짐을 다 내려놓고 일단 한숨 돌리고 쉬어보는 게 어떨까? 때로, 그런 자세도 필요할 것 같다. 지금의 우리네 삶과는 너무도 동떨어진 것 같지만, 권호문의 삶을 돌아보면 얼마간의 여유를 마음에 들여놓을 수 있지 않지 않을까 싶다.

그러나 이런 시들보다는 중국 송나라의 정치가이자 문인
이었던 왕안석王安石(1021~1086)의 매화 시가 훨씬 이해하기
쉽고, 가슴에 착 달라붙을 것이다.

담장모서리의 매화나무 가지 몇 개

추위를 이겨내고 홀로 피어 있구나

이게 눈이 아님을 멀리서도 아는 건

솔솔 다가오는 그윽한 향기 때문이지

牆角數枝梅

凌寒獨自開

遙知不是雪

爲有暗香來

고려의 문인 민사평閔思平(1296~1359)에게도 매화 시 몇 수
가 있다. 모두 다 훌륭한 작품인데 그중에서 매시梅詩는 음
미해볼 만하다. 민사평은 '곰곰이 음미해도 싫증 나지 않아
본받아 한 수를 지었다'[3]는 보충설명까지 친절하게 곁들여

3) 梅詩三絶皆佳作也其畵樓鐘動夢初回之句自然是梅詩也琓味無斁效嚬一首

놓았다.

(1)
차가운 술 두세 잔을 나 홀로 마시면서
고개도 돌리지 않고 종일 매화를 바라보네
하늘이 맑고 찬 꽃 보내어 함께 하게 했지
짐짓 한꺼번에 다 피지 못하게 하였으니

凍醪自酌兩三杯
終日觀梅首不回
天遣淸寒伴幽獨
故敎未許一時開

　해지도록 옥처럼 눈처럼 맑은 매화를 바라보며, 시인은 빙
심氷心을 떠올렸던 듯하다. 빙심이란 맑고 티 없는 마음이
다. 그것이 바로 매화심梅花心일 터. '나'는 지금 고독하다.
그 고독에서 벗어나기 위해 봄 술 두세 잔을 홀로 마셨다. 고
독한 이의 벗이 되라고 하늘은 맑고 차가운 매화를 보내왔
다. 한꺼번에 다 피지 않고 차례로 조금씩 피게 하는 봄의 기
교도 사실은 이 기나긴 봄날, 고독과 시름을 잊게 하기 위함

일 것이다. 그 고운 자태를 바라보며 '눈맛'을 즐긴다. 매화를 향한 정관靜觀의 자세로.

고려 말의 시인 급암 민사평(1295~1359)의 '동계존무사에게 부치다'[寄東界存撫使]라는 시는 지금의 관동지방에 나가 '동계존무사' 벼슬을 하던 친구에게 부친 시였다.

옛날 매화한테 다시 오겠다고 약속해 놓고
이 늙은이 지금도 여전히 씩씩하구나
눈 같은 혼백에 창자가 몇 번이나 끊어졌나
맑은 향기 성긴 그림자 꿈에서 막 돌아왔구나
안개 자욱한 가운데 물결이 출렁이는 영랑포
구름 비가 보슬보슬 내리는 원수대
슬퍼라! 임은 천 리 밖에 헤어져 있는데
예쁘게 한 번 웃으며 누굴 위해 피었는가
花魁昔日約重來
此老今猶矍鑠哉
雪魄氷魂腸幾絕
淸香疏影夢初回
煙波浩浩永郞浦

雲雨霏霏元帥臺
嫣然一咲爲誰開

    시의 첫머리에 화괴花魁라고 하였으니 시인이 보고 있는
것은 매화이다. 화괴花魁는 꽃의 두목이라는 뜻이니 가장 먼
저 피는 매화를 가리키는 말.

    강원도 속초 영랑호. 그 주변에 매화가 겨우 피어나고 있
다. 이른 봄, 찬비가 휘날리며 호수가 안개에 휩싸여 있다. 하
도 예뻐서 혼자 보기가 아까웠다. 그래서 매화를 친구에게
편지에 넣어 보내고 싶었다.

    한편 '행촌 서실의 매화'[杏村書室梅花]라는 민사평의 시가
있는데, 이것은 행촌 이암李嵒(1297~1364)의 서재에 있는 매
화를 보고 읊은 시이다. 고려 시대 상류층 지식인의 서실과
사치스러운 삶을 엿볼 수 있는 작품으로, 작자는 봄철 내내
매화꽃에 취해 꽃 구경을 다녔음을 밝혔다.

  봄내 몹시 취해서 지는 꽃 사이로 다녔더니
  비를 보며 매화를 맞이하고 또 매화를 보냈네
  순결한 바탕 하늘이 준 가여운 모습 모두 좋지만

붉은 얼굴인들 어찌 스스로 매파 노릇을 하리오

매화의 분신인 육방옹 육유(陸游)는 취하고

즐거움을 타고 임포(林逋) 처사가 오는구나

청평산에 숨어 사는 군자에게 알리노라

꽃 대하고 술 안 마시면 정녕 꽃도 싫어하리

一春泥酒走芳埃

見雨迎梅又送梅

素質共怜天所賦

紅顔豈是自爲媒

分身陸放詩翁醉

乘興林逋處士來

爲報淸平隱君子

對花不飮也應猜

　빗속에 피는 매화를 보았고, 또 그것이 지는 것을 보며 그
향에 취했노라고 실토하였다. 육방옹陸放翁은 송나라 시인
육유陸游(1125~1209)이다. 그의 시는 호방하고 평이하였다.
육방옹을 매화의 분신이라고 한 것은 '설후출유희작雪後出
遊戱作'이라는 그의 시에서 비롯되었다. '눈 내린 뒤 나가 놀

며 짓다'는 제목의 이 시에서 육유는 자신의 삶을 '매화처럼 담담하다'고 말하였다. 이 시에서 보더라도 육유를 매화의 분신이라고 한 까닭을 알 만하다. 임포나 육유는 매화를 지극히 아꼈던 이들이다.

> 도량이 큰 천지는 떨어진 혼을 포용하지만
> 다정한 바람과 달 노쇠한 이를 보고 웃네
> 나의 인생은 매화처럼 담담하기만 하여라
> 제비는 아직 아니 오고 나비는 알지 못하네
> 大度乾坤容落魄
> 多情風月笑衰遲
> 吾生也似梅花淡
> 燕未歸來蝶未知

이 시에서 낙백落魄은 '떨어진 혼백'이란 뜻인데, 떨어진 매화꽃을 가리킨다. 하늘에서 땅으로 떨어진 매화를 하늘의 혼으로 본 것이다. 앞의 민사평 시에 "하늘이 맑고 차가운 것 보내어 고독한 이와 짝을 짓게 하였다"(天遣淸寒伴幽獨)고 한 것과 여기서 말한 낙백은 결국 같은 것이다. 정포는 매화를 낙혼落魂이라고 했고, 육유는 낙백落魄이라고 하였다. 그 차이가 뭘까? 그것은 결국 혼과 백의 차이가 무엇인가인데, 간단하다. 혼의 주체는 사유하는 것, 즉 정신을 주관하는 것이고, 백은 듣는 기능을 아우르는 개념. 금방 숨이 넘어간 어미를 찾아 자식이 문간에 들어서면서 '엄마' 하고 부르는 소리에 눈을 번쩍 뜨는 사례가 백魄의 기능을 알려주는 좋은 예가 될 것이다.

민사평은 '행촌 서실의 매화'에서 고려 말의 문신 행촌 이암李嵓을 '청평산에 은거한 군자'로 표현하였다. 이암은 공민왕 재위 초기에 관직에 나가 충선왕·충혜왕·충목왕·충정왕 등 네 명의 왕으로부터 신임을 받았다. 공민왕 때 홍건적의 난이 일어나자 문하시중으로서 도원수를 맡았고, 안동까지 왕을 호종한 공으로 공신에 올랐으나 후일 사직하고 청평산에 들어가 은거하였다. 이암도 송나라 육유처럼 말년을 자연에 숨어서 지냈다.

육유陸游의 또 다른 매화 시 한 편. 시의 제목은 매화절구(梅花絶句)이다.

매화는 새벽바람에 핀다고 들었는데

온 산의 언덕마다 눈이 가득하여라

어찌하면 이 몸이 천억 개로 변하여

한 그루 매화 되어 육유를 좇을까?

聞道梅花坼曉風

雪堆遍滿四山中

何方可化身千億

一樹梅花一放翁

위 시에 나오는 **放翁**(방옹)은 매화를 끔찍하게 사랑했던 중국 남송의 문인 육유**陸游**(1126~1210)가 사용했던 호이다. **坼**(탁)은 '갈라지다, 터지다'는 뜻. 그러니까 '꽃망울이 터진다'는 의미로 쓰인 글자이다.

고려와 조선의 유학자와 시인들이 매화를 그토록 찬미한 것은 중국으로부터의 영향이었다. 우리나라에서 맨 처음 매화 시를 지은 이는 신라 말(9세기) 숙위학생으로 당나라에 유학한 최광유**崔匡裕**라고 한다. 서거정의 『동문선』에 의하면 최광유의 정매**庭梅** 즉, '뜰의 매화'가 이 땅의 매화 시로는 첫 작품이다. '정매'라는 제목의 이 시는 최광유가 당나라 장안**長安**에서 설을 맞아 매화를 보고 지은 것이라고 전한다.

서리 내려도 아름다운 자태 사방을 비추고

섣달 뜨락 한 모퉁이에서 피어 봄을 기다리네

먼저 핀 가지 반은 지고 남은 가지 적어

날이 개고 눈 녹으니 잠을 자며 눈물 흘리네

찬 그림자 낮게 드리우고 좁은 방에 해 비치니

차가운 향기가 옥창 안의 먼지에도 풍기네

고향에 돌아가면 나무 있는 시냇가 있으니

서쪽 만 리 길을 간 사람 응당 기다리게나

練艷霜輝照四隣

庭隅獨占臘前春

繁枝半落殘粧淺

晴雪初消宿淚新

寒影低遮金井日

冷香輕鎖玉窓塵

故園還有臨溪樹

應待西行萬里人

서쪽으로 만 리 길, 먼 타국에 와 있는 몸으로서 최광유는
고향 신라 어느 마을의 시냇가 매화나무를 떠올린 모양이다.

가족과 친구들을 생각하였을 것이다. 시 전체에 흐르는 향수가 애잔하다. 자리에 누워 잠을 청하는데 달빛에 매화나무 가지가 창에 드리워 있고, 매화 향기가 창을 넘어오고 있다. 섣달그믐날을 앞두고 핀 매화가 벌써 반은 졌다.

이것과 맞먹는 시로서 당나라 시인 두보가 쓴 절구 2수가 있다. 764년 그의 나이 54세 때 지었는데, 절도사였던 엄무와 친구들의 도움으로 비교적 생활이 조금 안정된 시기에 쓴 것이다. 타향에서 살면서 고향을 그린 일종의 망향가이다. 동쪽 고향으로 향해 흘러가는 강물, 봄이면 피는 꽃들, 철 따라 오고 가는 철새 같은 것들이 그에게 고향 생각을 불러일으켰다.

(1)

긴긴날의 강산은 곱기도 해라

봄바람 불어와 향긋한 꽃내음

개흙이 녹아서 새끼 제비 날고

모랫벌 따뜻해지니 원앙이 존다

遲日江山麗

春風花草香

泥融飛燕子

沙暖睡鴛鴦

(2)

강물이 푸르니 새 더욱 희고

산빛이 푸르니 꽃 붉게 탄다

금년 봄 또 지나는 걸 보니

어느 날에 고향에 돌아갈까

江碧鳥逾白

山青花欲燃

今春看又過

何日是歸年

　신라 말(9세기)에 당나라로 유학한 소위 숙위학생들이 꽤 많았다. 그중 한 사람이었던 최광유가 장안에 머물면서 쓴 시 '장안춘일유감'(長安春日有感, 장안에서 봄날 느낌이 있어)라는 시에도 고향에 대한 그리움이 묻어난다.

　갈림길에서 베옷의 먼지를 털기도 어려운데

　새벽 거울 보고 귀밑머리 야윈 얼굴 고치네

당나라 어여쁜 꽃들은 시름 속에도 요염한데

옛날 놀던 봄 동산의 꽃나무를 꿈에서 본다

안개 낀 달 아래 조각배로 바다 갈 생각하니

야윈 말 타고 관문 나루터 묻기도 짜증 나네

다만 형설지공의 뜻을 보답하지 못하였기에

푸른 버드나무 꾀꼬리 소리에 마음 상하네

麻衣難拂路岐塵

鬢改顏衰曉鏡新

上國好花愁裏艶

故園芳樹夢中春

扁舟煙月思浮海

羸馬關河倦問津

祇爲未酬螢雪志

綠楊鶯語大傷神

　최광유의 고향 신라를 그리는 마음과 복잡한 심경을 읽을 수 있다. 그의 시처럼 고려와 조선의 유학자 시인들이 매화나 여러 가지 꽃을 읊은 시는 헤아릴 수 없을 만큼 많다. 그만큼 매화는 문인들에게 중요한 대상이었다. 그중에는 물론,

중국의 대가들이 쓴 시보다도 훌륭한 작품도 많다. 그럼에도 우리는 그들이 남긴 시의 가치를 얼마나 알고 있을까? 중국과 우리의 시작詩作들을 저울질해가며 이 땅의 시인들이 남긴 작품을 들여다본 문인들이 고려 이후로 꽤 있었다. 그 한 예로서 매화를 대상으로 한, 매우 잘 된 작품 한 편이 『지봉류설』(芝峰類說, 1614년)에 실려 있다. 이 시를 이수광은 송나라 여승의 시로 소개하였는데, 겉으로 보기에는 시가 평이하기 그지없다.

날이 저물도록 봄을 찾았으나 봄은 못 보고
짚신으로 언덕 위 구름을 밟고 다니다가
돌아와 웃으며 매화 가지 잡고 냄새 맡으니
봄이 가지 끝에 와 있음을 이제야 알겠네
盡日尋春不見春
芒鞋踏遍隴頭雲
歸來笑撚梅花嗅
春在枝頭已十分

시의 착상과 전개, 그리고 마지막 행에서의 반전이며 모든 것이 세련되었다. 하루 온종일 찾아보아도 봄은 다른 데 있지 않았다. 바로 내 집의 매화가 봄을 데려왔음을 느끼고 그 향기에 취해 한동안 말없이 서 있는 여인. 사랑하는 이에게 봄을 선물하고 싶다. 물론 이것은 겉으로 드러난 의미일 뿐이다. 이 시에는 별도의 속뜻이 더 있다. 도를 깨우쳐 깨달음을 얻은 세계를 그린 것으로 본다. 그래서 이 시를 두고 오도시悟道詩라고 말하기도 한다.

아무리 거창한 것 같은 일도 알고 보면 별 게 아니다. 봄은 다른 데 있지 않았다. 굳이 다른 데서 찾을 게 아니었다. 매화나무 가지에 먼저 와 있었던 것이다. 이런 이치는 깨달음의 세계에도 그대로 적용되는 것.

떨어진 혼 강남에서 술에 흠뻑 취했더니
화려한 누각의 종이 울리자 꿈에서 깨네
늦은 밤 서리 내린 뒤 무던히 바람 차서
매화가 마저 피지 않을까 지레 걱정하네
落魂江南泥酒杯
畵樓鐘動夢初回

無端後夜霜風冷
却恐梅花未盡開

　위 시는 설곡雪谷 정포鄭誧(1309-1345)라는 사람의 매화용
사겸형운梅花用思謙兄韻 제2수에 나오는 시구이다. '사겸思
謙 형의 매화 운을 써서 지은 시'라는 뜻. 이 시 속의 사겸思
謙은 정포의 친형 정오鄭顒의 성년 이전 이름이다. 이것이
송나라 여승이 지었다는 시와 무슨 차이가 있는가?

　지봉 이수광은 조선의 이름난 문인으로서 고려와 조선의
시에 대한 시평을 남겼다. 이수광의 눈을 붙잡은 건 겨울에
피는 한매寒梅였다. 그는 차가운 계절에 꽃잎을 피우는 매화
의 시리도록 찬 모습에 반하였나 보다. 옛날엔 동지섣달에
피는 매화도 흔했다는데, 언제 사라졌는지 지금은 눈 속에
피는 납매臘梅(섣달에 피는 매화)[4]는 찾아볼 수 없다. 눈 서리
에 살아 있는 생명마다 숨죽이는 시기에 피는 매화로 세모의
분위기를 충분히 짐작할 수 있다.

　산과 들엔 눈이 가득, 옷 벗은 나무는 얼음에 덮여 있는데

---

4) 서유구의 『임원십육지』에는 이 납매를 일명 황매화(黃梅花)라고 한다고 소개하였
다. 본래 랍(臘)은 섣달(12월)을 가리킨다.

가늘고 여린 가지에 핀 매화. 이제 갓 겨울을 벗어났으니 아직 봄은 멀었건만 매화는 어디서 봄을 만났기에 이리 고운 꽃을 피운 것일까. 옛사람들이 겨울 매화를 사랑한 뜻은, 매화를 고매한 인품을 가진 사람으로 보았던 데 있었다. 세사에 시달려도 고결한 자태와 은은한 향은 물론, 추위에도 지조와 절개를 잃지 않는 굳센 의지, 고아한 행동, 뛰어난 기품을 가진 완성된 인격체를 매화에 비긴 것이다. 온 세상 추위로 가득하여도 꿋꿋하게 소신을 지키고 제 모습을 잃지 않는 선비, 한사寒士를 마음 깊이 사랑한 고려와 조선의 시인들. 그들에게 매화는 삶의 본보기였다. 한 해를 마감하는 납월臘月(섣달)에 여리고도 아리따운 모습을 드러내는 매화. 그것은 추위 속에 보는 새봄의 예고편 같은 것이었다. 시인 이수광에게도, 우리 모두에게도 매화를 닮은 이가 그리운 세상이다. 이수광(1563~1628)의 '섣달 매화'[臘梅납매]이다.

납매[臘梅]
눈은 천 봉우리 닫아 봉하였고
얼음은 만 그루 덮어 누르는데
모르겠네, 매화 가지 여린 꽃술이

어디서 봄을 만나 피어났을까?

雪掩千峯合

氷埋萬木摧

不知梅蕊上

何處得春來

이수광보다 11살 위인 조선 선조 임금에게도 이와 똑같은
제목의 시가 있다.

인간사는 항상 바쁜 가운데 소란스럽지

하늘은 그저 하는 일 없이 고요해 보여

섣달에 금원禁苑에는 매화꽃이 피었으니

누가 엄동설한을 얼어붙은 때라 말할까

人事每從忙裏擾

天心但覺靜無爲

上林臘月梅花發

誰道窮陰閉塞時

궁중 후원[禁苑]에 핀 섣달 매화꽃을 그린 것인데, 이 시는

사위인 동양위 신익성에게 준 것이라고 한다. 홍만종洪萬鍾 (1643~1725)은 『소화시평』에서 "하늘은 고요하고 인간은 움직이는 이치를 말했으며 아래 구절에서는 음을 억누르고 양을 북돋우려는 뜻을 밝혔다"면서 "제왕의 빛나는 글솜씨도 드러냈고 고명한 학문도 보여주었다"고 평가하였다. 선조의 시 세계에 대하여 상촌 신흠은 그의 문집인 『상촌집』 「청창연담」에서 조선의 '문종과 성종 및 선조의 시문은 한 무제나 당 태종에게 뒤지지 않는다'고 칭찬하였다. 그 한 예로, 문종이 눈 속에 핀 매화 한 가지를 직접 그리고, 거기에 7언율시 한 편을 써서 안평대군安平大君에게 주었는데, 그 가운데 두 구절이 전한다.

차디찬 눈 얼음 속에서도
봄바람 얻어 향기 스미네
却 於 氷 雪 崢 嶸 裏
偸 得 春 風 漏 洩 香
(『월정만필』).

이 외에도 문종이 지은 시라고 전하는 게 더 있다.

천 송이 만 송이 붉은 꽃 봄바람에 다투어 피더니
봄이 다 지나자 도무지 붉은 점 하나도 없구나!
千紅萬紫鬪春風
春盡都無一點紅

문종이 어떤 인물이었는지를 알려주는 이야기가 있다.

"문종은 하늘을 살펴 날씨를 맞추는 데 뛰어난 감각이 있었다. 장차 천둥이 어느 방향에서 언제 시작될 거라고 예언하면 반드시 다 맞았다. 그런가 하면 살아 꿈틀거리는 기운을 갖고 있을 만큼 해서체 글씨를 잘 썼다."(『연려실기술』).

문종이 동궁으로 있던 시절 마포구 성산동의 양화나루 근처에 희우정喜雨亭이란 정자에 나가 있다가 금귤金橘 한 쟁반을 집현전에 보냈는데, 그 쟁반 바닥에 문종이 지어 보낸 시가 있었으니 이런 내용이었다.

전단향은 코에만 향기롭고
기름진 고기는 입에만 맞지

코에도 향기롭고 입에도 달아

동정귤을 가장 사랑하노라.

旃檀偏宜鼻

脂膏偏宜口

最愛洞庭橘

香鼻又甘口

전단향은 남쪽 열대지방에서 나는 전단旃檀 나무의 향이다. 그리고 이 시의 무대가 된 희우정이 나중에 주인이 바뀌고, 이름도 망원정으로 바뀌어 지금까지 마포구 망원동 한강가에 전해오고 있다.

이수광李睟光(1563~1629)보다 여덟 살 아래인 김홍원金弘遠(1571~1645)의 해옹정팔영海翁亭八詠이란 8편의 연작시 가운데 '매화 언덕에서 봄 찾기'[梅塢尋春매오심춘]라는 시가 있다. 해옹정은 해옹海翁 김홍원이 세운 정자인데, 전라북도 부안에 있었다. 지봉 이수광의 '납매'가 집안에 들여놓은 섣달의 꽃이라면, 해옹 김홍원이 산속 언덕으로 나가서 찾고 있는 매화는 입춘 무렵의 산매화이다. 즉, 이수광의 '납매'가 주어진 상황에서 소극적으로 감상하는 대상이었다면, 김홍

원이 매화 언덕에 올라 매화 향기를 찾는 행위는 적극적인
탐매**探梅**이다.

　매화 찾아 눈 속을 가노라니
　어디서 향기가 나는 것일까?
　미처 몰랐네, 물가 매화 가지
　봄 마음이 이와 같은 줄이야!
　尋梅雪中去
　爲問香來處
　不道水邊枝
　春心已如許

　긴긴 겨울이라 해서 춥고 지루하기만 한 것은 아닐 터. 백
화의 우두머리라 하는 화괴**花魁**(=매화)는 밤새 내린 함박눈
을 맞은 것일까. 초가집 벽의 한기가 몸을 떨게 하건만 시냇
가에 매화가 피었다. 눈 내리고 봄은 멀었지만 매화가 먼저
찾아오니 반가워라. 사립문 지긋이 밀고 나가 마당 가득 내
린 눈을 쓸고 들어온다. 그리고는 매화를 함께 감상하며 찻
잔을 기울일 사람을 기다린다. 홀로 산속 매화를 찾은 이는

선경에 노니는 선인仙人일 듯. '눈 내린 뒤에'[雪後설후] 시인의 눈에 들어온 풍경은 마음을 움츠리게 하는 살풍경이 아니다. 고운 매화를 감상하며 바야흐로 봄을 맞을 것이기에 마음속 깊은 데서 작은 기쁨이 용솟음친다. '매화 언덕에서 봄을 찾는' 것인지 아니면 '봄 언덕에서 매화를 찾는' 것인지 아리송하지만, 여하튼 봄을 앞두고 느끼는 희열이다.

　지봉 이수광의 '설후雪後'는 새벽 눈 내린 날 아침에 핀 매화에 관한 이야기이다. 제목이 알려주는 대로 '눈 내린 뒤에' 핀 매화를 보러 가는 설렘이라고 할 수 있다.

　간밤에 초가집이 몹시도 춥더니
　시냇가 매화에 봄소식 찾아왔네
　산사람과 만나기로 약속을 하고
　사립문을 열고 눈을 쓸어낸다오
　夜寒茅屋畔
　春信到溪梅
　爲與山人約
　柴扉掃雪開

산사람이 찾아오면 시냇가로 나가 함께 매화 구경을 할 것이다. 그를 맞으려 사립문을 열고 밖으로 통하는 길에 푹신 내린 눈을 쓸어내고 있다. 찾아오는 사람을 만나는 것도 즐거움이고, 함께 매화를 감상하는 것도 은근한 설렘이다. 흰 눈 가득 내린 세상에 피어난 하얀 꽃. 눈 녹아 시냇물 불으면 꽃 더욱 희게 피어날 것이다.

매화를 새하얀 눈송이로 그려낸 시가 있다. 청나라 시대 문인 판교板橋 정섭鄭燮(1693~1766)의 영설(咏雪, 눈을 읊다)이다.

한 조각 두 조각 세 조각 네 조각
다섯 여섯 일곱 여덟 아홉 열 조각
천 조각 만 조각 무수한 눈송이들
매화로 날아들어 모두 보이지 않네
一片二片三四片
五六七八九十片
千片萬片無數片
飛入梅花都不見

우선 이 시를 보면 참 쉽다는 생각을 갖게 된다. 어린아이가 눈송이를 쳐다보고는 그냥 보이는 대로 헤어가며 쓴 이야기처럼 들린다. 그러나 그는 3행과 마지막 행에서 눈을 매화로 치환하는 기교를 부린다. 시인은 이처럼 천만 송이 눈송이로 매화를 읊조린 것이다.

매화를 바라보며 세속의 일을 잊노라

한편 이수광의 시 '춘원春怨'에는 구르는 나뭇잎만 보아도 깔깔 웃거나, 그와 반대로 슬픈 감상에 빠지는 사춘기 소녀의 감성 같은 것이 묻어난다. 시인은 뜰에 가득 핀 꽃을 보고서 하염없이 눈물을 흘린다. 흘린 눈물이 옷을 적실 만큼. 해지도록 내다 본 봄날의 정경에 가슴이 무너질 듯하다. 무정한 초목에게 물어본다고 하였으나 오히려 시인은 너무도 유정有情한 꽃과 초목에 가슴앓이를 하고 있는 것이다. 말로는 '봄날을 원망한다'고 하였으나 그것은 핑계이다.

뜰 가득 눈부신 봄에 눈물 적시고
그늘진 저녁 누각 쓸쓸히 대하노라
무정한 초목아, 네게 물어보자꾸나!
어이하여 내 가슴은 문드러지는지
淚沾春院色
愁對夕樓陰
借問無情草
緣何亦腐心

아마도 이수광은 이렇게 말하고 싶었던 게 아닐까?

"해를 거듭할수록 눈부신 봄이 지나가면 마음이 허허롭더라. 아름다운 봄날, 아찔하도록 눈을 행복하게 채워주는 꽃들이 가득하건만 왠지 흐르는 눈물 주체할 수 없구나. 해 저물어 쓸쓸한데, 화려함 속에 느끼는 이 고독감이란…. 저 초목과 꽃들은 알겠지."

시인이 바라보는 꽃은 그저 꽃이 아니다. 초목 또한 그저 초목이 아니다. 저 꽃들이 바로 우리네 삶이고 인생이라고 느끼면서 시인은 이 시로써 삶에 대한 애틋한 정과 인생무상을 말하고 싶은 것이다.

"봄이 왔다 가면 가슴이 미어진다. 눈물이 난다 까닭도 없이."

지봉芝峰 이수광 선생의 또 다른 시 '매화를 보다'[看梅간매]는 한낮에 이르도록 조용히 매화를 바라보는 시인 자신의 모습을 잘 보여주고 있다. 그러나 이 시에는 매화가 어떻고,

향이 어떻다는 등의 표현은 아예 없다. 그가 내다본 한낮의 정원은 고요하기만 하다. 사람의 그림자도 없다. 시의 제목도 그저 '간매看梅(매화를 보며)'이다. 말없이 매화를 바라보고 있기에.

정원은 고즈넉하고 한낮 해는 더디니
한가한 몸 낮잠 자기 정말 제격이야!
시끄러운 노인네 늙으며 몹시 게을러
고요히 꽃만 대할 뿐 시는 읊지 않아
庭院深深午景遲
身閑正如睡相宜
騷翁老去偏成懶
靜對梅花不賦詩

위 시에서 소옹騷翁은 '소란스러운 노인네'라는 뜻이지만, 이것은 시를 읊조리는 시인이나 문사를 가리키며 여기서는 이수광 자신을 이른다. '소란스레 시를 읊조리는 노인네'라는 뜻으로 쓰였다. 아마도 다음 이수광의 '서호에 사는 친구를 찾다'[西湖訪友人서호방우인]는 시에 그려진 '빈 숲 가지의 눈'도 역시 매화를 가리킨 것으로 이해할 수 있겠다.

강 밖 빈 숲엔 눈 맞은 가지 늘어져 있고
서로 그리워서 옛 친구를 찾아왔다네
석양의 울타리 외로운 연기에 묻혀있어
술 바꿔오던 그해 그 시절과 닮아있구나
江外空林雪壓枝
故人來訪爲相思
夕陽籬落孤煙裏
彷彿當年換酒時

제목에서 말한 서호西湖는 서울 마포의 토정동과 현석동 일대에 펼쳐져 있던 호수 모양의 모래톱 주변 한강변을 이르던 이름.

지봉 이수광보다 한 세대(23년) 늦게 태어나 40년 가까이 같은 시대를 살았고, 중앙 정치무대에서 서로의 존재를 익히 알고 있었으며, 또 서로 만나보았던 인물로 용주龍洲 조경 趙絅(1586~1669)이 있다. 문필과 실력으로 조선 정계에 꽤 알려진 인물이었는데, 그에게도 몇 편의 매화 시가 있다. 그의

'새로 옮겨 심은 매화나무에서 꽃을 보다'[新移梅樹見花]이다.

늙은 가지 매화 너무 많이 피어 한스러웠지
복사꽃이 오얏꽃과 봄빛을 다투는 것 같아서
이제 새로 옮겨 심은 나무처럼 매우 어여뻐라
반쯤 죽은 매화 가지 끝에 몇 송이 피었으니
常恨梅花開太多
若將桃李競春華
如今最愛新移樹
半死枝頭點數葩

　매화나무에 매화가 너무 많이 피어서 항상 한스럽게 생각하였다고 말한 데는 그럴 만한 이유가 있다. 『양화소록』을 비롯하여 화훼 및 분재에 관한 옛 기록에는 "매화는 너무 많이 피는 것은 좋지 않고 적어야 하며, 가지도 많지 않고 적당해야 한다"고 하였다. 집안에 들여놓은 화분의 매화가 복사꽃, 오얏꽃처럼 너무 많이 핀 것을 달갑지 않게 여겼던 것은 이와 같이 매화 분재에 대한 전통적인 시각이 따로 있었기 때문이다. 새로 옮겨 심은 매화나무의 반쯤 죽은 가지에 핀 몇 송이 꽃을 반가워했다고 한 이면을 지탱하고 있는 가치는 절제의 미학이다.

현재 경기도 포천시 신북면 만세교리에는 조경趙絅의 무덤과 유적이 남아 있다. 그는 광해군 때 중앙 정계에 발을 내딛었으나 인조반정 이후 출세하여 인조 정권에서 홍문관 수찬·이조좌랑·사간원 사간·대사간·대사헌·대제학·이조판서·형조판서·예조판서 등 요직을 두루 지냈다. 병자호란 당시에 조경은 김상헌과 마찬가지로 척화의 입장이었다. 그리하여 그는 일본 군대를 빌려다 청나라 군대를 물리칠 것을 주장하기까지 하였다. 당시로서는 꽤 신선한 발상이었는데, 1643년 조선통신사로 일본에 다녀와서 쓴 『동사록東槎錄』과 문집으로 『용주유고』가 있다.

조경과 비슷한 시대를 살았던 중국 시인 가운데 매화 시를 남긴 이가 꽤 많이 있다. 그쪽에도 아름다운 작품이 무수히 많은데, 그중에서도 청나라 문인화가 운수평惲壽平(1633~1690)의 설중매雪中梅를 걸작으로 꼽을 수 있을 것이다.

눈 아직 남았으니 봄빛을 어디서 찾나
초당 남쪽 매화 가지에 점차 꽃 피네

봄바람이 복사꽃 오얏꽃 피우기 전에
단단한 줄기에 암향을 먼저 깨우치네
雪殘何處覓春光
漸見南枝放草堂
未許春風到桃李
先教鐵幹試寒香

앞서 소개한 이수광의 시에 비하면 평이하다. 마음을 때리
는 에너지가 없다. 그럼에도 이 시가 수작으로 사랑받는 것
은 매화의 암향을 잘 표현한 데 있다. 햇볕 잘 드는 초당 남
쪽의 단단한 나뭇가지에 핀 매화가 차가운 향기로써 존재를
먼저 알리고 있다는 표현이 매화향 만큼이나 은근하다.

매화가 사군자의 으뜸으로 꼽히는 까닭은 추위 속에 피는
고결함 때문이다. 매화를 한사寒士에 비기는 까닭도 혹독하
게 추운 계절을 벗어나 꽃을 피우는 인고의 아름다움을 지녔
기 때문이다. 매화는 절제와 지조, 굳건한 심성을 상징한다.
조선의 문인과 유학자들이 매화를 사랑한 까닭이 그것이다.

신념과 지조를 지키기 위해 스스로 빈한하고 시린 삶을 택
한 이들 가운데 대표적인 예가 생육신이며, 생육신 가운데

으뜸가는 인물이 김시습이다. 김시습의 삶을 새기며 매화를 바라보면, 그의 일생이 바로 한매寒梅와 같은 삶이었다고 해도 별로 이상하지 않을 것 같다. 김시습의 『매월당집』에는 매화 시 여러 편이 전하는데, 그중 대표작 하나가 매화梅花이다.

한 가지 두 가지 꽃 소식이 스쳐 가니
세 점 다섯 점씩 먼저 봉오리 터트려
서리 앞 달 아래가 하도 깨끗하여서
그윽한 곳 눈 밟고 다녀도 속되지 않네
一枝二枝花信拂
三點五點先破萼
霜前月下更淸節
踏雪幽尋也不俗
(이하 생략)

그토록 기다리던 매화가 한두 가지에 이제 막 피기 시작한다. 햇볕이 잘 닿지 않는 곳에는 아직 잔설이 있다.
　서리 내린 밤, 달빛 아래서 보는 매화는 눈보다 차다. 눈을 밟으며 해보는 매화 구경도 그럴듯하다. 그런데 여기서 '一枝二枝花信'(한가지, 두 가지 꽃소식)이라는 표현에서 시간의 흐름에 따라 매화가 봉우리를 터트리고 있음을 알게 한다. 이런 표현은 김시습의 바로 다음 세대 시인 조성趙晟(1493~1552)의 매화 시 구절 가운데서도 나타난다. 조성이 '유자후의 조매에 차운하여 시를 지어 승려 원규에게 주다'[次柳子厚早梅韻贈僧元珪][1]라는 작품에 "한 가지 두 가지 수척한 매화 가지 뻗었는데 흰 매화 세 송이 네 송이 피었네"(一枝二枝瘦三點四點白)라고 한 구절이 있어 김시습의 표현법을 그대로 따른 것으로 볼 수 있다.

다음은 김시습의 '탐매探梅'라는 시이다.

큰 가지 작은 가지 눈 속에 덮였는데

따뜻한 기운 알아서 차례로 피네

옥골 정혼이야 비록 말은 없으나

남쪽 가지 먼저 봄뜻 알고 망울 맺어

大枝小枝雪千堆

溫暖應知次第開

玉骨貞魂雖不語

南條春意最先胚

　눈 속에 핀 매화를 옥골정혼玉骨貞魂으로 표현하였다. 흰 잎을 모두 '옥 같은 하얀 뼈'[玉骨]로 본 것이다. 그 자체가 맑고 깨끗한 혼[貞魂]이라는 것인데, 김시습은 눈 속에 핀 매화를 과연 누구로 생각한 것일까?

　후일 고봉高峯 기대승은 "매월당 김시습의 시는 격이 높아서 그의 시재詩才가 뛰어나다. 대제학도 넉넉히 해낼 수 있었다."고 평가하였다. 감식안이 남달랐던 기대승조차 그의 시에 감복하였던 것이다.

　김시습과 관련된 매화 시로서 청평사에 관한 작품이 있다. 청평사에는 매월당 김시습의 흔적이 남아 있는 공간으로 서향원瑞香院이라는 전각이 있었다. 김시습이 가고 난 뒤로 3백여 년이 지나서 신위申緯(1769~1847)가 그곳을 찾아가 시 한 수를 읊었다. 제목은 역시 서향원이다.

　쓸쓸하고 적적한 서향원에

어쩌면 그이가 있는 듯하네

매화 가지 끝에 달린 달 새로워

세월을 기다리지 않네

寥寥瑞香院

庶幾伊人在

梅梢月如新

年代不相待

서향원엔 아직도 '그이'가 머물고 있는 듯한데, 그가 없으니 절은 쓸쓸하다. '매화 가지 끝에 달린 달' 즉, 매월梅月로써 김시습의 매월당梅月堂이란 호에 시의詩意를 맞추었다.

자하 신위는 세월을 이기지 못하고 떠나간 매월당을 '그리운 임'으로 그린 것이다. 매화를 옥골玉骨로 본 것은 김시습과 같은 시대를 살았고, 김시습을 가여운 눈으로 바라보며 아꼈던 서거정의 시에도 잘 나타나 있다. 아직 매화나무 가지가 눈 속에 있건만 매화는 봄이 다가왔음을 알고, 남쪽 가지부터 벌써 망울을 맺고 꽃을 피울 준비를 하고 있다. 옥처럼 맑고 흰빛을 감추고 매화는 아직 말이 없으나 곧 모습을 드러낼 양이라 벌써 가슴이 뛴다.

이들 작품에서 보듯이 조선 초기 서거정과 김시습도 매화를 사랑하였고, 매화를 노래한 시를 많이 남겼다. 김시습이 매화를 사랑한 까닭은 그가 살았던 시대, 자신의 처지와 조금은 관련이 있을지도 모른다. 세조가 조카 단종을 내쫓고 왕위를 차지하면서 사육신을 비롯하여 많은 희생자가 생겼다. 김시습은 은거하며 단종을 추모하였다. 그가 절로 들어가 몸을 숨긴 것은 현실로부터의 도피였지만, 동시에 그것은 자신의 지조와 절개 그리고 의리를 지키는 일이었다. 김시습은 끝까지 은사隱士로서의 삶을 운명으로 받아들였다. 그가 언제부터 매월당이란 호를 사용하였는지는 정확히 알 수 없으나 '달빛 쏟아지는 매화 밭을 배경으로 한 집(梅月堂)이라 함은 곧 초야에 묻혀 은일隱逸의 삶을 살고자 함을 나타낸 것으로 볼 수 있다. 그의 별호 청한자淸寒子 역시 '비록 빈한하나 맑고 깨끗하게 살아가는 선비'임을 밝힌 것이다. 매화의 이미지도 청한淸寒과 매우 닮아 있다. '매월'을 벗 삼아 살고자 했던 그는 자신의 마음에 담은 약속을 살아서 지켰다.

김시습은 일부러 미친 척, 정신병자 행세를 하며 현실로부터 벗어났다. 서거정은 그런 그의 속내를 알고, 아끼며 끝까지 감싸주었다. 서거정은 김시습보다 15살이 많은 선배였다.

같은 시대를 산 사람으로서 서거정 역시 『사가집四佳集』에 매화를 대상으로 읊은 시를 꽤 많이 남겼다. 서거정의 '노선성댁매화시' 40수와 김자고[2]댁영홍백매金自固宅詠紅白梅 5수 등은 서거정의 매화 시 가운데 대표작으로 꼽힌다.

> "겨울을 주관하는 신은 무슨 일로 꽃 피우는 권한을 훔쳐서
> 일부러 백옥 같은 꽃을 섣달그믐날 전에 보냈는가?"(玄冥何
> 事竊華送臘前)

이것은 '노선성댁매화시盧宣城宅梅花詩'의 일부이다. 납일臘日은 음력 섣달그믐날이니 한겨울에 매화가 핀 모습을 읊은 것이다. 서거정의 매화 시로서 먼저 '춘일春日'이라는 작품을 본다.

> 수양버들 금빛 물들고 매화의 옥빛 이우는데
> 작은 연못의 봄물은 이끼보다도 더 푸르러라
> 봄 근심과 흥취 어느 것이 더 깊고 얕은가?

2) 김자고(金子固)는 김수온(金守溫)이다.

제비는 오지 않고 꽃도 아직 피지 않았는데

金入垂楊玉謝梅
小池春水碧於苔
春愁春興誰深淺
燕子未來花未開

　　매화꽃이 이울면서 매화의 옥빛도 스러지는데, 수양버들
은 가지마다 봄빛을 받아 노란 금빛으로 물들어 있다. 연못
의 물은 아직 일러 이끼보다도 그 색이 푸르다. 그가 맞은 어
느 해 봄날 아직 꽃은 피지 않았고, 제비도 오지 않았지만 시
인은 봄에 대한 기대와 꽃을 기다리는 '은근한 마음'을 실었
다. 꽃을 보는 것이 그에게는 봄날의 즐거움이었을 것이다.
그것은 말하자면 춘흥春興이라 할 것이다. 그러나 아직 꽃은
피지 않았고, 제비도 오지 않았으니 시인은 아직 춘흥보다는
춘수春愁를 더 깊이 느꼈던 모양이다.
　　서거정·김시습과 같은 시대를 살았던 인물로 이승소李承
召(1422~1484)라는 시인이 있었다. 세종 시대에 과거에 합격
하여 나중에는 예조판서에 이르렀다. 미성년기의 이름은 윤
보胤保이고 호는 삼탄三灘이다. 서거정이 대제학으로 있을

때 비록 서거정처럼 높은 자리에는 오르지 못했으나 이승소 또한 조선 초기 관료문인으로서 한시에 능하였다. 이승소의 '매화'[梅]라는 시이다. 이것은 '화영천경임정팔영和永川卿 林亭八詠'이란 제목의 시 가운데 세 번째 수인데, 달빛 아래서 매화 향에 취해서 속세의 일을 모두 잊고 흥겨움에 절로 흥얼거리는 모습을 그렸다.

매화는 눈빛 닮고 달빛은 서리 같아라
때때로 미풍이 은은한 향기를 보내오네
달빛 밟으며 매화 보니 맑음이 뼈에 스며
또다시 속진의 일을 잊고 시심을 가지네
梅花如雪月如霜
時有微風送暗香
踏月看梅淸透骨
更無塵念到詩腸

달밤에 보는 매화를 마치 서리 밟으며 눈을 맞고 있는 착각에 빠지게끔 그렸다. '매화는 눈처럼 희고 달빛은 서리 같다'는 표현으로도 모자라서 매화의 그윽한 향을 실바람이 실어 오게 하여 시를 읽는 이로 하여금 코를 벌름거리게 만들었다. 이런 방식의 시 작법을 조선 후기 실학자들도 좋아하였다.

시각과 후각을 동원하여 시를 읽게 만드는 작법은 이광려李匡呂(1720~1783)의 '매화를 읊다'[咏梅영매]라는 시에도 나타난다. 매화가 대나무밭을 배경으로 한창 피어난 정경과 그곳에서 매화 향기에 흠뻑 빠진 자신의 모습을 아주 간결하게 그려내고 있다.

집안 가득 대나무 그림자에 싸여 있고
남쪽 누각 위로 달이 뜨는 한밤에
이 몸은 정녕 향기와 더불어 하나 되니
매화에 흠뻑 취한 줄을 전혀 모르겠네
滿戶影交脩竹枝
夜分南閣月生時
此身定與香全化
嗅逼梅花寂不知

대나무 숲을 두른 집, 달빛이 드리운 대나무 그림자가 집안을 덮었다. 대나무숲 밖에는 매화 밭. 향기에 취해 댓잎들도 죽은 듯 고요하다. 집 남쪽에는 작은 누각 하나. 그 지붕 위로 달이 솟고 있다. 이광려의 '영매詠梅'라는 이 시는 제목 그대로 '매화를 읊다'는 단순한 뜻을 갖고 있다. 달밤에 정인을 만나듯 시인은 달이 뜰 무렵에 매화 향을 찾아 움직인다. 그것은 한 마디로 월하탐매月下探梅이다. 달빛 아래 매화를 찾아 그 향기에 취하면서 자신은 매화에 취한 줄을 깜빡 잊고 있었다는 것이다. 이것은 강희안의 '분매盆梅'에서 상대편심백相對片心白이라 하여 '매화를 대하고 있으니 오로지 마음이 희다'며 '내가 매화인지 매화가 난지 모르겠다'고 한 것과 비슷한 경지를 말한 것이다.

시문을 조금 한다 하는 고려와 조선의 유학자와 문인들로서 매화를 시문에 넣어 읊지 않은 사람은 거의 없다. 이들과 어깨를 맞댈 만한 걸작으로 석주 권필權韠의 '작야昨夜'라는 시가 『석주집』에 전한다. '어젯밤'이라는 뜻의 제목인데, 간밤에 본 매화를 몽환적으로 그려내고 있다.

어젯밤엔 서쪽 동산에서 취하고

돌아와 달을 대하고 잠들었더니

새벽바람은 정이 많기도 하여라

꿈을 불어 매화 곁에 가게 하니

昨夜西園醉

歸來對月眠

曉風多意緒

吹夢到梅邊

짧은 시이지만 환상적인 분위기로 사람을 취하게 하기에 충분하다. 지난밤 매화꽃이 만발한 서쪽 동산에서 술을 마실 때는 매화 있음을 알지 못하였다. 밤늦게 돌아와 삼경까지 매화를 탐하다가 잠이 들었는데, 새벽바람이 매화 향기를 데려와 꿈은 매화 곁에 이르렀노라고 허풍을 떨었다. 매화 향에 취해서 꿈결에 매화 밭을 헤매고 있음을 말한 것이다. 자신이 의도한 대로 시를 읽는 이를 매화 밭에 데려가 꿈속에서 헤매도록 하는 시인의 재주가 놀랍다. 이렇게 시인 권필은 꽃을 훔쳐다가 시로 풀어놓았고, 그 시는 우리의 마음을 도둑질하였다. 그래서 권필과 같은 시대를 살았던 장유張維 (1587~1638)는 석주 권필의 시적 재능을 다음과 같이 평가하였다.

"내가 석주를 볼 때 그의 입에서 나오는 것과, 그의 눈과 눈썹이 움직이는 것 어느 하나 시가 아닌 게 없었다."

홍만종 역시 『소화시평』에서 '석주의 시는 하늘이 내려준 것'이라고 칭송하였다.

다음의 시 역시 권필權韠(1569~1612)의 '매화'[梅]라는 작품이다.

매화여
매화여
얼음처럼 맑은 뼈
옥처럼 깨끗한 뺨
섣달도 이제 다 가고
봄이 돌아오려 할 때
북쪽 땅은 아직도 추운데
남쪽 가지에 홀연 꽃 피었네
안개 낀 아침에는 빛이 가려 담담하고
달이 뜬 저녁에는 그림자가 배회하도다
차가운 꽃잎은 대숲 언덕에 비스듬히 스며들고

은은한 향기가 금 술잔에 날아서 들어가누나
처음에는 잔설을 능가하는 환한 꽃빛이 사랑스러웠고
다시금 푸른 이끼에 흩날려 떨어지는 꽃잎이 아까워라
이에 굳센 절개가 맑은 선비에 비길 만한 줄 알겠노니
그 높은 풍모를 말한다면 어찌 범상한 사람이겠는가
은거하길 좋아하지만 그래도 시인이 보는 것 용납하고
시끄러움을 싫어해 미친 나비 찾아오는 것 허락하지 않네
묻노라 묘당에 올라 솥의 음식 조리하는 것이
서호가의 고산 모퉁이에 서 있는 것만 하겠는가

梅

梅

氷骨

玉顋

臘將盡

春欲廻

北陸未暖

南枝忽開

煙朝光掩淡

月夕影徘徊

冷蕊斜侵竹塢

暗香飛入金罍

始憐的皪凌殘雪

更惜飄飖點綠苔

從知勁節可比清士

若語高標豈是凡才

愛幽獨尚容詩人看去

厭喧鬧不許狂蝶尋來

試問登廟廊而調鼎鼐者³⁾

何似西湖之上孤山之隈

이런 형태를 층시層詩라고 한다. 한 줄 한 줄 마치 층을 이루어 쌓듯이 쓴 시여서 그렇게 부르게 되었다. 그런데 권필도 매화를 얼음처럼 시린 백옥 빛 뼈에 비유하였다. 아직 잔설이 다 가시지 않은 북향 언덕에는 겨울 그림자가 짙건만 남쪽 언덕엔 은은한 향기 안기는 매화가 피었다. 그 모습이

<hr/>

3) 재상이 되어 국정을 다스리는 것을 의미한다. 『서경』 열명하(說命下) 편에 고종(高宗)이 부열(傅說)에게 "내가 국을 요리하거든 너는 소금과 매실이 되라"(若作和羹爾惟鹽梅)고 한 데서 온 말이다. 고종은 은왕(殷王) 무정(武丁)을 가리킨다. 그의 아내 부호묘(婦好墓)가 1976년에 중국 하남성(河南省) 은허(殷墟)에서 발굴되었다.

마치 절개가 굳은 선비 같다고 하였다. 본래 매화는 조용히 은거하기를 좋아하는 꽃, 나비가 소란스레 찾지 않는 계절에 홀로 피는 꽃으로 묘사함으로써 매화를 은둔자의 꽃으로 그려내는 데 성공하였다. 시인 권필은 시의 마지막 구절에서 서호西湖 물가의 고산孤山에서 매화를 벗 삼아 살다간 임포를 떠올리고 있다. 조선의 시인들에게 매화 하면 떠오르는 인물이 임포였고, 그가 살았던 중국 항주杭州의 서호와 고산은 '은거'의 상징이었다.

권필의 또 다른 매화 시 '비 오는 밤에 회포를 적다'는 가랑비 속에 처음으로 한두 송이 매화가 피어나는 모습을 그리고 있다.

가랑비가 밤새 솔솔 내리더니
새벽바람 불어 눈을 만들었네
강남에 사는 사람에게 묻노라
매화는 몇 가지나 피어 있더냐
微雨夜廉纖
曉風吹作雪
爲問江南人

梅花幾枝發

　한밤 내 가는 비가 내렸다. 미우微雨라고 하였으니 가랑비에 가깝다. 하지만 가랑비는 세우(細雨)이니 차라리 안개비라고 해야 되겠다. 그 안개비가 밤에는 보슬비가 되었다가 새벽녘엔 눈으로 바뀌었고, 바람까지 불며 날이 추워졌다. 봄으로 가는 길목, 음력 정월이었던 모양이다. 과거의 봄은 음력으로 1~3월이었다. 그러니 정월 초하루는 봄이 시작되는 날이다. 음력 정월은 봄이라고 하나 아직은 춥고 스산하다. 그래서 시인은 따뜻한 강남을 떠올렸다. 제비도 내려가 쉰다는 강남은 '따뜻한 곳'을 의미하므로 중국 양자강 이남의 땅으로 보면 되겠다. 봄인가 했는데, 아직은 꽃을 보기 이른가 싶어 강남에 사는 사람에게 '매화 몇 가지나 피었더냐?'고 물었다. 내가 모르니 상대가 누구든 묻는 수밖에.

　"석주의 시집은 원래 그 수가 많지 않다. 내용 또한 너무 정밀한데, 지금 세상에 나도는 것이 그것이다. 그 집에 자신이 비점(批點)[4]을 찍은 원고가 있어서 한 번 들쳐 보았는데, 볼만하였다. 듣자 하니 이미 전란에 잃어버렸다고 하니 애석하다."(『기옹만필』).

정철의 아들 정홍명이 남긴 기록 가운데 권필의 시와 관련된 짤막한 내용이다.

권필보다 조금 늦게 세상에 나타난 미수眉叟 허목許穆 (1595~1682). 그는 우암 송시열(1707~1689)보다 열두 살이나 많았고 그보다 7년 먼저 죽었다. 오래 살고 싶은 바람이 미수眉叟라는 그의 호에 반영되었던 것 같다. 먼저 '초당草堂의 매화를 구경하면서'라는 그의 매화 시 제목 밑에는 다음과 같은 다소 긴 설명이 붙어 있다.

"지난해 정월에 현수 중진玄叟仲鎭이 눈 속에 찾아와 초당 매화를 구경하더니 금년 정월에 중진이 또 눈 속에 매화를 찾아왔다. 범석호范石湖의 『매보梅譜』에 이르기를 '매화는

---

4) 시문 가운데 훌륭한 표현을 한 글자 옆에 찍은 붉은색의 둥근 점.

천하의 특이한 식물로 꽃의 품등을 논하자면 흰색이 홍색만 못하고 자색이 홍색보다 낫다. 우리나라 사람은 백매를 가장 좋아하므로 양주楊州 사람은 백매를 성승聖僧이라 이른다.'고 하였다. 초당의 매화는 꽃받침이 푸르고 나무등걸이 고아古雅하다. 매화 구경한 일을 추억하여 화답하는 시를 종이에 쓴다."

현수중진은 현노인 중진씨를 말한다. 수叟는 자신보다 나이 많은 사람에 대한 존칭으로 쓴 말로서 노인이라는 뜻.

눈 갠 날 초당에서 매화를 구경하니
세 줄기 성긴 가지 그림자가 비꼈네
누가 추운 노인에게 손님맞이 서두르라
눈 속 봄빛이 내 집에 먼저 들게 했나
草堂晴日賞梅花
轇幹踈枝影又斜
誰遣寒翁激客早
雪中春色入吾家

이 시에는 '정월 이십 일에 미수眉叟가 쓰다'라는 설명을 따로 붙여 허목이 눈 내리는 겨울날에 썼음을 밝히고 있다.

조선의 시인 가운데 큰 자취를 남긴 서거정과 김시습을 뒤이어 1백 년 만에 다시 또 걸출한 인제로서 송강 정철(1536~1593)이 나타나 조선 시단에 자신의 이름을 뚜렷하게 올렸다. 『조선왕조실록』「선조수정실록」권20, 선조 19년 10월 기록에는 이런 내용들이 있다.

"정철은 기대승에게 배웠고 기대승은 이황에게 배웠는데, 이이는 이황에게 직접 가르침을 받았을 뿐만 아니라 또 조광조의 순국 충절을 사모하였으니 그의 경륜과 기개는 연원이 있는 것이었습니다. 따라서 그의 충정이 격렬하여 위로 전하의 마음을 감동시키자 능력을 인정받아 등용되어 온 힘과 마음을 쏟았던 것입니다. 정철은 강원도 관찰사로 나가 백성들의 요역을 균등하게 하였고, 북쪽에서 오는 사신의 행차에 접대하는 비용이 매우 많았으나 극도로 파괴된 고을이 그의 덕택으로 보존될 수 있었습니다. 그리고 그의 깨끗한 명성과 곧은 절개는 온 세상을 흥분시켰으므로 이이가 매우 중히 여겨 함께 조정에 오를 것을 기약하였던 것입니다. 사림을 보호하는 계책은 또 박순에게 있었으니 그가 이이와 정철을 천거한 것은 재상의 직분상 마땅히 해야 할 일이었습니다."

"정철은 성미가 강직해서 한 번은 이발의 얼굴에 침을 뱉었는데, 이 일이 있은 뒤로 점점 없는 사실을 있는 것처럼 만들어서 끝내 모함하여 초야에서 굶주리게 하였습니다. 사람들은 간혹 말하기를 '정철이 너무 심하게 악을 미워하였으므로 패했다.'고 하지만, 그가 이발 형제를 아껴 백방으로 충고하여 미혹에서 돌아오기를 바랐는데도 이발은 뉘우치지 않고 더욱 공격하여 해치려 하였습니다."

그의 정치적 활동과 야망, 인품에 관해서는 이처럼 아주 긍정적인 측면도 있지만, 반대로 매우 부정적인 평가도 있다. 그럼에도 한국의 시문학사에서는 깎아내릴 수 없는 족적을 남긴 것도 사실이다. 그가 남긴 시 가운데에도 여러 편의 매화 시가 있다. 그중에서 '담 모서리의 매화를 읊은'[詠墻角梅영장각매] 작품 한 편을 뽑아 보았다.

담 모서리에 기댄 매화 일생이 고달파라

탱자나무 가시에 잡초까지 얽히고설켜서

해가 바뀌어도 찾는 이 없다 서러워 말게

향기로운 꽃 가지 위로 휘영청 밝은 달빛

結根墻角苦生涯

枳棘爲隣草作家

莫恨年來少相識

暗香枝上月光多

『송강집습유』에 전하는 시이다. 담장모서리 탱자나무와 잡초 사이에 서 있는 매화를 읊은 것이다. 해가 바뀌어 매화가 활짝 피었다. 아마도 음력 정월의 끝자락이거나 2월이었을 것이다. 가지 가득 매화가 피어 짙은 향이 몰려온다. 아직은 매화를 찾는 이 없으나 휘영청 밝은 달빛이 있으니 매화는 외롭지 않을 듯.

송강 정철처럼 조선의 시문학사에서 뚜렷한 자취를 남긴 이들도 있지만, 이름이 제대로 알려지지도 않았을 뿐 아니라 생몰연대조차 알 수 없는 이들 중에도 시재가 뛰어난 사람들이 있었다. 어무적魚無跡이라는 사람도 그중 하나로 꼽을 수 있다. 그는 어세겸魚世謙의 후손이었으나 서얼이었으므로 신분적 한계로 말미암아 관직에 등용되지 않았다. 그러나 그는 어릴 적부터 시적 재능이 남달랐다. 일찍이 안침**安琛**이라는 사람이 그의 재능을 알아보았다고 한다. 어무적이 읊은 매화 시.

한 그루 매화나무 남쪽 뜰에 밝으니
꽃 속에서 초나라 왕비가 보이네
달빛 아래서 향기가 왕성하게 생겨나
그윽한 아름다움 섣달 이전이 더 기이해
다만 음식엔 고기가 없어도 괜찮지만
물건에 흠이 가서는 안 되겠지
가지를 꺾어 멀리 보내지 마소
갖고 있다가 서로 그리는 정을 위로하게
一樹明南紀
花中見楚妃
生香月下旺
幽艷臘前奇
可但食無肉
能令物下疵

折枝休贈遠
持以慰相思

　'꽃 속에 초나라 왕비가 보인다'(花中見楚妃)라고 하여 매화를 중국 초나라 미인에 갖다 대었는데, 여기서 말하는 초나라 미인은 아마도 맹영孟嬴을 가리키는 것이겠다. 초나라 평왕은 태자 건을 위해 며느리감을 구했다. 그 여인이 바로 맹영이었다. 본래 진秦 나라 애공哀公(재위 기간 기원전 536~501)의 누이인 맹영이 얼마나 미인이었는지 평왕은 그만 며느리감을 자신의 아내로 삼아버렸다. 평왕과 맹영 사이에서 난 인물이 후일의 소왕이 되었고, 애초 맹영의 남편으로 지목되었던 태자는 왕위에서도 밀려났다. 예로부터 정치하는 것들 가운데는 이처럼 애비 자식도 모르는 놈들이 많았다.

　어무적과 달리 조선 정계의 거목이었고, 무시할 수 없는 양반 벌족의 으뜸으로 꼽히던 아계 이산해에게도 매화를 읊은 시가 꽤 있다. 아계 이산해는 토정 이지함의 조카이며, 그 아버지는 이지번李之蕃이다. 이지번에게는 그 아래로 둘째 이지무李之茂와 막내(셋째) 이지함李之菡이 있었다. 그중에 이지번은 퇴계 이황과 매우 가까웠다. 이지무도 후일 판서를 지낸 이산보李山甫를 낳았다. 토정 이지함도 이산해와 마찬가지로 천재였다. 토정은 아들을 낳았으나 겨우 20살에 세상을 떴다. 토정은 마지막에 아산현감(=영인현감)으로 있다가 관사에서 세상을 떴다.

이덕형李德泂(1561~1613)은 『죽창한화(竹窓閑話)』에서 이산해에 관하여 이런 이야기를 소개하였다.

"아계 이산해가 처음 태어났을 때 토정이 그 우는 소리를 듣고 큰형에게 '이 아이가 기이하니 잘 기르도록 하십시오, 우리 집이 이제부터 다시 일어날 것입니다.'라고 하였다. 다섯 살이 되자 처음으로 병풍 글씨를 쓰는데 붓을 신처럼 움직였고, 신동이라고 알려져 와서 보지 않는 이가 없었다. 나이 13세에 충청우도 향시에 장원으로 뽑혔다. 약관에 과거에 합격하여 대제학을 맡았고, 여러 번 이조판서가 되고 벼슬이 영의정에 이르렀다."

성호星湖 이익李瀷(1681~1763) 또한 『성호사설(星湖僿說)』(권12, 인사문 神童)에서 김시습과 이산해를 조선의 천재로 인정하였다.

이긍익의 『연려실기술』 선조조 고사본말에 실려 있는 다음 시를 보자. 책을 읽느라 밥을 먹는 것도 잊은 이산해. 조카 이산해가 몸이 상할까 염려하여 토정 이지함이 책 읽기를 마치고 밥을 먹으라고 하자 이산해가 지었다는 시가 전한다.

  배고픈 일도 몰랐건만 하물며 마음을 주리겠는가?
  먹는 일이 더딘데 배우는 것조차 더디 하겠나?
  집은 비록 가난해도 마음 고칠 약이 있으니
  모름지기 저 영대에 달 뜰 때를 기다려야 하리.
  腹飢猶悶況心飢
  食遲猶悶況學遲
  家貧尙有療心藥
  須待靈臺月出時

  공부는 마음을 채우는 일인 동시에 마음을 고치는 약이라는 인식이 그럴듯하다. 이 시를 본 이지함은 그 조카가 매우 기특하게 여겨졌다. 이산해는 명종 4년(1549)에 과거에 합격하여 그 후 이조정랑, 사헌부 대사헌, 이조판서(1581, 선조 14), 좌의정, 우의정, 영의정 등 고위직을 두루 지냈다. 그러나 무척 청렴하였으므로 그에게 벼슬자리를 부탁하는 이가 별로 없었다.

다음은 이산해李山海(1539~1609)의 『아계유고鵝溪遺稿』에 실려 있는 매화[梅] 시이다.

천 리 밖의 어여쁜 나의 임
날마다 길이길이 사모한다네
매화를 꺾어도 부칠 길 없어
맑은 향기는 그저 내가 갖네
美人在千里
日日長相思
折梅寄無路
清香空自持

'매화를 꺾어도 부칠 길이 없으니 맑은 향기는 그냥 내가 가질래'라는 표현이 재치가 있다. 이 시 한 편을 보더라도 이산해는 매우 지혜롭고, 슬기가 있는 사람이었을 것이다.

미인은 누구나 그리는 대상. 그 미인이 천 리 밖에 있다. 그러니 그저 날마다 마음에 그리워할 수밖에 더 있으랴! 아계가 날마다 마음에 그리며 사모하는 천 리 밖의 미인은 누구를 말함일까? 그것은 아계가 마음에 둔 여인이 아니다. 그가 그리워하는 임이란 성인聖人으로서의 완성된 인간형이다. 그것을 옛사람들은 군자君子라 하였다. 맹자는 『맹자孟子』라는 자신의 책에서 '군자는 성인의 총칭'이라고 정의하였다. 아계가 되고 싶어 했던, 그 자신의 마음에 두고 그렸던 이상형으로서의 인격체. 그 모습은 닮을 수 없을지라도 그 향기만은 간직하겠다는 나름의 의지가 시에 고스란히 옮겨져 있다고 보아도 되리라. 고려와 조선의 문인들이 '매화는 천하의 으뜸가는 꽃'이라고 전해온 말이야 늘 그리 해온 상투적 표현이라 해도 지금의 우리에겐 매화처럼 '만인에게 향기로운 사람'이 절실히 그립다. 그리운 건 늘 그립다. 가질 수 없는 것을 원할 때라든지 우리 모두의 마음에 필요한 것이라면 더욱 그렇다.

아계鵝溪의 매화 시 중에 '홍매'란 작품도 있다. 흔히 보는 백매白梅가 아니어서 더욱 반가웠던 것일까? 아계 이산해는 홍매를 이별의 한을 간직한 옥인玉人(귀한 사람)으로 표현하였다. 그 꽃에 흐르는 물방울도 미인의 향기로운 뺨을 타고 흘러내리는 붉은 눈물로 보았던 것이니 그조차 연인이 이별로 흘려야 했던 피눈물을 떠올린 것이다. 해마다 봄이면 만났다 이별해야 하는 그리움의 대상이자 이별의 한을 가진 귀인으로 이해한 것이다. 그래서 옥인의 한이 얼마나 되는지 그 깊이를 알고 싶으면 붉은 뺨에 흘러내리는 홍매의 눈물을 보라고 한 것이다.

홍매(紅梅)
서호에서 이별한 뒤 만날 기약 아득해도
봄소식은 해마다 옛 가지에 돌아왔지
옥인의 한을 조금이라도 알고 싶거든
붉은 눈물이 향기로운 뺨 적시는 걸 보게
西湖一別杳難追
春信年年返舊枝
欲識玉人多少恨
試看紅淚染香腮

향기로운 옥인의 뺨을 흘러내리는 붉은 '피눈물'은 홍매에 맺힌 이슬이다. 이것을 옥인의 한이라고 표현하였는데, 여기서 말한 옥인을 서호西湖에서 범려范蠡와 이별했다는 월나라 미녀 서시로 이해할 수 있다. '서호에서 한 번 이별하고 만날 기약 아득하다'(西湖一別杳難追)고 한 것으로 그렇게 파악할 수 있는 것이다. 그러므로 홍매에 맺힌 이슬을 서시가 이별하며 흘린 눈물로 보아도 되리라.

조선에서 서자 출신들은 철저하게 제한을 받았다. 그들은 태생적으로 중인에 편입되었으며, 대개는 7품 이상의 관직으로 오르기가 어려웠다. 고위 관직에 오르기도 어려웠고, 사회적으로 냉대를 받았다. 그러나 그들 중에도 뛰어난 시인이 꽤 많이 있었다. 이름난 정광필鄭光弼의 후손이었으나 서출이었던 정화鄭和는 통사通事, 즉 통역관으로서 중인의 삶을 살았다. 중인 이하는 오로지 역관, 산학算學, 의술 등등의 잡과로만 그들의 길이 열려 있었다. 그러다 보니 그 분야는 양반 계층은 아예 거들떠보지도 않는 관직이 되어 버렸다.

정광필鄭光弼의 집에 매화나무가 있었다. 정광필의 생일은 매화가 많이 필 때였다. 뒤에 정광필의 손자 정유길鄭惟吉이 여러 친족들과 더불어 매화나무 밑에서 술을 마시고 각자 시를 지으며 옛일을 회상하였는데, 그때 정화가 먼저 시를 지었다.

삼십 년 전을 이 매화가 알고 있어

해마다 열리는 수연壽筵을 바라보았지

지금 바람과 서리에 가지 꺾인 뒤로

매번 꽃 필 때면 차마 올 수 없다네

三十年前識此梅

年年長向壽筵開

至今摧折風霜後

每到花時不忍來

    그날 모였던 자손들이 이 시를 보고 눈물을 흘리며 붓을 놓고 말았다고 한다. 홍만종의 『소화시평』에 나온 이야기로, 수연은 환갑잔치를 시작으로 오래 살기를 염원하며 해마다 여는 잔치를 이르는 말. '삼십 년 전'이라 하였는데 첫 수연을 갖는 나이가 예순 하나이니 이때부터 계산해도 정광필이 서른 즈음이었을 것이다. 그러니까 그의 자식들이 어렸을 당시를 이른다. 삼십 년이라는 세월을 견디다 매화도 풍상에 쓰러졌는데 정광필은 풍상에 꺾이지 않고 장수하였음을 칭송한 것이다.

    중종 때 정광필과 그의 손자 정유길에 관한 재미 있는 일화가 하나 있다. 중종에게 어떤 사람이 고발하기를 "동몽교관(童蒙敎官 어린아이들을 교육하기 위해 중앙과 지방의 각 군현에 두었던 벼슬)이 제자들을 거느리고 장차 군사를 일으켜 반역하려 한다."고 해서 모두 잡았다. 겨우 갓을 쓸만한 사람(약관에 이른 나이)이 수십여 명, 15~16세 또래가 수십 명, 12~13세가 60~70명, 10세 이상이 수십 명이었다. 이들을 묶을 의금부의 수갑과 차꼬, 쇠사슬이 그 절반도 안 되므로 모두 새끼줄로 줄줄이 목을 엮어서 종루(현재의 종각) 앞에 앉혀 놓았다. 그때 정유길의 나이가 열 살이었다. 함께 공부하는 아이들을 따라 나간 지 하루가 지나도 돌아오지 않으므로 부모들이 찾아보았는데, 정유길에 그 속에 있었다. 그래서 정광필이 중종에게 아뢰었다.

"신의 손자가 열 살인데 죄수 중에 끼어 있어 죄를 기다리고 있습니다. 다만 이들은 모두 철없는 어린이들이니 옥사를 살펴 처리해주십시오."

사람을 시켜 조사해보니 서울 남산에 놀러 나갔다가 붙잡힌 것이었다. 중종 33년(1538)에 정유길이 알성과에 장원으로 급제하였는데, 정유길이 총각 시절 원계채元繼蔡의 집에 데릴사위로 들어갔다. 정광필과 원계채는 친구 사이였다. 그래서 정광필은 원계채에게 "손자 정유길이 글 읽기를 게을리하거든 종아리를 때려라."고 주문하였다. 정광필의 말대로 원계채가 정유길에게 글 읽기를 권해도 따르지 않고, 종아리를 치려 하면 정광필에게로 도망가 버리고는 돌아오지 않았다. 그러던 어느 날 정광필은 원계채에게 "손자 글 읽는 게 요새 어떤가?"를 물었다. 원계채는 "유길이 글 읽는 것은 날마다 아닐 불(不) 자요."(惟吉讀書日日不)라고 하였다. 방안에서 누운 채로 그 말을 가만히 듣고 있던 소년 정유길이 대꾸하기를 "할아버님 약주 드시는 일은 아침마다 사나울 맹(猛) 자랍니다."라고 하였다. 이 말을 듣고 정광필은 기뻐하면서 "너 염려 말아라. 나중에 반드시 큰 인물이 될 거다."라고 하였다. 훗날 그가 예조좌랑이 되어 광화문 6조 거리로 출근하였는데, 예조는 6조 중에서도 한가롭고 할 일이 없으면서 좋은 일만 가장 많았다. 출근한 날에는 음악을 검열한다는 핑계로 고운 기생 끼고 좋은 음악을 마음껏 골라서 들으며 종일 술을 마시며 춤과 노래로 즐기곤 했다.

조선의 유학자 가운데서 으뜸으로 꼽히는 퇴계 이황은 안동 자신의 고향으로 내려가 은거하면서 후학 양성에 힘을 기울였다. 그의 자취가 남아 있는 도선서원이나 도산면의 도산陶山은 퇴계 자신이 평생 학문과 행실을 도야陶冶한 산을 이름이니 그가 어떤 마음가짐으로 살았는지를 어림해볼 수 있다. 그는 가진 게 많아서 관직에도 별 욕심이 없었고, 관직에 있던 기간도 얼마 되지 않았다. 그야말로 자유로운 영혼으로 살았고, 그에게서 배운 이도 많았다. 퇴계가 가르친 많은 제자들로 커다란 학맥을 이루어 말년의 퇴계는 학통의 거두가 되었다.

그가 시로 남긴 매화는 도산에서 본 것들이 대부분인데, 해마다 2월이면 도산으로 탐매를 나갔다. 이황의 '매화 가지를 꺾어 책상 위에 꽂아두다'[折梅揷置案上절매삽치안상]라는 시에서 창밖의 매화를 고인故人으로 그렸다. 매화 가지 꺾어서 책상 위에 꽂아두고 보자니 매화의 천향天香이 그윽한 분위기를 안겨주고 있음을 나타낸 것이다.

봄을 맞는 매화 송이 찬 기운을 띠었기에
한 가지 꺾어내어 옥창玉窓에서 마주 보네

첩첩 산 밖 옛사람 오래오래 그리다 보니

여위고 수척해져서 천향天香을 못 견디리

梅萼迎春帶小寒

折來相對玉窓間

故人長憶千山外

不耐天香瘦損香

　'도산의 매화를 방문하다'[陶山訪梅]는 퇴계의 시 또한 앞
에 소개한 시와 별로 다르지 않다.

산속의 두 신선이 매화에게 묻노라

온갖 꽃이 피는 봄을 왜 굳이 기다렸나

괴이하다 지난날 양양襄陽에서 만날 적엔

추위 견디며 내 앞을 향해 싱긋 웃었는데

爲問山中兩玉仙

留春何到百花千

相逢不似襄陽館

一笑凌寒向我前

다음 시에는 '늦봄에 도산 정사精舍에 돌아와 우거하면서 본 것을 기록하다'(暮春歸寓陶山精舍記所見모춘귀우도산정사기소견)라는 길다란 제목이 달려 있다. 퇴계가 도산정사에서 매화를 본 것은 양력으로 3월이었을 것이다.

이른 매화 만발하고 늦은 매화 막 피기 시작해
진달래 살구꽃도 내 가는 길 따라 분분히 피어
향기로운 것 치고 열흘을 못 간다 누가 말했나
아마도 다른 봄 만나 오래도록 남은 거겠지
早梅方盛晚初開
鵑杏紛紛趁我來
莫道芳菲無十日
長留應得別春回

이 시에는 다음과 같은 별도의 설명이 붙어 있다.

"이때 산 서쪽과 북쪽에는 꽃이 다 피지 않았는데 산사山舍에는 진달래가 한창 피고, 살구꽃도 따라서 차례로 피어 지금 십여 일인데도 봄이 아직 한창이라고 한다."(時山西山北

皆末花 而山舍杜鵑爛漫 杏花髓亦相次而發 今十餘日 而春事未闌云)

　　퇴계 이황은 성리학을 깊이 연구하였고, 한시에도 능하였다. 홍만종은 『소화시평』에서 "문장과 성리학은 심오한 경지에 이르면 하나다. 세상 사람들은 그것을 모르고 다른 것으로 보고 있으니 맞지 않다."고 하였다. 또, 『치재집恥齋集』에서 "점필재 김종직은 문장을 통해 도를 깨달았다."고 하였고, 『석담유사石潭遺史』에서는 "퇴계 이황도 문장을 통해 도를 깨달았다."고 하였다. 유학을 깊이 있게 연구하고, 글쓰기를 통해 심오한 경지에 이르게 되었다는 뜻이겠다. 요즘 식으로 말하면 문과 학생으로서 글쓰기에 탁월한 재주가 있었던가 보다.

　　앞에서 설명한 몇 편의 시를 감상해 보면 퇴계 이황의 시는 신흠이나 이수광, 권필과 같은 시인들의 시와는 그 작법도 판이하게 다르고 시의 전개 방식이나 함의 또는 시의詩意를 의탁하는 방식도 아주 다르다.

　　퇴계의 또 다른 시로서 도산 달밤에 매화 읊은 여섯 수 가운데 그 첫 번째 작품은 이렇게 되어 있다.

　　밤기운 찬데 창에 기대앉아 있으려니

두둥실 밝은 달이 매화 가지에 오르네

이따금씩 실바람 불어오지 않더라도

맑은 향기가 저절로 동산에 가득해라

獨依山窓夜色寒

梅梢月上正團團

不須更喚微風至

自有淸香滿院間

아직은 밤기운이 찬 이른 봄, 매화 가득 핀 가지 뒤로 휘영
청 달이 오르고 있다. 굳이 바람이 아니어도 매화향이 온 뜨
락에 가득하다. 한 편의 짧은 동영상을 보는 것처럼 구성되
어 있어 간결하고도 이해가 쉽다.

이 외에도 '언우가 눈 속에서 매화를 구경하고'[彦遇雪中賞
梅 更約月明韻] 다시 약속하여 명월明月에 운을 맞춰 지은 시
가 더 있으니 그 역시 퇴계 이황의 작품이다.

눈에 비친 옥 가지 추위도 두렵지 않아

다시 맞아들여 계수나무 혼백 실컷 보세

어쩌면 달이 길이 머물게 할 수 있으랴

매화는 바람 닿지 않고 가는 눈은 남아

雪映瓊枝不怕寒
更邀桂魄十分看
箇中安得長留月
梅不飄零雪未殘

　잔설 속에 핀 매화. 추위도 겁내지 않는 그 모습이 굳건하고 의연하다. 어떻게 하면 매화 곁에 달도 한밤내 머물게 할 수 있을까? 서릿발처럼 차가운 달빛. 매화는 달빛의 도움을 받아 푸르도록 희다.
　퇴계 이황의 이런 시들을 최경창의 시와 견주어 보자. 최경창의 '매화' 시 또한 매화 피는 계절에 누군가와의 이별을 말하고 있다. 그가 가본 곳은 지금의 봉은사. 제목은 '봉은사에서 배를 타고 돌아오다'[自奉恩歸舟]이다.

　돌아가는 사람 떠날 때 매화를 꺾어 들고
　강변 모래밭에 나가면 해 또한 기울겠지
　물 돌고 산을 지나 배가 멀리 떠나가니
　이별의 슬픔이 온 강에 물결을 일으키네

歸人臨發折梅花
步出沙頭日又斜
水轉山移舟去遠
滿江離思起風波

　절을 찾았던 나그네가 돌아가는 길. 떠나기에 앞서 절 마당가에 핀 매화 가지 하나를 꺾어 든다. 봉은사에서 걸어 나와 강변 나루의 모래밭에 이를 즈음이면 해도 기울 것이다. 물을 돌고 산을 지나 돌아가는 길인데, 바람이 일며 파도가 들이친다. 이별이 보내는 바람과 물결. 매화를 보고 헤어진 아쉬움을 토로한 시인데, 그 슬픔이 얼마나 깊고 큰지 배를 뒤집어엎을 것 같다고 하였다. 최경창이 이 시를 쓴 시대에는 지금의 서울 강남구 봉은사 일대는 마치 섬과 같은 모습이었다. 주위로는 길도 없는 물가의 외진 곳. 강북 뚝섬(저자도) 일대에서 배를 대어 남쪽으로 건너 한참을 걸어가야 하는 곳이었다.

　최경창은 어려서부터 시에 재능이 있어 주변에 이름을 알렸다. 백광훈과 함께 청련靑蓮 이후백李後白(1520~1578)으로

부터 글을 배웠으며 1552년 임구령林九齡(1501~1562)[5]의 딸과 결혼하였다.

23세 때인 명종 16년(1561) 진사시에 합격하였으며 1568년 (선조 1), 30세 때 과거시험인 증광시增廣試 문과에 급제하였다. 이 무렵 홍랑이라는 기생을 사랑하였다. 최경창이 한양에 올라와 병으로 앓아눕자 그 소식을 들은 홍랑은 함경도에서 7일 밤낮을 걸어 올라와 간병을 하였다. 더구나 그때는 함경도와 평안도 사람들의 한양 출입을 금지했었다. 명종비인 인순왕후仁順王后 심씨沈氏(1532~1575)의 국상을 치른 직후여서 이 사실이 한양 사람들의 입에 오르내리게 되었고, 마침내 사헌부에서 홍랑과 최경창의 관계를 문제 삼았다. 이로 말미암아 최경창은 전남 영광군수로 좌천되었으나 사임하고 외삼촌 댁에 머물렀으며 그때 홍랑도 함경도로 돌아갔다. 『성수시화』에 이런 이야기가 있다.

"최경창의 시는 굳세고 백광훈의 시는 맑아 모두 당나라 시의 풍격을 잃지 않았다. 진실로 천년에 드문 작품이다. 이달

---

5) 위로 임천령(林千齡)·임만령(林萬齡)·임억령(林億齡)·임백령(林百齡) 네 명의 형이 있다. 이들의 막내가 임구령(林九齡)이다.

의 시는 최경창, 백광훈에 비해서 크기 때문에 세 사람이 대
가가 된 것이다."

최경창은 조선 명종 16년(1561)에 진사과에 과거 합격하고,
선조 1년(1567)에 문과에 다시 붙었다. 사람됨이 호탕하고 탁
트여서 보는 사람들마다 황홀해하여 그를 신선처럼 여겼다.
나이 스무 살도 되기 전에 율곡 이이, 최립, 구봉 송익필, 송
강 정철, 서익 등과 어울려 놀면서 그의 글솜씨가 널리 알려
졌다. 지금의 서울 삼청동 일대를 주무대로 하였다. 타고난
재주가 비상한 데다 활을 잘 쏘았고, 거문고와 피리에도 뛰
어난 재주가 있었다. 젊은 시절 전라도 영암에 살다 임진왜
란을 맞았는데, 갑자기 적이 들이닥쳐 왜적에게 포위되었다.
그때 최경창은 감춰두었던 옥피리를 꺼내어 불었다. 그러자
왜적들이 모두 향수에 젖어서 "아마도 포위된 사람 가운데
신선이 있는 게 틀림없다."며 한쪽 길을 터주어 도망할 수 있
었다고 한다.

한편 고려의 시인 매호梅湖 진화陳華는 '매화梅花'라는 제
목의 시에서 이렇게 읊었다.

동군이 시험 삼아 뭇꽃들을 물들이기 전에

먼저 겨울 매화를 점찍어 담박하게 단장했네

옥 같은 뺨엔 봄 뜻 살짝 머금어 두고

흰 치마엔 달빛 싸늘하게 퍼져 있네

몇 가지만 대해도 사람 취하게 하는 요염함 있고

한 조각만 떨어져도 산삼처럼 향기롭네

정녕 맑은 시내에서 성긴 그림자 보는 듯하지만

그저 복사꽃 오얏꽃 집에 오르지 못함을 근심하네

東君試手染群芳

先點寒梅作淡粧

玉頰愛含春意淺

縞裙偏許月華凉

數枝猶對撩人艶

一片微廻逐馬香

正似淸溪看疏影

只愁桃李未升堂

　　동군東君은 봄을 담당한 하늘의 신이다. 다른 말로 동제東
帝, 동황東皇, 청황靑皇, 청제靑帝라고도 하였다. 음양오행에서 동쪽은 봄, 서쪽은 가을을 가리킨다. 그래서 동쪽 즉, 봄을 주재하는 신을 동군東君으로도 불렀다. '동군이 시험 삼아 뭇꽃을 물들일 때'는 한창 봄이 무르익은 시기이다. 그 전에 미리 매화를 단장시켜 보냈다며 은근한 뜻을 나타내었다. 옥 같은 뺨엔 봄기운이 감돌고, 무리 진 매화꽃이 여인의 치맛자락처럼 펼쳐져 싸늘한 달빛 아래 사람을 취하게 한다. 복사꽃 오얏꽃과 함께 피어 자태를 견주어 보면 그 뛰어남을 알 수 있는데, 그럴 수 없는 게 한이라고 하였다.

참고로 위 시의 원문에 인삼을 축마逐馬라 하였다. 이것은 산삼의 다른 이름이다. 인삼 이야기가 나왔으니 잠깐 곁길로 빠져도 좋겠다. 흔히 고려인삼이라는 말이 쓰이는데, 이때의 고려는 우리가 아는 고려가 아니라 고구려이다. 일찍이 고구려 사람들이 지었다고 하는 '인삼찬人蔘贊'이라는 노래가 있다. 중국의 도홍경陶弘景이 지은 『명의별록』에 전하는 이야기인데, 이미 5~6세기에 중국과 고구려의 인삼 무역이 활발하였음을 알려주는 자료이기도 하다.

세 줄기 다섯 잎사귀
해를 등지고 그늘을 좋아하지

나를 얻으려면 큰 나무 아래서 찾아라(高麗人作人蔘贊曰三
椏五葉 背陽向陰 欲來求我 椵樹相尋)

그리고 고려 말 이전까지는 인삼이라고 하면 산삼을 이르
는 말이었다. 인삼을 찾으러 산속을 헤매는 이들에게 이 시
는 좋은 길잡이가 되었다.

한편, 진화는 고려 신종~희종 시대를 살았던 문인으로, 신
종 3년인 1200년에 문과에 합격하여 13세기 전반에 활동하
였다. 허균은『성수시화』에서 진화의 여러 시 가운데서도 다
음 작품을 훌륭한 것으로 평가하였다.

작은 매화 지고 버들가지 춤을 춘다
아지랑이 속 걷는 걸음마다 더딘데
어촌 주막 문은 닫히고 말소리 없어
봄 강에 내리는 비 가지마다 푸르네
小梅零落柳僛垂
閑踏晴嵐步步遲
漁店閉門人語少
一江春雨碧絲絲

매화가 모두 진 뒤로 강에도 비가 내리고 있다. 빗속에 아지랑이 안개가 피어오르고 길을 가는 나그네의 걸음은 더디다. 시의 분위기로 보아 해질녘이었으리라. 어촌의 주막 문도 닫혀 있고, 사람의 말소리도 들리지 않는다. 버드나무 잎이 새파랗게 돋아나 천만 가닥 실버들이 바람 따라 너울거리는데, 나그네는 쉬어 갈 곳을 찾는 중인가. 이 시에서 가장 두드러진 표현은 마지막 행의 "강에 내리는 봄비에 가지마다 푸르른 실들"(一江春雨碧絲絲)이라는 구절이다.

고려 말 강회백姜淮伯이라는 인물에게도 괜찮은 매화 시가 한 편 있다. 강회백은 우왕 2년 과거에 합격하여 벼슬자리를 얻었고, 조선이 건국된 뒤 동북면 도순문사라는 관직도 지낸 인물이다. 어려서부터 기억력이 뛰어나 글을 한 번만 보면 모두 기억하였다. 단속사斷俗寺로 들어가서 글을 읽을 때 뜰앞에 매화나무 한 그루를 심고 이런 시를 지었다.

하나의 기운이 순환하여 갔다가 돌아오니
하늘의 뜻을 섣달에 핀 매화에서 보다니
은나라 솥에서 국맛을 고르게 하던 열매
부질없이 산속에 떨어지고 또 피는구나

一氣循環往復來
天心可見臘前梅
直將殷鼎調羹實
謾向山中落又開

　국맛을 내던 열매라는 말의 연원이 참 오래되었다. 국을 끓일 때 옛날부터 매실을 넣었다. 은 왕조(기원전 1600~1046)의 왕 무정武丁이 부열傳說을 자기 아래의 재상으로 임명하면서 "국을 끓이는데 매실을 쓰는 것처럼 나라를 다스리는데 자네를 쓰는 것이다."라고 한 말에서 유래되었다. 도읍을 지금의 하남성 은허로 옮긴 반경盤庚에 이어 무정은 기원전 1250년에 즉위하였다.

　당시 사람들은 이 시가 강회백의 앞날을 예언했다고 여겼단다. 그 매화나무가 영남 지방에서 이름을 얻었는데, 1백 년 뒤에 죽었다고 강희안은『양화소록』에 적었다. 훗날 그의 증손자 강용휴姜用休가 찾아가서 죽은 매화나무 옆에 새로 매화나무를 심었다고 한다.

설중탐매, 풍류의 삶

정몽주의 시 '회금매구유懷金梅舊遊'[6]도 매화에 관한 것
이다. 언젠가 김해로 놀러 갔다가 매화를 보고 품었던 소회
를 읊은 것이다. 이 시의 원래 제목은 '기이헌납첨 안행시 김
해연자루전 수종매화고운寄李獻納詹 按行時 金海燕子樓前
手種梅花故云'으로 되어 있다. 이것은 "헌납 이첨에게 보내
다. 이첨이 안찰사로 갔을 때 김해의 연자루 앞에 손수 매화
를 심었다고 한다"는 의미이다.

연자루 앞엔 제비 새끼 날아오건만

한 번 떠난 임 다시 돌아오지 않네

떠날 때 임이 심어놓은 매화나무

봄바람에 몇 번이나 꽃 피고 졌나?

燕子樓前燕子廻

郞君一去不重來

當時手種梅花樹

◇◇◇◇◇◇◇◇◇◇◇◇◇◇◇◇◇◇◇◇◇◇◇◇◇◇
6)『동문선(東文選)』권22,

爲問東風幾度開

　1행과 2행은 봄이 되면 돌아오는 제비를 매개로 삼아 한 번 떠난 뒤 다시 돌아오지 않는 임에 대한 기다림을 노래하였다. 3행과 4행은 임이 떠날 때 심은 매화가 봄바람에 몇 번이나 피고 졌는지를 묻노라'고 말함으로써 오래되었음을 표현하였고, 은근한 그리움과 원망이 묻어나게 하였다[『동문선』 권22, 회금매구유懷金梅舊遊].

　한편 『수문쇄록諛聞瑣錄』에 의하면 정몽주는 그가 죽던 해에 유달리 친구를 많이 찾았다. 친구가 찾아오지 않으면 꽃이 핀 섬돌에 나가 꽃을 꺾어 들고 시를 읊곤 했다. 그리고 일어나 춤을 추면서 술을 가져오라 하면 아내가 이화주를 가져다주어 마시곤 했는데, 그는 뒷간에 나가 앉아 시를 즐겨 지었다고 한다. 요즘 작곡가나 작사가, 래퍼, 시인 그리고 기타 예술가 중에도 이런 이가 흔히 있다고 하니 화장실에서의 해방 심리 때문인 걸까?

　연자루에 관련된 시 한 편을 더 보고 가야겠다. 조선 전기의 시인 김안국金安國(1478~1543)의 '분성증별(盆城贈別)'이란 시이다. 이것은 '분성에서 헤어지며 주다'는 의미이다.

연자루 앞에는 제비 새끼가 날고

무수히 지는 꽃 옷을 물들이네

봄바람이 이별의 한을 심으니

봄 가고 객도 돌아가니 애타네

燕子樓前燕子飛

落花無數惹人衣

東風一種相離恨

腸斷春歸客又歸

모재慕齋 김안국金安國에게도 재미있는 일화가 많이 있다. 그에게는 남다른 감식안(鑑識眼)이 있어서 다른 사람이 지은 글을 보면 그 사람의 미래 길흉이라든가 화복과 장수, 나아가 요절할 것까지 귀신같이 알아서 맞추는 데 실수가 없었다고 한다. 회재 이언적, 퇴계 이황도 모두 김안국 선생을 찾아뵙고 그에게서 비로소 학문하는 방법을 알았다고 한다. 언제나 행동을 천진스럽게 하고, 꾸미지를 않았으며 마음이 따뜻하기가 옥과 같고 봄바람 속에 앉아 있는 것과 같다는 말을 들었다.

그러면 조선의 귀족 여인들에게 매화는 어떤 모습이었을까? 주로 규방에서 지내야 했고, 울타리 밖으로 나오는 일이 드물었던 그들에게도 매화는 해마다 새로움을 안기는 반가운 손님이었다. 정조의 딸이자 순조의 친누이인 숙선옹주淑善翁主(1793~1836)가 겨울날에 읊은 매화 시도 있다. '겨울날에 즉흥적으로 읊다'[冬日卽事동일즉사]는 작품은 그저 매화를 바라본 뒤의 단상을 적고 있다.

겨울 날씨 봄처럼 따스하고
매화는 방 안에 가득 피었네
밝은 달은 난간에 걸려 있어
주렴 걷고 푸른 하늘 쳐다보네
冬日暖如春
梅香滿室中
明月掛曲欄
捲簾望碧空

추워야 할 겨울날이 봄처럼 따뜻하였다. 아마도 음력 섣달이었을 것이다. 바야흐로 봄을 앞두고 있지만 날은 한창 추위야 하는 때인데, 방 안에는 매화가 한창 피어 향기가 가득하다. 푸른 하늘에 달 뜨니 어슴푸레한 매화가 서릿발처럼 희다. 푸른 하늘엔 만월, 가슴이 탁 트이는 매월梅月을 말하면서 그 감흥을 밤하늘의 명월을 올려다보는 기분으로 표현하였다. 조선 시대 양반 귀족들 사이에서 집에 매화 분재라든가 꽃꽂이하는 풍조가 유행하면서 섣달과 정월에는 집집마다 방안에서 활짝 핀 매화를 감상하였다고 한다.

정조正祖에게 숙선淑善이라는 옹주는 다소 특이한 딸이었다. 어머니는 후궁 수빈綏嬪 박씨이다. 이 숙선옹주는 조선 왕실의 여인으로서는 가장 많은 시를 남겼다. 그녀의 시는 홍현주의 『홍현주시문고洪顯周詩文稿』라는 시문집 속에 「의언실권宜言室卷」이란 별도의 편명으로 남아 있다.

숙선옹주(1793~1836)는 홍현주洪顯周(1793~1865)의 아내이다. 홍현주의 어머니는 영수합令壽閤 서씨徐氏(1753~1823). 영수합 서씨의 시 또한 남편 홍인모의 문집인 『족수당집足睡堂集』 속에 영수합고令壽閤考라는 이름으로 남겨졌다. 시어머니 영수합 서씨와 며느리 숙선옹주 모두 보기 드문 조선 최상층의 여류 시인이었다. 당시 여자들은 한문에 능하지 못했으나 특히 영수합서씨는 유독 한문에 능통하였고, 각종 유교 경전에도 통달했다. 더욱이 셈을 잘하였으며 배우지 않고도『상서』도 읽어내어 주변을 놀라게 했다고 한다. 홍인모에게 시집가서 홍석주洪奭周(1774~1842)와 홍길주洪吉周, 셋째 홍현주洪顯周 아들 셋을 낳았다. 큰아들 홍석주는 인물은 못나고 위엄도 없었으나 어릴 적부터 서적을 탐독하였다. 여섯 살 때 밤중에 사라져 집안사람들이 찾으니 책 한 권을 지니고 뒤뜰에 나가 달빛을 등불 삼아 책을 읽고 있었다. 홍석주는 현종과 철종 시대에 재상을 지냈으며 셋째 홍현주는 정조의 딸 숙선옹주에게 장가들어 영명위永明尉가 되었다. 이들 3형제가 크게 성공한 것은 어머니 영수합 서씨가 직접 가르쳐 큰 그릇으로 만들었기 때문이다.

영수합 서씨는 어려서 오빠들이 글공부하는 것을 어깨너머로 보고, 글을 익혔다고 한다. 그 총명함과 비상한 기억력은 보통 사람이 따라갈 수 없을 만치 특별하였다고 한다. 10세를 넘기면서 특별히 재주를 드러냈으므로 그 아버지 서형수는 이렇게 말했다고 한다.

"아들 셋 모두 훌륭하지만 네가 사내로 태어났다면 세상을
떠들썩하게 했을 것이다."

그 아버지가 말한 대로 영수합 서씨의 재능은 시에도 잘
배어 있다. 영수합 서씨의 또 다른 시 '호운呼韻'은 '운을 부
르다'는 뜻으로, 누군가가 불러 주는 운에 따라 지은 시라는
의미를 담고 있다. 이 시에서도 매화는 모진 추위를 견딘 뒤
에 피는 꽃으로 그려져 있다. 그리고 그 뒤로 '외로운 달이
오동나무 가지 끝'에 달린 것으로 표현하였다. 그렇지만 달
이 외로운 것이겠는가? 그것은 매화를 바라보는 화자의 감
정이입일 뿐, 매화를 달과 동조시키기 위한 의도에서 나온
표현이다.

옅은 구름 푸른 산과 어울려 있고
자욱한 동산 연기 숲을 싸고도네
남은 매화 눈과 얼음을 이겨냈고
오동나무 가지 위에는 외로운 달
雲氣翠微合
烟光園樹籠
殘梅歷氷雪
孤月上梧桐

영수합 서씨는 특히 자연 경치를 읊는 데 아주 능하였다. 구름과 산, 안개와 동산, 눈·얼음과 매화의 대비로 시상을 전개한 다음, 오동나무 끝에 떠오른 달을 끌어들여 달빛 이슥한 무렵의 주변 경치를 그려내었다. 이제 매화가 피고 있으니 오동나무에 잎이 돋으려면 두어 달은 기다려야 할 것이다. 멀리 있는 산과 구름으로부터 가까운 동산과 안개, 그리고 매화로 시선을 좁혀가며 표현하고자 하는 대상을 압축해 가는 기교가 뛰어나다.

매화를 사랑하는 풍조는 조선의 여인들에게도 이어졌고, 구한말~일제강점기에도 매화 시를 남긴 이들이 꽤 있다. 그 시대의 여류 시인으로서 우선 꼽아볼 만한 이는 최송설당崔松雪堂(1855~1939)이다. 최창환崔昌煥의 딸로, 영친왕의 보모였던 최송설당은 후일 경북 김천고등학교를 설립하였다. 문집으로 『송설당집』 2권이 전하고 있다. 송설당이 본 '매화'[梅]는 꽃술이 화려하지도 않다. 찬란한 맵시가 있는 꽃도 아니다. 어쩌면 창백한, 보기에 따라서는 청초한 모습. 눈 서리 가득하여 모든 꽃망울이 숨죽이고 있는 찬 계절, 그것도 달 지고 별도 기우는 새벽 추위에도 매화는 아랑곳하지 않고 핀다. 새벽녘의 흰 매화는 차고 혹독한 세파에도 흔들림 없는 절개를 지닌 소복 미인을 닮았다.

어찌하여 찬란한 꽃술은 품지 못하나
눈 속에도 피는 매화 그래서 사랑하네
달 지고 삼성 별도 기우는 깊은 밤에
성근 가지에 매달려서 술잔에 어린다

豈無爛漫藥
偏愛雪中梅
月落參橫夜[1]
疎枝倒暎杯

어찌 보면 애처로운 모습 같기도 하고, 묵묵히 견디며 인고의 세월을 헤쳐 온 지사志士와도 같은 존재이다. 그래서 더욱 사랑할 수밖에 없는 애련의 대상이다. 달이 지고 별도 기우는 이슥한 밤, 가지 끝에 매달린 그대로 술잔에 어린 매화. 최송설당의 '매화'는 고독한 지사를 상징하는 존재일 수도 있다. 꽃잎이 화려하지도 않고, 꽃 이파리 널부러질 만큼

1) 參(삼)은 삼숙(參宿)이란 별자리를 의미한다. 즉, 삼성(參星)이다.

현란하게 핀 것도 아니건만 시인은 매화의 고독과 인내, 절제미를 애틋한 눈으로 바라보고 있다. 달도 별도 지는 밤에 술잔에 어린 매화. 그것을 "몇 안 되는 매화나무 가지가 술잔에 거꾸로 얼비친다"(疎枝倒暎杯)고 하였는데, 지극히 섬세하고 탐미적인 묘사라 하겠다.

옛사람들은 속세를 떠나 한가한 삶을 살기를 그렸다. 그렇다고 우리가 사는 지금의 세상처럼 혼란스럽고 어수선한 사회도 아니었는데, 초야에 묻혀 사는 안온安穩과 지족의 삶을 갈망하였던 것이다. 요즘 식으로 말하자면 그것이 그들에게 가장 필요하다고 여기던 일종의 힐링이 아니었을까. 선인들은 자신들이 꿈꾸던 무념의 세계를 흔히 이렇게 표현하였다.

"밝은 달 아래 한가로이 호미질하며 매화를 가꾼다"(閒鋤明月種梅花)

꽤 생뚱맞은 것 같지만 잡다한 근심, 번잡한 세속 일을 잊고, 맑은 마음으로 살기를 희망했던 것이다. 누구든 복된 삶을 살려면 물질의 행복도 중요하지만 근심 걱정이 적어야 한다. 그러려면 세속 일에 너무 얽매여서도 안 되고, 머릿속을 수시로 비울 줄을 알아야 한다. 무엇보다도 욕심을 적게 갖고, 분수에 맞지 않는 일은 벌이지 않으며 때때로 포기할 줄도 알아야 한다.

이희李熹(1691~1733)의 시 '눈 속에 사람을 찾아갔다가 시를 지어 주다'[雪中訪人因賦贈설중방인인부증]라는 작품 또한 그런 삶을 보여준다.

매화를 보러 나온 객이 아니라면
어째서 산길을 걷고 있는 것인가!
참으로 똑같아라 이 태수李太守가
눈 속에서 임포林逋를 찾아간 일이

不是看梅客
胡爲山逕中
眞同李太守
冒雪訪林翁

시인은 지금 산길을 헤치고 숲속 매화를 찾아가고 있다. 실은 정다운 벗을 만나러 가는 길. 그러나 친구를 만나겠다는 것은 핑계일지도 모른다. '님도 보고 뽕도 딴다'는 말마따나 두 가지를 다 겸한 것이기는 하겠지만, 지금 내 모습은 언젠가 '이 태수가 눈 속에 임옹을 찾아가던 일'과 어쩌면 그리도 똑같은 것인지 모르겠다고 생각한다. 여기서 임옹은 중국 북송 시대의 문인 임포林逋를 이른다. 임포를 Impotence의 Impo로 보면 곤란하다.

암튼 과거 이 태수와 임포 사이의 우정을 떠올리면서 설중탐매雪中探梅가 나만의 취향이 아니라 예로부터 풍류를 아는 이라면 누구나 하던 일이었음을 상기시키고 있다. 아마 시인 이회로부터 이 시를 받은 이는 곁에 펼쳐놓고 곰곰이 씹어보며 친구 이회를 떠올렸을 것이다. 어떤 시대를 살든, 세파를 벗어난 깨끗하고 바른 마음을 가진 지기知己를 많이 갖는 이만큼 행복하고 부유한 이도 없다. 더구나 은인자중하면서 자신을 가꾸고 주변을 살펴 사람을 껴안을 줄 아는 이가 있다면, 그런 사람을 사랑하지 않을 세상은 없을 것이다.

조선 중기의 시인 정온鄭蘊(1569~1641)은 '매화 가지 하나 꺾어서 병에 꽂고'라는 뜻을 가진 시 절매식호중(折梅植壺中)이란 작품을 남겼다.

가지 꺾였다고 매화야 상심하지 마라

나도 흘러 흘러 바다를 건너왔단다

깨끗한 건 예로부터 꺾인 일 많았으니

고운 향기 거두어 이끼 속에 감춰두렴

寒梅莫恨短枝摧

我亦飄飄越海來

皎潔從前多見折

只收香艶隱蒼苔

시인 정온은 처음부터 깨끗하고 고귀한 인품을 가진 누군가와 매화를 하나로 설정하여 이야기를 전개한다. 그 사람이 타인인지, 이야기 속의 화자인지를 모호하게 흐려서 읽는 이로 하여금 알쏭달쏭하게 만들고 있지만, 매화를 사람에 비겨서 설명하고 있다는 점 만큼은 알아듣게 만든다. 그리하여 부러진 가지는 깨끗하고 고결한 이의 의지일 거라고 믿게 만드는 고도의 수법이다. 바람과 세파에 꺾이지 않게 농염한 매화 향을 감춰 두라는 충고는 그래서 매화가 아니라 사람에 대한 것으로 받아들일 수밖에 없다.

고려의 시인 도은陶隱 이숭인李崇仁(1347~1392)이 바라보고 있는 것도 새벽 별 지는 무렵의 매화이다. 매화는 달과 별이 지는 새벽녘의 어스름한 밤에 보아야 제맛인 모양이다. 이숭인의 매화梅花이다.

> 매화 한두 가지 꺾어다가
> 꽃병에 꽂으니 더욱 청초해
> 시인은 가을 국화만 읊을 줄 알지
> 달과 별이 지는 새벽 매화는 못 보았으리
> 折得梅花一兩枝
> 膽缾斜揷轉淸奇
> 騷人只解吟秋菊
> 未見參橫月落時

　매화 가지 두어 개 꺾어다 꽃병에 엇비슷이 꽂아두었더니 그 '맑고 청아한 기운이 빼어나다'며 淸奇(청기)라는 두 글자로 매화의 기운을 압축하였다. 淸은 맑다는 뜻이고 奇는 뛰어나다는 것을 의미한다. '맑고 기품이 뛰어나다'는 게 본뜻. 매화의 이런 분위기를 가을 국화에 비길 수 없다면서 달과 별이 지는 새벽에 보는 매화의 그윽함을 찬미하고 있다.

　이것은 이숭인의 매화 연작시 5수 가운데 첫수인데, 왠지

'별과 달이 지는 새벽 매화는 못 보았으리라'는 말이 유독 여운으로 도드라지게 남는다. 이숭인과 한 집안이었던 이조년은 일찍이 '이화梨花에 월백月白하고…'라 하여 '배꽃에 달빛이 희다'고 갈파하였다. '매화가 달빛에 더욱 희다'고 하면 될 것을 굳이 '배꽃에 달빛이 희다'고 하였다. 바로 그 뒤집기에 글맛과 표현의 미가 있다. 배꽃이 얼마나 희면 달빛도 배꽃에 희게 바래었겠는가. 하기 쉬운 말로 역설이라 하겠지만, 발상을 완전히 뒤집은 표현이다. 이 대목에서 이조년의 미학적 표현이 돋보인다. 그것을 시인 이숭인은 이렇게 표현하였다.

"어찌하여 시인들은 국화만 칭송하는가, 새벽 달빛 아래의
매화는 말로 다 할 수 없다."

이것은 이숭인의 경험이다. 그가 말한 대로 매화 피는 계절엔 우정 새벽 매화를 찾아봐야겠다. 아마도 이숭인은 "새벽 달빛도 매화의 흰 빛에 바래어 버렸다"고 한 이조년의 매화월백梅花月白을 달리 말할 방법이 없었던가 보다. 사실 이숭인이 매화를 처음 보던 날은 매우 추웠다. 도은의 또 다른

매화 시이다.

곤음坤陰이 하는 일 막기는 어려워라
만물이 뿌리로 돌아가 쉽게 찾지 못했으나
어젯밤 남쪽 가지에 흰 송이 하나 생기니
향 피우며 단정히 앉아 하늘의 뜻을 보네
坤陰用事政難禁
萬彙歸根未易尋
昨夜南枝生一白
焚香端坐見天心

먼저 곤음坤陰의 곤坤은 땅이다. 음陰은 음기. 결국 곤음坤陰은 '땅의 음기'이니 겨울을 이른다. 겨울은 모든 식물이 그 생명을 뿌리로 옮겨 인고의 시간을 기다리는 때. 죽음과도 같던 그 시절을 벗어나 마침내 어젯밤 남쪽 가지에 한 송이 매화가 피었다. 천심은 글자 그대로 하늘의 마음이니 계절의 순리를 말한다. 계절은 때를 어기지 않으니 분향하고 단정히 앉아서 계절이 순행하는 이치를 헤아려 보는 중이다. 도은 이숭인은 이른 아침, 매화향 속에 향을 피우고 앉아 다향을 음미하고 있었을까? 향을 피우며 차를 마시는 '분향반명 焚香伴茗'의 풍조가 사찰은 물론 고려 사회에서 흔히 있었던 일이니 그리 볼 수 있겠다.

서거정이 '노선성댁매화시'에서 '매화는 계절을 돌리는 힘 (回天力)을 가졌다'고 하였는데, 도은 이숭인은 바로 그런 이치를 떠올린 것이다. 같은 내용이라도 시인에 따라 표현이 이렇게 다르다. 도은이 "어젯밤 남쪽 가지에 흰 송이 하나 생겨서 향을 피우며 단정히 앉아 하늘의 뜻을 본다"(昨夜南枝生一白 焚香端坐見天心)고 노래한 것을 후일 정도전은 살짝 바꿔서 "가지 끝 흰 꽃송이 하나 천심을 보이네"(枝頭一白見天心)라고 표현하였다. 그래 놓고 정도전은 매설헌도梅雪軒圖에서 자신이 본 매화를 이렇게 읊었다.(『삼봉집』)

고향 산엔 아득히 음기가 서려 있고
대지의 바람은 차고 눈 깊이 쌓였는데
창 올리고 편히 앉아 주역을 읽다보니
가지 끝 흰 송이 하나 하늘 뜻 보이네
故山渺渺豫章陰
大地風寒雪正深

燕坐軒窓讀周易
枝頭一白見天心

 아득한 고향의 산, 가보지 않아도 충분히 안다. 아직 그곳
은 겨울 추위가 한창일 것이다. 대지에 부는 차가운 바람, 눈
이 내려 정말 무릎까지 빠질 만큼 깊이 쌓였을 것이다. 창을
걷어 올리고, 마루에 편히 나앉아 글을 읽는다. 읽고 있는 책
은 주역. 천기와 계절 그리고 운수와 하늘의 이치를 꿰뚫어
아는 책이다. 주역으로 보아도 매화의 계절은 바야흐로 시작
되고 있다. 가지 끝에 매달린 하얀 솜 같은 매화 한 송이. 그
것은 계절이 전해온 천심이었다. 이제 눈 녹아 물이 흐르고,
동쪽에서 실바람 불어와 뺨을 부비면 가지엔 온통 매화가 모
습을 드러낼 것이다.
 그러나 정도전은 이 시에서 끝까지 매화를 말하지 않았다.
매화를 거론하지 않았어도 그것이 눈 속에 핀 흰 매화임을
알고도 남는다. 눈 속에 피는 매화, 그것이 바로 하늘의 마음
이라는 뜻에서 '가지 끝 하얀 천심 하나가 보인다'(枝頭一白
見天心)고 하였다. 매화 한 송이가 피었다는 얘기를 이렇게도
할 수 있다.

다음은 정도전의 '매화를 읊다'[詠梅영매]이다.

아득하고 아득하다 강남의 꿈이
바람아 불어라 고개 너머 혼을
생각에 잠겨 우두커니 서있자니
다시 또 황혼에 떠오른 낮달!
飄飄嶺外魂
相思空佇立
又是月黃昏

이것은 '매화를 읊다'라는 연작시의 첫 번째 수이다. 낮달이 뜬 황혼녘에 핀 매화를 강남땅 멀고 먼 곳에서 바람결에 불리어 온 혼백으로 표현하였다. 다시 말해서 매화는 강남몽江南夢이고, 강남의 혼이며 상사相思의 대상이다. 황혼녘의 낮달 아래 핀 매화를 바라보며 아무런 생각 없이 서 있는 자신의 모습을 '공저립空佇立'이라고 하였다. 매화에 푹 빠져 머릿속이 텅 빈 상태로 '우두커니 서 있었음'을 말한 것인데, 모든 생각을 비운 무념의 경지를 이른다. 가진 것을 버리는 것, 그것이 비움이며 나를 맑게 하는 일이다. 마음을 맑게 해야 눈이 맑아지고, 그래야 세상을 밝게 볼 수 있다. 시인은 맑은 마음으로 꿈결에서 보는 것처럼 청아한 매화를 바라보고 있다는 뜻이다.

다음은 정도전의 '매화를 읊다'[詠梅영매]라는 연작시의 네 번째 작품이다.

나막신 신고 잔설을 밟으며
이 강물 기슭을 거닐어가네
뜻밖에 아름다운 이를 만나니
속세 떠난 이에게 위안을 주네
著履踏殘雪
行此江之濱
忽然逢粲者
聊可慰幽人

'아름다운 이'는 사람이 아니라 매화이다. '매화를 읊다'라는 이 연작시의 여섯 번째 수에서는 매화를 옥혼玉魂이라고 하였다. 매화를 옥처럼 희고 차가운 혼이라고 본 것인데, 첫 연에서 매화를 그리는 꿈을 강남몽으로 표현하였으니 결국 옥혼은 강남혼이다. 그것은 다시 말해서 중국의 서남쪽 멀리로부터 고개 넘어 온 것이므로 영외혼嶺外魂이고라 한 것이다. 세객은 해마다 찾아오는 손님, 영외혼은 고개 밖에서 온 혼이니 모두 매화를 지칭하는 말. 여기서 잠시 영남嶺南과 영외嶺外라는 지명에 대한 설명이 필요할 것 같다. 이때의 領(령)은 중국 남방의 대유령大庾嶺을 이른다. 소위 남월南越과 광동廣東 사이에 있는 높은 고개이다. 대유령과 그 주변 일대에는 매화나무가 많아서 오랜 옛날부터 대유령을 매령梅嶺이라는 이름으로도 불렀다. 이 대유령 남쪽을 영남, 대유령 이남의 서쪽을 영외라고 하였는데, 영외혼은 바로 대유령 남서쪽 광서廣西 지방의 매화를 이른 것이다. 1천 3백여 년 전에 백제의 부여풍이 3차 백강전투에서 패한 뒤, 고구려로 도망쳤고, 부여륭 또한 고구려로 피신했다가 668년 고구려가 멸망하면서 다시 포로로 잡혀 두 사람 다 그 대유령 너머 영외와 영남 지방으로 유배를 당했다. 당송 시대 이후로 중국 남부의 영외嶺外, 즉 지금의 광서廣西 및 영남 지방인 광동성廣東省 일대는 가장 이름난 유배지였다.

이 시로써 정도전 시대의 조선 사람들도 대유령 이남의 광동성 일대에 매화가 많음을 잘 알고 있었음을 미루어 알 수 있다.

재 너머 봉우리 첩첩 포개있고
바위 가엔 눈얼음 많기도 한데
옥혼이 먼 시골에 떨어졌구나
서로 보니 둘이 다 시름겨워라
嶺外疊峯巒
巖邊足氷雪
玉魂落遐荒
相看兩愁絶

몇 고개 너머 인적 없는 첩첩산중 바윗가, 얼음·눈 쌓인 곳
에 매화가 피었다. 여기서도 매화를 옥혼玉魂이라고 하였는
데, 이것은 김시습이 매화를 '옥골정혼'이라고 한 것과 같다.
그저 맑고 깨끗한 매화의 기품을 그 이상 말로 표현하기는
어려웠을 것이다. 그래서 그냥 순백의 매화를 보자니 매화도
나도 시름겹다고 하였다.

다음은 '매화를 읊다'라는 연작시의 마지막 여덟 번째 연.
이 시 한 편으로 정도전이란 인물의 한 단면을 읽을 수 있을

듯하다. 주관적 자아가 지나치게 강렬해서 자기중심적이랄까, 나의 의도대로 이루어지지 않으면 판을 뒤집어버려야 하는, 그래서 역사의 기록엔 제 눈 밖에 난 사람은 가만두지 않는 패악한 인물로 그려졌을 수도 있다. 욕심과 욕망에 심신을 망치기 쉬운 성격이었던 것 같다. 아마 그래서 『조선왕조실록』 정도전의 졸기에 '그는 질투와 시기심이 많았다'고 기록하였을 수 있다. 8편의 매화 연작시를 맺으면서 '吹入手中來'(바람 불어 내 손에 들어왔으니)라고 끝을 맺은 것을 보더라도 주관이 뚜렷하였을 것이라는 느낌을 갖게 된다. 한 마디로 그가 재사才士일 수는 있어도 포용력과 넉넉한 인간미는 없었던 듯하다.

먼 곳에서 온 사신 언제 떠나왔나
만 리 밖에서 처음 돌아왔구려!
봄바람은 참으로 다정도 하여라
바람 불어 내 손에 들어왔으니
遠使何時發
初從萬里廻
春風也情思

吹入手中來

　만 리 밖, 먼 곳에서 온 사신이란 다름 아닌 매화이다. 봄 바람을 타고 온 봄의 전령. 그 바람결에 실려 오는 매화 향이 손에 가득하다. 정도전과 같은 시대를 살았던 목은 이색의 시에도 정도전의 시와 제목이 똑같은 '매화를 읊다'[詠梅영매]란 작품이 있다.

　　들으니 매화가 이미 반쯤 피었다는데
　　그 누가 매화 한 가지를 보내오려나
　　조용한 남쪽 창 아래 분향하고 꿇어앉아
　　달 아래 누대에서 만난 일 떠오른다
　　聞說梅花已半開
　　有誰能送一枝來
　　焚香危坐南牕静
　　記得相逢月下臺

　음력 정월, 누군가로부터 남녘의 꽃 소식을 들은 모양이다. '곧 이곳에도 모습을 드러내겠지'라고 말하고 싶은데, 우정 '누가 매화 한 가지 보내줄 것인가'라고 에둘러 말하였다. 시인은 남쪽 들창 밑으로 가서 조용히 무릎을 꿇고 앉았다. 그 무렵 이색은 불교를 믿고 있었다. 그는 후일 여주 신륵사에 가서 삶을 마감하였는데, 이 시를 쓰면서 분향한 것으로 보아 아마 그 역시 시상을 떠올리며 조용히 차를 마셨을 것이다. 그가 살던 고려 말, 불가와 유가에서는 차를 마시며 향을 사르는 '분향반명'이 유행하였다. 분향은 향을 피우는 것이고, 명茗은 훌륭한 고급차이다. 대개 청명 한식을 전후하여 참새 혓바닥만큼 자란 차잎을 따서 말린 것을 이른다. 분향할 때는 반드시 차를 올리는 불가의 예에서 이 말이 비롯되었다. 달빛 가득한 뜨락에서 매화에 취하던 때를 떠올리며 지긋이 눈을 감고 매화 향을 그리고 있다. 목은 이색은 이것 말고도 매화를 읊은 시를 꽤 많이 남겼다.

조선 전기, 세종 시대부터 성종 시대까지 살았던 김흔金訢(1448~1492)은 김안로金安老의 아버지이다. 안락당(顏樂堂)이라는 호를 사용하였다. 율시를 잘 썼다고 알려져 있는데, 그의 매화 시도 맛을 볼만하다. 시의 제목은 '낙매후우강전1'(落梅後又岡前1). '매화 진 뒤 또 언덕 앞에서'라는 의미인데, 늦은 봄 매화가 다 지고 몇 잎 남지 않은 때를 읊은 것이다.

봄날의 일들은 다시 화각 소리에 쇠잔해지고

가지를 잡고서 몇 번을 서성이는지 몰라라

북쪽 가지에는 아직 향기가 남아 있어서

시 읊는 이에게 알리려 눈 씻고 바라본다네

春事還隨畵角殘

攀條不覺屢盤桓

北枝容有餘芳在

爲報吟人洗眼看

　한편 슬픈 가정사로 말미암아 전국을 떠돌며 살다 간 방랑 시인 김병연金炳淵(1807~1863). 1811년 홍경래의 난 때 선천 부사宣川府使를 지낸 할아버지 김익순金益淳을 비방하는 시를 지어 지방에서 치르는 과거에 급제하였다. 홍경래에게 김익순이 항복한 것을 심하게 꾸짖은 장편 시였다. 후에 어머니로부터 김익순이 자신의 할아버지라는 사실을 알고, 하늘을 볼 면목이 없다며 평생 삿갓을 쓰고 유랑을 시작하면서 '김삿갓'이라는 별호를 갖게 되었고, 그로부터 김립金笠이라는 이름을 쓰게 되었다. 김삿갓은 그가 살아 있을 때 자신이 쓴 글을 정리한 적도 없다. 그렇다고 그의 사후에 후손이 문집을 따로 정리한 적도 없다. 그러므로 이 시 또한 그의 작품인지는 정확히 알 수 없다. 다만 김삿갓의 시로 전해오고 있고, 오래전에 김응수 씨가 모은 작품집 속에 '설중한매雪中寒梅'란 제목으로 전하고 있어 뽑아 보았다.

눈 속에 핀 매화는 술 취한 기생 같고
다리 앞 버드나무 실바람에 불경 외우는 중 같아
땅에 떨어진 밤꽃은 삽살개의 짧은 꼬리인가
석류꽃 피는 모습 쥐의 뾰족한 두 귀 같아라
雪中寒梅酒傷妓
風前橋柳誦經僧
栗花已落尨尾短
榴花初生鼠耳凸

이 시는 시간과 계절의 흐름에 따라 그 계절을 대신하는 꽃을 선택하여 이야기를 전개한다. 눈 내리는 시절의 매화, 봄바람 속에 흔들리는 버드나무 그리고 초여름의 밤꽃에 이어 음력 6~7월 한여름에 피는 석류까지 계절의 흐름에 따라 꽃과 나무를 배치하고 눈에 보이는 대로 표현하였다. 단순한 경물시로서 시 전편에 배어 있어야 할 시의가 없고 운도 맞지 않는다. 물론 김삿갓은 운을 지키지 않은 '작대기 시'를 많이 지었고, 파자시破字詩도 꽤 썼으나 이 시에는 김삿갓 특유의 번뜩이는 재치와 해학도 없다. 아무래도 김삿갓의 시로 보기에는 어딘가 좀 수상하다.

눈 속에 피는 매화를 술에 취한 기생에 비유했다. 어린 나이의 하얀 얼굴이 술에 취했으니 그 안색이 발그레한 모습을 이른 것이다. 바람에 흔들리는 다리 옆의 버드나무가 흔들흔들 앉아서 상체를 흔들어대며 불경을 외우고 있는 중을 닮았다고 본 것이나 6월 밤꽃이 마치 삽살개 꼬리 같다고 표현한 것도 그렇고, 이제 막 피어나기 시작한 석류꽃을 쫑긋한 쥐의 두 귀에 비유한 것은 신선한 발상이다.

김삿갓 이전의 조선 시대 선비들은 매화를 칭송하는 시를 수없이 남겼다. 더구나 조선 전기의 시는 특히 뜬구름 잡는 식의 표현이 많아서 냉큼 와닿지 않는 경우가 흔히 있다. 그러다가 조선 후기로 가면 꽃의 종류도 다양하게 등장하고, 표현도 조금 더 다채로워진다. 그런데 이 시는 비유 대상을 우리네 생활 주변에서 흔히 볼 수 있는 것들로 가져다가 빗댐으로써 한창 추운 계절, 눈 속에 피는 매화를 한결 친근하게 느낄 수 있게끔 하였다.

그러나 봄이 깊이 무르익으면 매화가 져야 한다. 성급한 봄꽃들은 매화가 지기도 전에 다투어 서로 제 모습을 뽐내지만, 봄꽃의 마지막은 오동나무나 등나무에 이어 함박꽃, 찔레꽃이며 장미 종류가 장식한다.

다음 이병연(1671~1751)의 면양沔陽이라는 시에는 다른 꽃보다도 오동나무꽃이 등장한다. 봄이 돌아가기 전의 모습이었을 것이다. 면양은 지금의 충남 당진 면천으로, 그는 면천에 사천장槎川莊이라는 별서를 갖고 있었다. 별서는 다른 말로 별장이다.

내 기억에 면양의 봄은 참 좋았지
멀리서나마 면양의 시를 짓고 있네
울타리에는 교목들이 솟아 있고
어부 초부 아는 이가 많이 있었지
오동나무에 꽃비가 내리면
황석어黃石魚는 머리를 내밀겠지
인씨印氏 성붙이 마을에서 나는 술
맑은 그 술맛이 제일 생각나네

洒陽春憶好

遙賦洒陽詩

籬落有喬木

漁樵多故知

紫桐花雨後

黃石首魚時

印姓村中酒

清醇崔可思

    시 속의 樵夫(초부)는 나무꾼을 가리키며 황석어는 2~3치 전후의 조기 새끼를 이른다. 서해안에 흔하디흔했던 황석어를 술안주로 먹었던가 보다. 색깔이 노랗고, 머리에 돌처럼 단단한 이석(耳石)이 들어 있어서 옛사람들은 황석어가 조기 새끼임을 알지 못하고 황석어(黃石魚)라고 부르게 되었다. 조기는 早起(조기)로 쓴다. 이것을 먹으면 힘이 넘쳐서 아침 일찍 일어난다는 데서 그리 쓰게 되었다고 한다.

    이병연은 꽃을 직접 가꾸어서 6월까지도 꽃이 지지 않도록 하였고, 꽃이 지면 조화를 만들어 실내에 장식해 두고 즐겼을 만큼 꽃을 좋아하였다.

위 시의 첫 행 "내 기억에 면양의 봄은 참 좋았지"(沔陽春憶好)라고 시작하는 구절을 보면서 중국의 백거이白居易의 '화창한 봄이 깊어가는데'(和春深)라는 시를 떠올리게 된다.

어디서 봄이 깊이 무르익는가
빈천한 집에도 봄은 깊어가네
황량한 길에는 풀이 무성하고
사방엔 차갑게 져버린 꽃잎들
何處春深好
春深貧賤家
荒涼三徑草
冷落四隣花
(이하생략)

부잣집에도 가난한 집에도 똑같이 봄은 깊어간다, 너른 벌판 길 따라 잡초가 무성해지고 사방 어딜 보나 꽃이 지기 시작해서 꽃 이파리들이 길을 덮고 있다. 봄이 돌아가는 길목에서 바라본 모습이다.

다음 시는 이영행李令行이 지은 시로, 이병연이 비단을 오

170   무엇을 성찰할 것인가?

려서 만든 붉은 복사꽃을 읊은 것이다. 이병연은 친구들과 늘 꽃을 감상하는 모임을 갖기도 하였다. 이영행의 『필운문고弼雲文稿』에는 꽃을 주제로 쓴 이병연의 시들이 들어 있다.

유월이라 꽃이 다 졌는데
네 집만 홀로 꽃 색깔 곱다
골목의 벽오동 시원하여라
붉은 복사꽃은 기이하여라
고운 꽃들 난잡하지는 않아
짧은 가지 드문드문 기울어
그 아래 누워 소리 높여 읊다가
손님 오면 차를 끓여낸다네
六月芳菲盡
花光獨爾家
蕭然碧梧巷
怪底紅桃花
艷艷繁莫亂
高吟臥其下
客至可煎茶

이병연이 조화를 만들어둔 것을 보고 친구 이영행이 지은 시이다.

파초와 오동나무 그림자 기이하지만
어이해 돌화분에 가짜 꽃을 심었는가?
오려서 만든 그대 정원의 꽃 자랑 마라
그 꽃을 보고서 속은 나도 우스워라
蕉影桐陰摠絶奇
石盆何以假花爲
隋園剪彩君休詑
可笑吾儂却見欺

화분에 심은 조화를 가짜 꽃(가화)이라 하였다. 그는 그것이 아주 못마땅했던 것 같다. 그래서 가화假花를 정원에 심고 자랑하지 말라고 하였고, 조화를 보고 속은 자신이 우습다고 하였다. 여기서 한 가지 의문이 있다. 조화에 속고서 우습다는 표현이 적절한 것일까? 조선의 백성은 누구나 꽃은 반드시 생화生花밖에 없는 것으로 알았다. 당시에 상류층에서는 조화를 만드는 취미가 있기는 하였다. 하지만 가짜 꽃은 사람을 속이는 것이라 생각했고, 남을 속이는 일을 극도로 경계했던 조선 사람들의 눈에는 가짜 꽃 자체가 기분 나쁜 물건이었다. 더구나 꽃을 사람으로 보아온 조선 시대의 전통을 감안할 때, 가화의 실체가 조금은 명확해지는 것 같다.

조화는 가짜이니 가짜에 속아서 기분이 언짢았음을 그리 표현한 것이다. 그럼에도 조선 후기에 이르면 조화造花를 만드는 일이 유행하였다. 『임원경제지』가 나와 조화를 만드는 일을 전파하기 전에도 조화 만드는 일이 여인네들의 방에서 널리 이루어져 왔건만, 사람들은 대개 조화를 별로 탐탁하게 여기지 않았다. 그런 기억은 우리들에게도 있다. 1970년대만 해도 조화는 그다지 마음 내키는 물건으로 인식되지 못하였다. 어찌나 정교한지, 생화보다도 더 생화 같은 조화를 너무도 당연하게 받아들이는 지금과는 아주 다른 옛날 이야기이다.

이병연은 북악산 아래에서 문을 걸어 잠그고 매화와 벗하여 살았다고 할 정도로 매화를 사랑하였다. 다음은 그의 분매24수盆梅二十絶 가운데 네 번째 수이다. 분매는 화분에 심은 매화.

네 번째 꽃이 피어났다고 하네요
부끄러워 아직 반만 피었다네요!

아이 녀석 억지로 일을 풀려는가

어찌 그리 급히도 꽃을 재촉하나

報道四花發

含羞尚半開

兒童強解事

何急數珠來

    제목을 '분매盆梅'로 제시하였으므로 시 안에서는 따로 매화를 말하지 않았다. 그냥 꽃이라고 해도 다 알 수 있으니까. 이제 매화가 피기 시작해서 네 번째 꽃이 피기까지 아이가 쉴 새 없이 오가면서 꽃이 몇 송이나 피었는지를 알려온다. 마냥 신기해하는 아이의 눈으로 매화를 대하는 흥분을 그려내고 있다. 즉, 아이의 마음으로 자신의 마음을 대신하면서 세상사 무슨 일이든 때가 있고, '억지로 되는 일이 아니니 활짝 꽃이 필 때까지는 잠자코 기다려야 한다'는 마음을 다지고 있는 것이다.

꽃은 시들고 사람도 늙지만

일찍이 향내 마른 적이 있나

시들어도 그윽한 향 맺었고
늙어도 고운 가지 남아 있네
花衰人亦老
臭味何曾歇
衰亦結幽芬
老猶餘艶骨

이것은 『사천시초』의 분매 24절盆梅二十絶 가운데 17번째
작품이다. 꽃이 시들어서 져도 향은 남고, 나무는 늙어도 고
운 가지는 그대로이건만 "아! 인생무상이여!"라고 말하고 싶
었을 것이다. 그러나 시인은 끝까지 자신의 속마음을 드러내
지 않았다. 말하자면 그것은 의도된 절제이다.

　조선 숙종~영조 시대를 살았던 회헌悔軒 조관빈趙觀彬
(1691~1757)은 '이백천매화시서李白川梅花詩序'라는 글에서
이병연의 매화 시를 이렇게 평가하였다.

"매화라는 꽃은 그 성질이 곧고 깨끗하며 그 덕이 향기로
워 눈과 서리를 업신여기는 것이 군자의 절개와 비슷하다.
그래서 예로부터 많은 사람이 매화를 좋아하였다. 좋아하는

것만으로는 부족하여 형제로 의탁하기도 하고, 장인丈人이라 부르는 이도 있었다. 그리고 또 잠깐이라도, 그리고 위급한 지경에도 반드시 매화를 곁에 두는 사람들이 있었다. 이들은 모두 고인高人이며 청사淸士이니 그 취미가 서로 가깝고 지조가 비슷함을 취했기 때문이다. 이병연이 매화를 좋아함은 고인의 뜻과 같으니 이병연만 홀로 지금 사람이 아니란 말인가. …이병연이 매화를 얻지 못하면 마음을 붙이지 못하고, 매화가 이병연을 얻지 못하면 또한 그 향기를 드날리지 못하였으니 그것은 붓 가는 대로 시를 짓고 지극한 뜻으로 그려냈기 때문이다."

고인高人이란 인품과 기품이 고매한 인물이며, 청사는 청빈한 선비. 그런 부류는 모두 매화를 좋아했단다. 그러면 조선 후기 중국의 사정은 어떠하였을까? 한 가지만 살펴보는 것도 의미가 있겠다. 이병연의 바로 다음 세대로서 박제가, 유득공이 있다. 이들이 연경燕京에 연행 사절을 따라가면 늘상 만나던 청나라 문인들이 있었다. 그중에서 양봉兩峯 나빙羅聘(1733~1799)이란 인물이 있었다. 유득공의 『영재집』(4권)에는 '나 양봉과 헤어지며'[別羅兩峯별나양봉]라는 시가 있고,

박제가의 문집인 『정유각집』엔 박제가가 2차 연행 때 나빙을 만나, 그의 대나무, 난초 그림 부채에 써주었다는 시[題兩峯畵竹蘭草제양봉화죽란초]도 전한다. 또 나빙이 그린 박제가의 초상이 있었다지만 실물은 사라지고 없다. 다만 바로 그 나빙이 지은 꽃시 한 편의 내용은 오늘까지 고스란히 전해오고 있다.

역으로 가는 길에 매화 그림자 거꾸로 서 있고
이별의 정은 서로 그리는 마음을 맺어놓았네
옛 친구가 요사이 나를 소원하게 여기니
매화 가지 하나 꺾어 누구에게 보내줄까?
驛路梅花影倒垂
離情別緒繫相思
故人近日全疎我
持一枝兒贈與誰

나빙은 그 자신 스스로를 화지사승花之寺僧이라 일컬었고, 매화와 난초 그림에 뛰어난 기량을 보였다고 한다. 조선 후기 역관 출신의 문인들과 가까운 인물이었기에 그의 시 한 편을 들여다보았다. 그러나 이런 흐름은 오랜 중국의 역사와 문화적 배경에 그 뿌리를 두고 있다. 매화는 중국이 원산지이다. 그래서 매화에 대한 중국인들의 애착은 남달랐고, 당송 시대 이래로 수많은 매화 시를 쏟아냈다. 현재 매화는 중국의 국화이다. 그래서 대만 가수 등려군鄧麗君은 매화를 이렇게 노래하였다.

매화 매화가 온세상에 가득하네요.

추우면 추울수록 꽃을 피우니

매화의 굳은 마음은 우리

위대한 중화민족을 상징하지요.

온 천지에 피어난 매화를 보세요.

땅이 있는 곳엔 어디나 매화가 피었네요.

눈보라와 바람 비도 무서워 않는

매화는 우리나라 국화입니다.

梅花梅花滿天下

越冷它越开花

梅花堅忍象徵我們

巍巍的大中華

看啊遍地開了梅花
有土地就有它
冰雪風雨它都不怕
它是我的國花

다음은 등려군의 '매화나무 가지 곁에서(傍一枝梅)'이다.

동지섣달 매화가 눈속에서 피어 있네
눈속에 야 ! 그렇게 눈속에서 피어 있네
지난해 그렇게 단장을 하고 봄이 오길 기다렸네요
기다려요 야 ! 그렇게 봄이 오길 기다려요
매화가 꽃 송이송이에 따스한 마음을 피워 내네 아이 !
피워내요 야 ! 그렇게 따스한 마음을 피워내네 아이 !
그이는 그렇게 봄을 만나지 못해서 꽃을 피우지 못하네
꽃을 야 ! 그렇게 꽃을 피우지 못하네.
정월에 매화가 뜰 가득히 피어 있네
가득히 야 ! 그렇게 뜰 가득히 피어 있네
거친 바람이 그렇게 매화 가지에 불어오니
가지에 야 ! 그렇게 매화 가지에

매화꽃이 내 옷깃에 꽂히네 아이 !

옷깃에 야 ! 그렇게 꽂히네 아이 !

그이는 그렇게 새해를 만나지 못해서 꽃을 피우지 못하나

피우나 야 ! 그렇게 꽃을 피우지 못하나…

腊月里梅花儿傍雪开

傍呀那末傍雪开

隔年那末打扮等春来

等呀那末等春来

梅花儿朵朵抒情意嗳

抒呀那末抒情意嗳

人不那末逢春花不开

花呀那末花不开

正月里梅花儿满园开

满呀那末满园开

狂风那末打下一枝梅

一呀那末一枝梅

梅花儿给你襟上戴嗳

襟呀那末襟上戴嗳

人不那末来年开不开

开呀那末开不开

　이처럼 중국인들은 아주 오랜 옛날부터 지금까지 매화를 자기네의 꽃이라 믿고 있다. 이런 배경이 있어서 중국과 한국의 옛날 사람들은 꽃과 매우 친숙한 '친화親花의 삶'을 살았다. 그리하여 흥선대원군 이하응李昰應(1820~1898) 같은 이조차 늘 매화 곁에서 살기를 원했다.

　　"매화 핀 누각에서 봄을 지내고, 연꽃 핀 정자에서 여름을 보내며 스스로 즐거워할 뿐이다."(梅閣留春荷亭銷夏自娛而已)

　흥선대원군이 생전에 즐겨 읊은 구절이다. 그는 봄꽃으로 매화, 여름꽃으로 연을 불러들였다. 연은 군자를 뜻하며, 동시에 장수와 행복을 의미하기도 하였다. 여느 문인, 유학자와 마찬가지로 그에게도 꽃을 사랑하는 마음이 곧 사람을 사랑하는 마음이었던 것이다. 흥선대원군은 직접 낙관에 이런 글귀를 새겨서 자신의 그림에 찍어 사람들에게 선물하기도 하였다.

봄을 보내며 가져야 할 성찰의 시간들

비록 작고 여리지만 복수초는 한겨울 높은 산, 눈 가운데서 핀다. 그러나 대개 봄꽃들은 겨울이 물러가야 모습을 피워낸다. 빨리 꽃을 피운다는 매화는 물론, 생강나무 같은 것들도 입춘은 지나야 망울을 터트리며, 버드개지나 버드나무도 노릇한 싹을 피우려면 우수, 경칩은 되어야 한다. 이 시기가 되면 드디어 매화가 모습을 한껏 피우고, 이제 곧 자취를 감추어야 할 때가 머지않았다.

몇몇 종류의 초목을 제외하고는, 대략 음력 3월의 청명절까지도 대개의 나무들에겐 그야말로 나목裸木의 계절이다. 남녘으로부터 전해지는 화신(花信, =꽃소식)과 함께 겨우내 주검처럼 파리하게 서서 견디던 초목들이 드디어 하나둘 눈을 뜨기 시작하면 얼어붙었던 우리네 마음도 조금씩 열리기 시작한다.

살랑살랑 실바람이 계곡과 그늘의 잔설을 녹이고, 냇물이 불어나면서 하루가 다르게 높아가는 기온 따라 우리의 마음도 따사롭게 녹아든다. 청명 한식이 다가오면서 훈풍이 불면

미간과 이마의 주름살이 펴지고 굳어있던 마음과 몸이 살랑살랑 반응한다. 춘곤증과 함께 나른해지는 봄날, 거기엔 새봄에 대한 기대와 은근한 희망이 있다.

울긋불긋 한바탕 벌어진 꽃 잔치를 이어받아 신록新綠의 초록빛으로 초목이 아우성치면서 산야를 물들이기 시작하면 비로소 들떠 있던 마음이 차분히 가라앉는다. 꽃 멀미로 멀었던 눈이 다시 안정을 찾고, 사춘기 소녀의 마음처럼 찰랑이던 춘심春心 또한 가라앉는다. 다시 계절이 바뀌어 봄을 떠나보내고 나면, 이제는 나 자신을 돌아봐야 할 성찰의 시간.

"어쩌다 보니 여기까지 왔군요. 지나온 걸음걸음 눈물 밴 발자국, 그 모진 시간들을 견디며 그간 살아내느라 고생스러웠을 당신을 무엇으로 위로해야 할까요? 그것이 인생이지요. 그렇게 한 발 한 발 가는 거. 어려움을 딛고 또 그렇게 다가오는 시간을 맞는 겁니다. 고통과 외로움, 슬픔과 가난에 좌절하지 마세요.

당신은 혼자가 아닙니다. 부모가 있고, 형제가 있고, 배우자가 있고, 자식이 있습니다. 그들이 아니라도 친지가 있고,

친구가 있습니다. 또 좋은 이웃이 있고, 그 외에도 당신을 도울만한 이들이 있습니다. 그것만이 아닙니다. 손에 딱 잡히지는 않지만 '나'를 둘러싼 '우리'가 있습니다.

잊지 마세요. 당신의 삶이 소중합니다. 무겁고 어두운 마음 다 놓아버리고 가볍게 걸어보세요. 머리를 들고, 목을 세워 앞으로 나가는 겁니다. 당신의 손을 잡아줄 누군가가 곁에 있을 겁니다.

주변 사람과 환경을 원망하지 말아요. 그 자리에 따뜻한 마음을 심어요. 그것들이 모여서 무리를 이루어 꽃이 피어야 그대에게 비로소 봄이 오는 겁니다."

대나무를 소재로 한 시와 노래들

'매란국죽'이라 하여 통상 대나무를 사군자의 말석에 앉히고 그 고고함을 이야기하지만, 시문 속에서는 오히려 대나무가 소나무와 궁합이 잘 맞는 모습으로 흔히 그려진다. 대나무는 사철 푸르른 성질로 말미암아 지조와 절개의 표상이 되었고, 그 결이 곧아서 곧고 정직한 인간의 성품을 대신하는가 하면, 속이 비어 있어서 탐욕이 없고 겸허하며 청빈한 인품을 나타내기도 한다. 그러므로 예로부터 문인들의 글 속에 등장하는 대나무는 그저 대나무가 아니라 뛰어난 인품을 가진 인물을 의미하였다. 대나무는 한 마디로 고결한 선비가 닮고자 하는 대상이었다. 대나무는 사군자의 끝자리가 아니다. 네 가지 모두 성격과 취향이 다를 뿐, 모두 같은 위치인 것이다.

중국 명나라 문인화가였던 문팽文彭(1498~1573)은 일찍이 이런 생각을 갖고 있었다.

"꽃과 대나무가 있는 산수의 묘한 경치를 감상한다."(覽花竹
山水妙境)

꽃과 대나무 같은 심성을 마음에 늘 간직하려고 그는 이 구절을 석인石印(돌로 새긴 도장)으로 새겨 자신의 그림에 낙관으로 남겼던 것이다.

나라는 다르지만 문팽과 거의 같은 시대를 살았던 조선의 명필 양사언楊士彦(1517~1584)도 거의 같은 생각을 가지고 살았다. 양사언의 시를 통해서 서로 비슷한 세계를 그리며 산 두 사람의 삶을 미루어 짐작할 수 있다. 양사언은 명필이기 전에 시인이었고, 유학자였다. 그러나 40세 이전의 양사언의 행적은 전하는 것이 별로 없다. 양사언의 일면을 엿볼 수 있는 것이 바로 풍죽風竹이라는 작품이다.

모진 바람은 높은 산을 찢으려는 듯

다시금 대나무 숲에 불어닥치네

모질게 불어도 가벼이 흔들리지 말라

차가운 겨울에도 견딘 늙은 대일세

疾風裂高岡

復欲吹勁草

披拂莫輕翔

同調歲寒老

풍죽은 대나무의 종류가 아니다. 바람에 불리는 대나무이다. 이 시에서 말하고 있는 것은 모진 세파가 불어 닥쳐도 고결함을 잃지 말라는 것이다. 시인은 가볍게 흔들리지 말아야 한다는 자신의 의지를 높은 산, 대나무와 바람에 실어서 표현하고 있다. 대나무에 부는 '모진 바람'은 현실적인 간난과 어려움이다. 한 마디로 모진 세파이다. 바람이 어찌도 센지 높은 산도 찢고 쪼갤 기세이다. 그 바람, 대숲에 불어도 가볍게 흔들리지 말 일이다. '차가운 겨울에도 견딘 늙은 대나무이니'라고 글을 맺었으니 산과 대나무가 기개·절조·신의·용기·신념·정의와 같은 개념들이라면 바람과 추위는 변절·비겁·불신·불의·고난·시련과 같은 것들로 볼 수 있다. 높은 산은 굳건한 의지를 가진 큰 인물, 대나무 또한 절개와 지조가 있는 인간상을 대신하고 있다. '차가운 겨울에도 견딘 늙은 대나무'는 자신을 이른 표현으로 이해할 수 있을 것이므로 풍죽은 곧 시인 자신이며 이 시를 읽는 독자로 이해해도 좋을 듯하다.

양사언은 봉래蓬萊라는 호를 사용하였다. 봉래는 금강산의 다른 이름. 실제로 그는 금강산을 꽤나 좋아하였다. 살아생전에 그는 금강산을 수시로 오갔고, 그곳에 오래 머문 적도 많다. 외갓집이 안변 평민 집안이었으므로 동해안 경치 좋은 곳을 두루 찾았다. 아마도 양사언은 금강산처럼 우뚝 선 기상을 간직하기를 바랐던 것 같다. 항우의 '역발산기개세力拔山氣蓋世'를 가슴에 간직했음인가.

양사언의 다른 작품 '신죽新竹'은 풍죽과는 전혀 다른 분위기이다.

안개 속에 표범 가죽을 벗겨놓은 듯
나는 새의 자취를 거꾸로 그린 듯
언제 자라서 아름다운 가지가 될까
저녁 달빛에 맑은 바람을 보태주네
纔脫霧豹衣
倒書飛鳥跡
幾時壯瑤枝
靑颷添月夕

신죽은 쉽게 말해 '새봄에 새로 올라온 햇대'이다. 봄에 새로 난 당년생 대나무이니 아직 다 자라지 않은 것이다. 오래된 대는 누런 대껍질이 마치 벗겨놓은 노루 가죽을 닮았고,

댓가지는 옆으로 늘어져서 새 날개를 거꾸로 그려놓은 것처럼 보인다. 반면 신죽은 아직 푸른 가지가 길게 자라지도 못했으니 한 해는 지나야 다부진 모습을 갖추게 될 것이다. 여기서는 대나무의 모습을 표범 가죽을 벗겨놓은 듯하다고 하였다. 그렇다면 이 대나무는 오죽烏竹이거나 얼룩무늬를 가진 것이다. 오죽 가운데 얼룩얼룩 반점이 있는 것을 반죽斑竹이라고 한다. 반죽 댓가지에 부는 밤바람. 달빛에 살을 부비는 댓잎 소리는 함박눈 날리는 겨울바람 소리를 닮았다.

반면 양사언의 '우죽雨竹'은 빗속에 서 있는 대나무이다. 온화한 눈길로 바라본 대나무의 푸르고 맑은 자태를 읊은 시이다.

비에 씻겨 가지 더욱 깨끗하네
저 홀로 온화하고 자태 맑으니
그대 풀 가운데 으뜸임을 알겠네
雪白葉逾青
雨洗枝更淨
獨也任和清
知君草中聖

흰 눈밭에 에워싸인 대나무 숲의 초록색은 유난히 푸르러 보인다. 이제 겨우내 쌓인 눈을 녹이는 비가 내리고 있다. 댓잎이 비에 씻겨 물빛 반지르르하니 그 색이 더욱 푸르다. 서서히 계절이 바뀌어 가는 중이다. 댓잎에 눈이 내릴 때처럼 비가 내리면 '사르락사르락' 하는 소리가 곤한 잠을 부른다. 보슬비라도 내리면 댓잎은 모두 소곤소곤 저희끼리 속삭인다. 이제 얼마 있어 꽃 지면 대밭엔 죽순이 삐죽삐죽 솟아오를 것이다. 시인은 대나무를 나무라 하지 않고 풀이라고 보았다. 실제로 대나무는 벼과 식물이다. 아주 오래전부터 사람들은 대나무를 목본류木本類가 아니라 초본류로 정확히 이해하였으니 조상들의 관찰력과 혜안이 범상치 않다.

양사언의 '쌍죽雙竹'이란 시 역시 고결한 인품을 닮은 대나무에 관한 이야기이다. '신죽'이나 '우죽'과 마찬가지로 '쌍죽'에서도 대나무를 고매한 인격과 지조를 가진 인물로 이해하고 있다.

서로 의지하여 아름답고 고운 모습

바람과 달과 함께 깨끗하기도 해라

저 서쪽 산 위에서 죽었다가

그해에 함께 나기를 바랐다네

嬋娟相倚薄

風月與雙淸

願死西山上

當年欲並生

쌍죽이란 대나무의 품종을 이르는 말이 아니다. 나란히 서 있는 두 그루의 대나무를 말함이다. 다만 여기서 말하는 두 그루의 대나무는 백이와 숙제이다.

서산西山은 중국의 수양산首陽山을 이른다. 즉, 중국 은왕조[1] 말기에 무왕이 혁명으로 주 왕조를 세우려 하자 백이伯夷와 숙제叔齊는 무왕과 강태공 여상呂尙을 찾아가 그것을 말렸다. 무왕의 말고삐를 붙잡고 혁명이 옳지 않음을 역설한 것이다. 폭력을 폭력으로 물리치는 건 옳지 않은 일이라고. 그때 무왕의 호위병은 백이 숙제 두 형제를 쳐죽이려 하였다. 그러나 강태공이 나서서 "이 사람들은 의인이다. 죽이지 말라"고 하여 죽음을 면했다. 드디어 무왕이 은 왕조를 뒤

---

1) 기원전 1600~1046년에 존속했던 중국의 두 번째 왕조

엎자 백이와 숙제는 주나라 곡식을 먹지 않겠다며 수양산으로 들어가서 고사리를 캐 먹다가 죽었다. 수양산은 백이·숙제가 절개를 지키다가 죽은 곳이다.(『사기』 권 61 백이열전).

시인 양사언은 두 줄기의 대나무를 백이와 숙제의 혼으로 보았기에 쌍대나무가 백이 숙제처럼 서산에서 죽었다가 다시 살아나고 싶어 하는 것이라고 묘사하였다.

이와 같이 옛사람들에게 대나무는 변함없는 마음, 절개와 지조를 상징하는 것으로 각인되어 있었다. 그리고 그런 생각을 대물림하며 살았다. 이런 인식을 잘 보여주는 또 다른 시가 양사언의 '노죽老竹'이다.

지조 높은 한 나라 저 소자경은
엉성하게 이빨과 머리 빠졌지만
굳은 절개로 큰 움 속에서 살았고
십 년 간 천산에서 눈비 맞았네
落落蘇子卿
蕭蕭墮齒髮
一節大窖中
十年天山雪

노죽은 글자 뜻 그대로 오래된 대나무이다. 그러나 여기서는 단순히 '오래된 대'가 아니라 절개와 충절을 잃지 않은 늙은 신하를 가리킨다. 즉, 첫 행에 제시된 소자경이라는 사람을 노죽에 빗댄 것이다.

소자경蘇子卿은 한 나라 때 흉노에 사신으로 갔던 소무蘇武의 자字이다. 흉노 대선우大單于[2]는 그를 붙잡아 굴속에 처넣고 음식도 제대로 주지 않았다. 그래서 그는 눈을 먹고, 깔개의 털까지 뜯어 먹으면서 조국을 배신하지 않았다. 끝까지 신의를 지키고, 직접 양을 치고 살았다. 후일 소제昭帝[3]가 흉노와 화친하고 그를 찾았을 때는 흉노에 포로로 잡힌지 19년이나 지난 뒤였다. 머리칼이 다 빠지고 이도 빠져 몰골이 흉악하게 바뀌었으나 살아서 고국에 돌아왔다. 그가 지조와 절개를 지키며 살았듯이 늙은 대나무는 소무를 닮았다고 본 것이다.

양사언의 '총죽叢竹'은 빽빽하게 무리 지어 있는 한 무더기의 대나무를 이른다. 간단히 요약해서 '한 무더기의 대나

---

[2] 흉노인들은 자신들의 황제를 하늘의 대리인이라는 의미에서 천자(天子)라고 하였다. 선우는 천자, 즉 하늘의 아들이라는 뜻이다.
[3] 전한(前漢) 무제(武帝)의 아들. 기원전 87~74년 재위.

무'라고 해도 될까? 양사언은 '총죽叢竹'에 언젠가 봉황이 내려와 날개를 접고 쉬기를 기다리는 마음을 실었다.

어지럽게 부는 한여름 바람의 그림자
맑은 달 이슥한 밤에 진 그늘이어라
우두커니 옥구슬 열매를 바라보노라니
이윽고 봉황의 새 소리가 들려오네요
凌亂炎風影
清深月夜陰
竚看瓊玉實
將聽鳳凰音

한여름 밤, 후끈 달아오른 대지의 열기를 품은 바람이 훅 불어온다. 그 바람의 그림자가 '나부끼는 댓잎'이라는 기막힌 묘사다. 맑은 밤, 삼경에 대나무 숲을 스쳐가는 바람 소리를 봉황새의 울음으로 본 것도 양사언의 시 세계에서만 볼 수 있는 표현이라고 하겠다. 예로부터 봉황은 대나무나 오동나무·벽오동나무·소나무에만 깃든다는 이야기가 전해왔다.

무덥고 긴 여름날, 대숲 그늘에 바람이라도 불면 그 소리마저 시원하고 상쾌하다. 7~8월 무더위 속에서는 흔히 보는 무궁화꽃이 핀다. 옛 시인들의 작품에서는 좀체 찾아보기 쉽지 않은 꽃이다. 이원휴李元休(1696~1724)의 '긴 여름'[長夏장하]이라는 시에는 구름도 태울 듯한 더위와 버드나무와 새, 무궁화가 등장하여 한여름의 열기를 돋운다.

산은 깊은데 새들은 서로 화답하고
해 뜨거워 구름이 불타려고 한다
짧은 두건에 술 석 잔을 마신 뒤
긴 허공에 휘파람을 한 번 부노라
바람 불자 향기로운 무궁화 춤을 추고
달 뜨자 버드나무 고목이 잠을 잔다
山深鳥相和
日暖雲欲燃
短幘三杯後
長空一嘯邊
風來芳槿舞
月到古柳眠

그렇지만 무궁화에 향기가 있다는 말은 좀체 와닿지가 않는다. 향기보다는 싱그러운 꽃내음 정도일 것이다.

이원휴는 성호星湖 이익李瀷의 조카이다. 아버지는 이서 李溆(1662~1713). 29살에 요절하였다. 호는 금화자金華子. 그의 『금화유고金華遺稿』 필사본 한 가지가 전한다.

대나무가 모진 시련과 고난을 견디며 충절과 지조를 지키는 인물로 표현되는 것은 청장관 이덕무의 시 세계에서도 동일하다. 이덕무의 '대나무'[竹죽]는 '만고풍설을 겪어낸 절개'의 대리자이다. 시인은 그것을 '청절淸節'로 표현하였다. 맑고 깨끗한 절개를 말한다.

> 꺼풀을 갓 벗은 낭창한 댓가지가
>
> 댓돌에 해 오르자 그림자 옮겨가네
>
> 만고풍설 겪은 것이 몇 번이었나
>
> 그대의 맑은 절개를 나는 잘 알지
>
> 錦繃初脫琅玕枝 [4)]

---

4) 낭간(琅玕)은 옥이란 뜻이지만 여기서는 청낭간(靑琅玕)을 말한 것이다. 청낭간은 대나무란 의미. 낭간은 본래 아름다운 옥돌로서 빛이 푸른 옥과 같은데, 대나무가 이와 비슷하니 청낭간 또는 낭간이라고 하게 되었다. 『신해경』에 중국 "곤륜산(崑崙山)에 낭간 나무가 있다"고 하였는데, 이것이 바로 대나무를 가리킨 말이다.

楷上日高影轉移
萬古幾經風與雪
此君清節我能知

　바람·서리·눈보라가 아무리 매서워도 조금도 변하지 않는
대나무에 해가 들고, 시간이 지남에 따라 그 그림자가 옮겨
가는 모습까지 그려내었다. 이덕무에게도 대나무는 충절·청
절·지조·기개와 같은 것들을 상징하는 존재이다.
　하지만 시인 권필에게 대나무는 더욱 각별한 대상이다. 이
덕무의 작품과 똑같이 시 제목은 '대나무'[竹]이다.

　대나무여
　대나무여
　상강과
　혜곡에
　뿌리는 용이 서린 듯하고
　잎에는 봉황이 깃들어 쉰다
　아이가 섣달 매화를 다루듯 하고
　가을 국화를 종처럼 부린다

안개 어리어 세세하게 향기롭고

달빛을 띤 채 무성하게 푸르구나

맑은 새벽엔 이슬이 밝은 구슬을 꿰어 단 듯하고

해거미 질 무렵엔 바람이 찬 옥을 두드린다

마디는 서리와 눈을 이겨 본래 굳세고

줄기는 구름 위에 솟아 굽은 적이 없어라

숨어 사는 선비 고아한 사람에게 지조를 기탁하고

소나무 울타리 띠집과 깊은 교분을 맺었어라

하나는 영구가 조씨의 고아를 세우기 어려운 것 같고

한 쌍은 백이숙제가 주나라 곡식 사양한 것 같아라

곧은 자태 밝고 깨끗해 군자를 짝할 만하니

그래서 '위풍 기욱'에서 대를 군자에 비겼었지

竹

竹

湘江

嶰谷

根龍蟠

葉鳳宿

孩撫臘梅 [5]

撲命秋菊 [6]

和煙細細香 [7]

帶月猗猗綠 [8]

淸晨露綴明珠 [9]

薄晚風鼓寒玉 [10]

<hr />

5) 당나라 장구령(張九齡)의 '사자찬서(獅子贊序)'에 사자의 용맹을 형용하여 "코뿔소와 물소를 고깃덩이로 보고 곰과 큰곰을 어린아이 다루듯 한다(肉視犀象 孩撫熊羆)"고 한 구절이 있는데 여기서 빌려온 것이다. 여기서는 대나무를 매화에 비긴 것이다.

6) 당나라 두목(杜牧)의 '이하집서(李賀集序)'에 "이하가 스물일곱 살에 죽으니 세상 사람들이 모두 말하기를 '만약 이하가 죽지 않고 조금 더 문장을 익혔다면 이소(離騷)를 종처럼 부릴 수 있었을 것이다(使賀且未死 少加以理 奴僕命騷 可也)"라고 하였다. 대나무를 국화에 비겨 찬양한 것이다.

7) 이 구절도 두보(杜甫)의 엄정공댁동영죽득향자(嚴鄭公宅同詠竹得香字)라는 시에 "비가 씻으니 곱디곱게 맑고, 바람이 부니 세세하게 향기롭다(雨洗娟娟淨 風吹細細香)"고 한 구절에서 따온 것이다.

8) 『시경』 위풍(衛風) 기욱(淇澳)에 "저 기수(淇水)의 모퉁이를 보니 푸른 대나무가 무성하다. 문채 나는 군자여 절차탁마하듯 하는구나(瞻彼淇澳 菉竹猗猗 有匪君子 如切如磋 如琢如磨)"라고 한 구절에 의의록(猗猗綠)이란 말이 보인다.

9) 중국 삼국시대 조식(曹植)의 '낙신부(洛神賦)'에 "명주를 꿰어 달아 몸을 빛낸다(綴明珠以耀軀)"라고 한 구절에서 빌려 온 것이다.

10) 찬 옥은 대나무를 가리킨다. 당나라 옹도(雍陶)의 시 '위처사교거(韋處士郊居)'에 "만 가닥 찬 옥이 섰고 시내엔 안개가 자욱해라(萬條寒玉一溪煙)"고 하였다. 백거이(白居易)의 '수미지(酬微之)'에 "소리소리 고운 곡조는 찬 옥을 두드리는 듯(聲聲麗曲 鼓寒玉)"이라고 한 구절이 있다.

節凌霜雪本自堅
幹聳雲霄不曾曲
托孤操于逸士韻人
結深契乎松籬茅屋
一箇如嬰白難立趙孤
雙竿若夷齊義辭周粟¹¹⁾
貞姿皎潔宜可以配君子
所以衛風起比興於淇澳

먼저, 시에 쓰인 지명 상강은 중국 호남성湖南省에 있는
소상강瀟湘江을 가리킨다. 소상강 주변에서 나는 대나무를
소상반죽湘江斑竹이라고 하였다. '반죽'은 자줏빛 반점이 있
는 대나무를 가리킨다. 『술이기述異記』에 따르면 중국의 전
설 시대 제왕인 순舜 임금이 죽으니 그의 두 비妃인 아황蛾
黃과 여영女英이 흘린 눈물이 대나무에 떨어져서 얼룩이 생
겼다는 전설이 있다. 또 혜곡은 귀한 대나무가 많이 자라는

---

11) 이제는 백이 숙제. 무왕이 은나라를 정벌하려 하자 백이와 숙제 형제가 말고삐
를 잡고 말렸으며 은나라가 망하자 주 나라의 곡식을 먹을 수 없다며 수양산(首陽
山)에 들어가 고사리를 캐 먹다가 죽었다고 한다.(『사기』권 61 백이열전)

곳으로, 혜계嶰溪란 골짜기를 말한다. 중국의 전설 시대, 황제黃帝가 음악을 담당하는 관리인 악관樂官 영륜伶倫에게 성률聲律을 제정하라고 명령하자 영륜이 곤륜산崑崙山 북쪽 해계嶰谿 골짜기로 들어가서 좋은 대나무를 베어다가 육률六律과 육려六呂, 즉 십이율十二律을 정했다고 한다. 혜곡은 영륜이 대나무를 구한 혜계를 이른다. 이것은 『여씨춘추呂氏春秋』 중하기(仲夏紀 古樂)에 실린 이야기이다.

엽봉숙葉鳳宿은 '잎에는 봉황이 잔다'는 뜻인데, 여기서 말하는 잎은 대나무 잎이다. 봉황은 대나무 열매[竹實죽실]가 아니면 먹지 않는다고 한다. 그래서 봉황을 죽조竹鳥라고도 한다.

조선의 시인 구봉龜峯 송익필宋翼弼(1534~1599)도 자신의 시 대나무[竹]에서 봉황이 내려와 앉기를 기대하고 있다.

천 년 오랜 세월 푸르름 지켜오니
어느 날 봉황새 내려와서 앉겠지
석 달의 봄이 며칠이나 될까마는
복숭아 오얏꽃이 꿈속에 피어나네
遠保千年碧

他時鳳下來

三春能幾日

桃李夢中開

　그 또한 석 달의 봄 사이에 죽순이 돋아나는 걸 보았고, 언젠가 그 대나무에 봉황이 깃들 것이라고 믿었던 듯하다. 그러나 지난 봄의 복사꽃과 오얏꽃은 꿈에서나 보는 꽃이다. 그러니까 그에게 도리화桃李花는 꿈속의 꽃, 즉 몽중화夢中花일 뿐이다.

　송익필에 대하여 「선조수정실록」권 20, 선조 19년 10월 조에 다음과 같이 기록하였다.

　"송익필은 노년에도 독서에 힘써 학문이 깊고 경서에 밝았으며 언행이 바르고 곧아서 제 아비의 허물을 덮기에 충분하였다. 그가 사람을 가르칠 때는 사람들의 의사를 잘 유도하여 스스로 감동하고 분발하여 자립하게 하였으므로 생원과 진사에 오른 자가 적잖았는데 그중에 김장생·허우 같은 자는 의를 행하는 행실이 서울과 지방에 이름났고, 강찬과 정엽 같은 자도 모두 뛰어난 재주를 가졌다."

한편 권필은 대나무를 바라보며 신의(의리)와 충절을 떠올렸다. 그리하여 '정영이 조삭의 아들 조무를 키워 마침내 복수를 한' 중국의 고사와 백이 숙제가 중국 은殷 왕조의 마지막 왕 주紂에 대한 충절을 지키다 죽은 일을 생각하였다. 여기서도 대나무를 군자에 비긴 까닭을 되새겨 본 것이다.

권필의 대나무는 가을 국화를 종처럼 부리거나 섣달 매화를 아이 다루듯 하는 존재이다. 봉황은 주로 벽오동나무나 대나무에 깃든다는 말이 전하듯이 권필의 대나무에도 봉황이 와서 쉰다. 대나무는 눈·서리 이겨내는 굳센 의지, 고아한 선비의 표상이다. 충절과 변함없는 지조의 상징이다.

조씨고아를 길러 복수를 이룬 영구의 지조와 절개에 관해서는 사마천의 『사기』에 전해오는 고사가 있다. 시 속의 영구嬰臼는 정영程嬰과 공손저구公孫杵臼 두 사람을 이른다. '조씨趙氏의 고아孤兒'는 조삭趙朔의 아들 조무趙武이다. 진晉 나라 경공景公 3년에 대부 도안가屠岸賈라는 사람이 대신大臣 조삭의 집안을 몰살하였다. 이때 조삭의 부인이 임신한 몸으로 궁중에 숨어서 유복자를 낳았다. 조삭의 절친한 친구인 정영과 공손저구가 조삭의 아이를 살릴 방법을 의논하여 다른 사람의 아이를 조삭의 아이인 것처럼 꾸며서 공손저구가 지키다 죽었다. 그가 죽자 이번에는 정영이 진짜 조삭의 아이인 조무를 데리고 산속으로 들어가 숨어서 키웠고, 마침내 조삭의 원수를 갚았다(『사기』 권 43 趙 세가). 여기서는 대나무 한 그루만 외로이 서 있는 모습이 위태로워 보여 '마치 조삭의 고아와 같다'는 뜻으로 말하였다. 이 고사를 바탕으로 중국에서는 조씨고아趙氏孤兒라는 제명으로 영화나 드라마 여러 작품이 나왔다. 또 권필은 백이 숙제가 은 왕조의 주왕紂王에 대한 의리를 버리지 않은 것을 예로 들고, 이들을 모두 대나무와 동등한 군자에 빗대어 표현하였다.

이런 거창한 가치를 곱씹어본 권필과 달리, 대를 심은 뜻을 아주 은근하게 드러낸 시도 있다. 신흠의 '몇 그루 대나무를 옮겨 심었더니 너무 조촐해 보여서 장난삼아 쓴 시'[移竹數竿極蕭條呫戲書]에서는 대나무를 심은 선비의 소박한 뜻을 알 수 있다.

쓸쓸하고 조촐한 대나무 몇 그루
무엇 하러 너희를 심었나 묻는다
그저 바람 불고 서리 내린 뒤엔
너와 내가 서로 의자하자는 거야

蕭條數竿竹
種爾問何爲
只是風霜後
相依我與伊

　문인들은 왜 하나같이 대나무를 절개와 지조를 갖춘 인물로 그리면서 중시했을까? 사람들은 으레 자신의 이익을 위해서 신의를 뒤집고, 명예를 위해 배신한다. 그런 세상에서 절실한 인물은 어떤 사람이었을까? 대쪽 같은 마음을 가진 이였다. 겸손하면서도 불의에 굽히지 않고, 사악한 무리와 야합하지 않으며, 주관 없이 부평초처럼 이리저리 휩쓸리지 않는 사람. 그런 사람을 어느 시대, 어떤 사람이든 가까이하기를 염원하였다. 그런 인간상을 추구하는 이들의 바람이 대나무를 신봉하는 믿음으로 자리 잡은 것이다.

　유몽인은 『어유야담』에서 시인 박지화에 대하여 간략히 적었다.

　"박지화朴枝華(1513~1592)는 젊어서 이름난 산을 유람하며 솔잎을 먹고 곡기를 끊었다. 다른 이들과 함께 산사에 거처한

적이 있었는데 한 달이 되도록 베옷만 입고 다니고, 밤이면 책을 베개 삼아 잤다."

   당시로서는 별난 기행을 일삼은 것인데, 젊은 시절 문인 박지화 또한 대나무의 품성을 본받고자 했던 듯하다. 그는 자신이 사는 오두막 주변에 대나무를 심었다. 박지화는 중종 ~선조 시대의 문인으로서 화담花潭 서경덕의 제자이다. 동시에 그는 남인의 영수였던 허목의 아버지 허교의 스승이었다. 참고로, 화담의 문인으로는 사암思菴 박순朴淳, 초당 허엽許曄 등이 가장 잘 알려진 인물이다.

   박지화는 임진왜란이 일어나 포천 백운산白雲山으로 피신했으나 일본군에게 사로잡히지 않으려고 절명시 한 수를 써놓고 계곡에 투신자살했다고 전한다. 그 외에 그에 대한 자세한 삶은 잘 알려져 있지 않다. 계곡물에 뛰어들어 자살한 결기와 지조로 보면 그의 성정은 대나무를 닮고자 한 노력에서 얻은 것이 아닌가 싶다. 그의 '대나무를 심다'[種竹종죽]라는 시에서는 섬돌 앞에 대나무를 심은 뜻을 소박하게 제시하였다. 긴 장마 뒤의 삼복더위에 '찬바람 소리'를 듣기 위함이었다. 댓잎에 부는 바람을 잠결에 들으면 솔바람 소리 같기도 하고, 바람결에 흩날리는 눈보라 소리 같기도 하다.

작은 오두막이 넉넉하니 날마다 휘파람 분다
스무 날 비가 내려 나그네 발길도 끊겼는데
섬돌 앞에 대나무를 둘러심은 뒤로는
낮잠 머리맡에 찬바람 소리 배로 늘었지
斗屋寬閑日嘯歌
連旬霈雨斷經過
自從種得階前竹
午枕寒聲一倍多

박지화가 작은 집 섬돌 한켠에 대나무를 심은 뜻도 대략
같은 것이었다. 여름날 긴긴 장마에 찾는 이는 없으나 날이
개고 나니 낮잠을 깨우는 청량한 바람 소리. 댓잎들의 소곤
거림이 솔바람 소리처럼 머리맡을 맴돈다. 그가 머물러 두고
싶었던 것은 대나무에 부는 바람 소리였다. 더운 여름날 베
갯머리를 식혀 줄 청량한 미풍.

박지화가 천명을 그대로 이었다면 70대 초반의 노년에 접
어들었을 무렵에 태어난 용주龍洲 조경趙絅(1586~1669)도 대

나무에 대해 갖고 있던 생각은 박지화와 대략 같았다. 그도
자기 집 남쪽 창가 거친 땅에 대나무를 손수 심어 가꾸었다.
시인 용주가 그리 한 까닭은 여름엔 시원한 댓바람 쏘이며
밤낮으로 세상만사 잊고 살기 위함이었다. 그런 삶을 조경의
'대를 읊다'[詠竹영죽]에서도 들여다볼 수 있다.(『용주유고龍洲
遺稿』)

내게는 남쪽 창가에 대나무 있다네
거친 땅에 내 손으로 심어 가꾸었지
초여름에도 잎은 가늘기만 하더니
어느새 새 가지 낮은 담장 넘어섰네
머금은 이슬은 눈물 떨군 듯 교묘해
바람이 이르자 너무도 시원하구나
밤낮으로 시를 읊으며 마주하고서
마음 편히 세상만사 모두 잊었노라
南窓吾有竹
手錘自鋤荒
細葉當初夏
新梢過短墻

露含工滴淚
風至絶添涼
日夕唫詩對
從佗萬事忘

　옛사람들은 생명이 있는 것이면, 그것이 아무리 작고 하찮은 것이라도 측은히 여기고 아낄 줄 알았다. 그것이 바로 유가儒家에서 말하는 측은지심이며 불가의 자비심이었다. 작은 생명이라 해도 소중하게 품을 줄 알았기에 겸허하였고, 자연 앞에 오만하지 않았다. 사물이 갖고 있는 본래의 성질을 파악하고, 그 가운데 좋은 것은 받아들이고 나쁜 것은 행동에 삼가고 조심하는 경계로 삼고자 하였다. 흔히 말하는 십장생으로써 '무병장수'를 기원하는 마음을 담았듯이 사군자를 모범적 인간형, 즉 인륜에 충실한 규범적 인간으로 설정하여 그것을 닮고자 하였다. 사람들이 대나무를 사군자의 맨 마지막에 꼽았던 까닭은 올곧고 정직하며, 탐욕스럽지 않고, 고난과 시련에도 충절과 지조를 지키는 인간상을 상징하는 것으로 여겼기 때문이다. 용주 조경도 대나무와 같은 올곧고 지조 있는 삶을 그리워한 까닭에 남쪽 창가 거친 땅에 대나무를 심어서 가꾸었다. 그 대나무가 자라서 이따금씩 시원한 바람을 보내준다. 그 소리에 시를 외워 답을 하는 삶에 만족하며 세상일을 잊었다고 하였다.

한편, 조선 후기의 시인 홍세태洪世泰(1653~1725년)의 다음 작품 눈죽嫩竹은 그의 나이 45세 때 지은 것으로 전한다. 눈죽(嫩竹)의 嫩(눈)은 예쁘다는 뜻. 예쁜 어린 대나무를 말한다.

> 어린 대나무 겨우 몇 척
> 이미 구름을 넘어설 높은 뜻 품었네
> 몸을 올려 용이 되고자
> 평지에 눕는 걸 좋아하지 않네
> 嫩竹
> 嫩竹纔數尺
> 已含凌雲意
> 騰身欲化龍
> 不肯臥平地

어린 대나무가 곧추서며 쑥쑥 자라는 모습에 시인의 입신(立身)에 대한 열정을 투사했다. 여기서 대나무는 시인 자신이다. 조선 후기 중인 출신으로 제술관(製述官)을 지낸 홍세태의 이 시는 신분적 제약을 딛고 뜻을 펴고 싶다는 열망을 담은 것으로 볼 수 있다. 이 시로써 이미 중인中人으로서의 신분적 한계를 딛고 그가 관료로도 성공한 심리적 배경을 들여다볼 수 있다.

정약용의 '대를 심다'라는 작품은 박지화의 시와 제목이 똑같다. 새로운 삶의 보금자리(?)가 되어준 강진 유배지. 그 초가 울타리 안에 대나무 한 그루 없어 삭막하던 차에 대나무 서너 뿌리를 심었다. 이것이 몇 해 지나면 한눈 가득 대나무를 볼 수 있으리라 여겼는데, 하룻밤 보슬비에 대여섯 개의 죽순이 삐죽 돋아나 마음 흡족해한다. 처음엔 몇 년을 내다보고 몇 뿌리 심었다가, 다시 골짜기 가득 대를 옮겨다 심었더니 이웃집 사람이 어리석다고 비웃고 있다. 정약용이 적소謫所(유배지)에서 귀양살이하면서 대를 가꾸는 모습을 그린 시이지만, 이 시에는 댓잎에 부는 시원한 바람 소리를 듣기 위함이라거나 대나무의 성품을 닮아야 하겠다는 식의 설명은 없다. 전통적으로 대나무에 실은 관념이 정절과 지조, 겸손, 정직 같은 가치들이었던 만큼 다산의 의도나 바람도

거기서 먼 데 있지는 않았을 것이다. 다산의 '대를 심다'[種竹
종죽]는 일종의 장편 시이다.

새 보금자리가 자못 상쾌하네
풀과 나무 향기로운 녹음 둘렀는데
아쉬워라 울타리 안에는
대나무 어린 가지조차 하나 없네
채소밭을 몇 길을 떼어내더라도
땅을 다퉈 근심할 겨를이 없고
손수 물 주고 북돋우고 열심인 것은
멀리 떠나오니 어린 하인도 없어서지
쓸쓸하게도 서너 그루뿐이지만
흡족하여 맑은 마음에 눈이 맑아지네
이렇게 해서 몇 해 지나고 나면
두 눈 가득 대나무를 볼 수 있겠지
보슬보슬 하룻밤 비가 내리더니
죽순 대여섯 개가 새로 돋아났네
내 본뜻은 멀리 기다리려 했는데
거름 먹은 효과가 이리도 빠른가

아끼고 가꾸어 울타리를 덮도록

사슴을 기르듯 정을 붙여야겠네

이웃 사람은 내가 어리석다고 웃네

산골짜기 가득 왕대를 심었다고

新居頗愜意

草樹繞芳綠

所嗟堵牆內

仍少一枝竹

蔬圃割數丈

未暇憂地蹙

澆壅手自劬

旅瑣無僮僕

蕭蕭三四枝

已足淸心目

庶幾年歲久

滿眼見寒玉

霏霏一夜雨

新筍擢五六

本意持遠圖

食效乃爾速
愛護作藩蔽
情如養茸鹿
鄰人笑余愚
篔簹滿山谷

주렴(발)을 두드리는 버드나무 가지, 봄날의 꿩 우는 소리, 가랑비 내리는 날 물고기 밥 주기, 아름다운 바위를 덮은 단풍나무, 연못에 비친 국화, 언덕의 푸른 대나무 등 8가지 감상할 만한 풍경을 주제로 읊은 다산의 연작시 8수 가운데 대나무를 그린 작품이 더 있다. 제목은 '언덕의 푸른 대나무'인데 그늘진 언덕, 잔설이 남아 있는 가운데 푸른 잎 성성한 세모의 대나무를 그렸다. 그가 추운 겨울의 대나무를 그린 데에도 이유가 있다. 예로부터 대나무는 추운 겨울에 옮겨 심어야 산다고 해서 주로 섣달에 대나무를 심었다. 찬 겨울에도 시들지 않는 대나무의 굳센 생명력을 기린 것이니 어쩌면 유배지에서 시린 날들을 견뎌야 했던 다산 자신의 모습을 대나무에 비긴 것인지도 모르겠다.

잔설 그늘진 언덕에 바위 기운 맑고

높은 가지에서 잎 지는 소리 새롭다

언덕에 남은 푸르고 어린 대나무가

공부방 세모의 정을 만들어 주다니

淺雪陰岡石氣淸

穹柯墜葉有新聲

猶殘一塢蒼篁竹

留作書樓歲暮情

고려와 조선의 유교 사회에서 대나무에 의탁한 개념과 가치는 변함이 없었다. 대나무는 충절과 정직·절개와 같은 가치의 표상으로 인식되었으며, 이러한 가치는 조선 말기까지도 고스란히 전해졌다. 고종 시대로부터 일제강점기까지를 살았던 여류시인 최송설당崔松雪堂(1855~1939)의 시 '대나무'[竹]도 충신을 대신하는 식물로 그려져 있다. 그렇지만 대나무를 꼭 그런 것으로만 바라볼 수 있을까? 이런 시들이 오히려 대나무에 대한 아주 오래된 관념에서 벗어나 새롭게 볼 수 있는 시각마저 막아버린 게 아닐까.

'대나무'[竹]

고기를 안 먹는 게 내 신조라

사는 곳엔 으레 대나무 있다네

굳센 마디는 충신의 절개 같아

서리 눈 맞아도 굽히지 않으니

食肉非余思

所居常有竹

勁節直臣同

霜雪誠難服

　이미 그 당시 이 땅에도 채식주의자(Vegitarian)가 있었다는
게 새롭게 와닿는다. 시에 담긴 뜻으로 보아 대나무를 심어
죽순을 먹었다는 이야기일 듯하다. 그런데 그는 대의 강직
한 절개를 더 가치 있게 여겼으니 실제로 죽순을 즐겨 먹었
다기보다는 대나무가 가진 품성을 아꼈다는 뜻이리라. 대나
무는 본래 성질이 차다. 그리고 곧다. 결이 일정해서 쪼개지
더라도 곧게 쪼개진다. 그것은 사람의 곧은 마음에 곧잘 비
유된다. 눈 서리를 맞아도 잎이 시들지 않으니 지조가 있는

사람을 대신한다. 속이 비어 있어서 욕심 없이 겸허한 마음을 가진 선비에 비유되기도 한다. 성간成侃(1427~1456)의 '작협곡斲筴曲'이란 시에서 보는 대나무도 절개와 신의를 대신한다. 성간은 여인을 대나무로, 그 여인이 그리는 임을 달로 그렸다. 달은 찼다가 기울어 변덕스럽지만 여인의 마음은 대 뿌리처럼 얽혀 있어 굳다는 뜻을 전하고 있다. 임에 대한 여인의 정절과 변함없는 신의를 표현한 것인데, 여기서 말하는 여인과 임을 성간이 살았던 시대로 돌아가 생각해보면 신하와 임금의 관계로 이해할 수도 있다. 쉽게 말해서 고용주(Employer)와 피고용인(Employee)의 관계이다.

이 여인의 마음 대나무 같고요
임의 마음 둥그런 달과 같지요
둥근 달은 찼다가도 기울지만
대 뿌리는 얼기설기 서려 있어

妾心如斑竹
郎心如團月
團月有虧盈
竹根千萬結

황준량의 시 '반가운 비'[喜雨희우]에서는 정말 반가움이 묻어난다. 빗줄기가 대나무에 내리면서 나타나는 변화와 활기가 생동감 있게 묘사되었다.

빗줄기 은빛 대나무에 빗기니

흐르는 시내에 비단무늬 일렁이네

향기 나는 꽃들은 핏빛으로 물들고

비에 젖은 보리는 구름과 이어졌네

개구리 소리 못둑이 무너질듯 시끄럽네

밭에서의 노랫소리 두둑 너머 들려오네

손수 거친 갈래 길¹²⁾ 호미질을 다하고

마음 솥에 훈훈한 화로를 바꾸노라

비가 내리면서 시내에는 비단무늬 물결이 일렁인다. 향기로운 꽃잎들이 벌판을 물들이기 시작하였고, 끝없이 펼쳐진 보리밭이 구름과 경계를 이루고 있다. 개구리들이 비를 반겨

---

12) 은자(隱者)가 사는 곳을 이른다. 중국 전한(前漢) 시대 장후(蔣詡)라는 사람이 두릉(杜陵)에 은거하면서 집안에 삼경, 즉 세 갈래 길을 내고 송(松), 죽(竹), 국(菊)을 심고서 그 당시 고사(高士)였던 양중(羊仲)과 구중(求仲) 두 사람하고만 어울렸다는 데서 나온 말이다.

우니 저수지 둑이 다 무너질 만큼 어지러운 가운데 밭일하는 사람들의 노랫소리가 들려온다. 황준량은 마지막 행에서 '마음 솥에 훈훈한 화로'를 들이고 있다. 봄날의 반가운 비에 온 가슴에 훈훈한 마음이 깃들더라는 이야기이다.

노계蘆溪 박인로朴仁老(1561~1642)의 시 '세곡정 주인에게 드리다'[奉呈細谷亭主人봉정세곡정주인]는 3수로 된 연작시이다. 그 가운데 앞의 2수이다.

춘풍에 누웠으니 푸른 버들 더욱 짙푸르고
성품을 기르고 정신을 맑게 하니
옥 같은 한 마음 궁할수록 더욱 굳고
깊은 동산 긴 대나무 마음을 상쾌하게 하네
春風閑臥綠楊深
養性怡神惜寸陰
如玉一心窮益固
深園脩竹爽神襟

세곡정의 오동나무에 깃든 봉황은 세곡정 주인일 것이다. 그가 훌륭한 인물임을 먼저 제시하고, 언젠가 대궐로 들어가

입신출세할 날이 있을 것이라고 기대하고 있다. 아마도 때는 음력 3~4월이었던 모양이다. 세곡정 주변의 동산 대나무를 '옥같은 한 마음'(如玉一心)이라고 하였고, 거기서 한 걸음 더 나아가 '궁할수록 굳건하다'(窮益固)고 표현하였다. 어려울수록 마음이 굳어지고 옥처럼 희고 고운 한마음으로 살아가야 한다는 다짐이다. 노계蘆溪 박인로朴仁老의 『노계집』에 실린 시인데, 두 번째 수에서는 세곡정 주인의 성품을 넌지시 드러내었다. 궁하고 막힌 날에도 시간을 아껴 성품을 기르는 일에 전념하고, 스스로 정신을 편안하고 기쁘게 가꾸고 있는 것으로 수신의 세계를 말하였다. 이러한 자세야말로 팍팍한 삶이 우리를 옥죄는 이 시대에도 더욱 필요한 덕목일 것이다.

　대나무와 함께 옛 시문에 자주 등장하는 것이 소나무이다. 고려와 조선의 많은 문인들이 소나무와 잣나무가 겨울 추위에도 시들지 않고 푸르름을 칭송하였는데, 그것은 힘든 세파에도 마음 변치 않는 사람의 굳은 심성을 대신하는 것이기도 하였다. 한 예로, 부안 기생 매창梅窓 이계생李桂生(1513~1550)의 시 '송백松柏'은 평범하고도 퍽 단순한 내용의 5언절구이다. 임에 대한 변함 없는 사랑을 송백으로 표현하였는데, 사

랑 변치 않겠다고 맹세한 임이 떠난 뒤로 밤마다 그리움을 키
우며 기다리는 여인의 애틋한 정이 잘 드러나 있다.

> 송백처럼 변치 않겠다고 맹세하던 날
> 사랑하는 정은 바다처럼 깊었네
> 한 번 떠난 임은 소식 없으니
> 깊은 밤에 홀로 울고 있네
> 松柏芳盟日
> 思情與海深
> 江南靑鳥斷
> 中夜獨傷心

그렇게 맹세해놓고 배신하여 이 멋진 여인을 울린 놈은 참
나쁘다. 더구나 깊은 밤에 혼자 울게 하다니. 소나무와 잣나
무 역시 충절과 신의, 절개의 상징이다. 눈 서리 내리는 겨울
추위에도 시들지 않고 푸르름을 잃지 않는 모습이 충절과 변
함없는 신의 같은 가치를 지닌 생명체로 보았던 것이다. 늘
푸른 소나무를 『논어』 자한子罕 편에서 '세한연후지송백지
후조야歲寒然後知松柏之後凋也'라고 하였다. '날이 추워진

뒤에야 비로소 소나무와 잣나무가 시들지 않음을 알게 된다'
는 뜻이다. 추사 김정희가 「세한도」에서 이 글을 인용하였는
데, 그것은 변치 않는 신의를 나타낸 것이었다. 소나무가 충
절의 상징임을 알 수 있는 시 한 편을 더 소개한다. 성삼문이
남긴 시이다.

임금이 준 음식 먹고 임금이 준 옷 입었으니
평소 품은 뜻을 평생 어기지 않으려 했건만
한 번 죽어 진실로 충의가 있음을 아노라
현릉의 소나무 잣나무가 꿈에 어른거리네
食君之食衣君衣
素志平生莫願違
一死固知忠義在
顯陵松柏夢依依

현릉은 문종과 문종 왕비 현덕왕후顯德王后 권씨의 무덤
이다. 이 시는 남효온이 지은 「사육신전」에도 실린 것으로,
남효온이 「사육신전」을 쓰던 당시에 현덕왕후는 왕후의 자
리에서 쫓겨나 서인(=평민)으로 내쳐진 뒤였다. 남효온은 그

것이 그릇된 일임을 논하다가 크게 문제가 되었고, 그 일로 결국 그는 사후에 부관참시당했다. 성삼문이 현릉을 거론한 것은 문종의 아들인 단종을 복위시켜 왕가의 정통성을 회복시킴으로써 충절을 지키리라는 의지가 사무쳐서 현릉에 선 소나무가 꿈에서도 보인다고 말했다. 문종과의 신의와 충절을 대신하는 상징물로서 소나무와 잣나무를 선택한 것이다. 또 현릉의 소나무 잣나무를 죽은 문종 부부의 주위에 둘러서 있는 신하와 같은 존재로 인식하였으므로 그 지조를 빌어온 것이다.

"성삼문은 해학적이고 자유분방하였다. 농담을 좋아하고 생활에 절도가 없었다. 겉으로 보기에는 지키는 바가 없는 듯했으나 안으로는 지조가 굳어서 빼앗을 수 없는 뜻을 갖고 있었다."

옛 기록에 실린 내용인데, 1456년(세조 2) 단종 복위를 꾀하다가 발각되어 세조가 친히 국문하자 성삼문은 "옛 임금을 복위시키려 했을 뿐이다. 하늘에 두 개의 해가 있을 수 없고, 백성에게는 두 임금이 없다."며 하룻밤 내내 맞서다가 날이 밝을 무렵 끝내 죽임을 당했다.

　세조가 단종으로부터 왕위를 물려받던 날 성삼문은 승지로서 옥새를 받들어 세조에게 건네고 나서 통곡하며 물러 나왔다. 세조가 땅에 엎드려 굳이 사양하다가 가끔 머리를 들어 바라보았다. 그때 성삼문이 박팽년, 이개, 하위지, 유성원 및 무인 유응부와 단종의 외숙 권자신權自愼 등과 단종을 복위시키려고 도모하는 눈치가 있었다. 김질金礩도 그 모의에 가담하였다. 성삼문이 김질에게 "일이 성공하는 날에 너의 장인 정창손鄭昌孫이 영상이 될 것이다."라고 하였다. 그러나 성삼문 등의 거사일이 여러 번 어긋나서 뜻대로 되지 않았고, 그 사이에 그 모의를 김질이 장인 정창손에게 누설하고 말았다. 정창손이 김질을 데리고 대궐에 들어가서 몰래 "김질과 성삼문 등이 이런 모의를 하였으니 죄가 만 번 죽어 마땅합니다."라고 하였다. 세조가 편전(便殿)에 나와 앉자 성삼문이 승지로서 곁에 섰는데, 세조가 무사를 시켜 성삼문을 끌어내어 김질이 밀고한 대로 말하니 성삼문이 대답하였다.

　"모두 사실이오. 상왕이 나이 젊으신데 왕위를 내놓았으니
　다시 세우려는 것은 신하로서 당연한 일입니다. 다시 무엇을

물으시오."

쇳조각을 불에 달구어 성삼문의 배꼽 아래에 놓으니 기름이 끓어올랐다. 그래도 성삼문의 안색이 변하지 않고 쇳조각이 식기를 기다려 말하기를 "다시 뜨겁게 달구어 오라."고 하였고, 이어 그의 팔을 끊으니 서서히 말하기를 "나리의 형벌이 참혹하오."라고 하였다. 그때 신숙주가 곁에 있었는데, 성삼문이 신숙주를 꾸짖기를 "전날 너와 집현전에서 당직할 때 세종께서 원손(元孫 : 왕세자의 맏아들)을 안으시고 뜰을 거닐면서 말씀하시기를 '너희들은 이 아이를 보호하라'고 하셨는데, 그 말씀이 아직도 귀에 생생한데 너는 잊었느냐?"라고 하였다. 신숙주가 몸 둘 바를 모르므로 세조는 신숙주로 하여금 자리를 피하게 하였다.

성삼문이 죽음에 임하여 감형관監刑官(형벌을 집행하고 감독하던 관리)에게 "너희들은 어진 임금을 보좌하여 태평성세를 이룩하라. 성삼문은 돌아가 옛 임금을 땅 밑에서 뵙겠다."고 하였다. 그 뒤에 아버지 성승成勝, 아우 성삼고成三顧, 성삼성成三省이 모두 죽음을 당하고, 성삼문의 아내는 홍성의 관비가 되었다.

정치적으로 그의 가문이 송두리째 몰락한 것이다. 그런 풍운아 성삼문은 생전에 꽃을 소재로 한 시도 여러 편을 남겼다. 그중에서 한 편을 꼽아보았다. 먼저 '봄이 간 뒤의 모란'을 그린 시인데, 그 제목은 춘후모란春後牧丹이다. 그가 말한 대로 모란은 봄이 지나고 초여름이 되어야 비로소 꽃을 피운다.

옛사람은 모란을 부귀의 꽃이라 했지
온 세상에선 풍류의 꽃이라고 한다네
복사꽃 배꽃 핀 땅에서 몸을 빼낸 뜻은
세상 논의에 모란꽃이 정녕 부끄러워서

古人稱富貴
擧世號風流
脫身桃李地
物議花應羞

예로부터 모란을 '꽃 중의 왕'이라 해서 화왕이라고 하였다. 복사꽃, 배꽃과 같은 봄꽃들이 진 뒤에 피는 꽃이니 '복사꽃 배꽃 피는 땅에서 빠져나와 초여름에 피는 것'으로 그렸다. 풍류와 부귀의 꽃을 너도나도 칭송하니까 모란 스스로 부끄러워한다는 것인데, 여기서 화왕 모란이 과연 꽃만을 의미한 것일까?

조선 후기의 문인 갈암葛庵 이현일李玄逸(1627~1704)은 '영화왕'(詠花王, 모란을 읊다)이란 시에서 모란이 화왕임을 전제하고, 그 다음 자리를 차지하는 꽃은 무엇인가를 묻고 있다.

> 화왕 모란이 봄바람에 피어
> 계단 위에 말없이 서 있네
> 온갖 꽃 어지러이 피었는데
> 어떤 꽃이 정승이 될 것인가
> 花王發春風
> 不語堦壇上
> 紛紛百花開
> 何花爲丞相

모란이 꽃 중의 왕이라 하니까 그럼 온갖 꽃 중에서 모란 다음의 정승 자리는 무슨 꽃인가를 물었다. 통상 정승 자리에 해당하는 꽃은 작약(함박꽃)이었다. 그 자신은 이 시를 쓰

면서 선비로서 3정승(영의정, 좌의정, 우의정)이 되고픈 희망을
이 시에 실었을지 모른다.

널찍한 마당을 가진 집에서 이런 갖가지 꽃들을 넉넉하
게 가꾸며 다른 생각 없이 살아가는 모습을 강희맹姜希孟
(1424~1483)은 일찍이 '화원대서'(花園帶鋤, =꽃밭에서 호미를 허
리에 차고)라는 시에서 다음과 같이 읊었다.

호미를 가지고 꽃 아래로 들어가
김을 매고 해질녘에 돌아오네
맑은 샘물에 발을 씻으니
숲속 돌틈에서 샘이 솟네
荷鋤入花底
理荒乘暮回
淸泉可濯足
石眼林中間

理荒(리황)은 '거친 땅을 손질한다'는 뜻. 승모(乘暮)는 '해거
름을 틈타서'의 의미. 그러니까 결국 乘暮回는 '해거름에 돌
아온다'는 뜻이다. 세상사 모두 잊고 꽃이나 가꾸며 사는 삶

을 말하고 있으나 실제 그가 그리 산 것은 아닐 터. 어쩌면 그런 삶을 머리 속에서 그렸을지 모른다. 그렇다면 그가 그린 이런 모습은 실제의 생활이 아니라 지극히 관념적인 것이었으리라.

강희안은 사계절 모두 꽃을 가까이 하는 삶을 그렸다. 사계절 늘 피는 꽃, 사계화에 관한 이야기를 본다. 그는 『양화소록養花小錄』에서 사계화에 대하여 이렇게 설명하였다.

"이 꽃은 봄, 여름, 가을, 겨울의 마지막 달에 피므로 세상에서 사계四季라고 하였다. 그러나 어디에 근거를 두고 한 말인지 알 수 없다. 이 꽃은 운치와 격조가 있건만 옛사람들이 명품이라고 쓰지 않았으니 실로 안타깝다. 그러나 좋은 그림에 이 꽃을 많이 그린 것을 보면 어찌 명품이 아니겠는가.…… 이 꽃은 세 가지가 있다. 꽃은 붉은 색인데 음력 3월, 6월, 9월, 12월에 향기를 풍기는 것이 사계이다. 꽃이 희고 잎이 둥글고 큰 것은 월계月季이다. 푸른 가지가 서로 이어져서 봄과 가을에 한 번씩 피는 것을 청간靑竿이라고 한다. 사계와 청간은 예쁘지 않다. 월계는 꽃이 필 때 햇볕을 쬐면 꽃받침이 썩어서 꽃이 피지 못하므로 반드시 화분을 그늘에 두어야 한다.……"

성삼문도 사계화 그리고 백일홍에 관한 시를 쓴 적이 있다.

사계화(四季花)
봄에 피어도 보기 좋고
여름에 피어도 보기 좋아
가을 겨울 또한 마찬가지
끝까지 너와 함께 늙으리라
春開看亦好
夏開看亦好
秋冬亦如此
與爾終偕老

백일홍(百日紅)
어제 저녁에 꽃이 지더니
오늘 아침에 꽃이 피었네
서로 보기를 일백 날
너를 대하고 술 마시기 좋아

昨夕一花衰
今朝一花開
相看一百日
對爾好銜杯

　백일홍이란 이름 그대로 피고 지는 시간을 100일로 설정하였다. 그러나 백일홍은 식물분류학상의 이름이 아니다. 이것은 흔히 배롱나무라고 불리기도 한다. 진짜 백일홍과 구분하기 위해 목백일홍이라고도 한다. 성삼문의 사계화나 백일홍이란 시는 그저 본 대로, 읊은 경물시이기는 하나 인생과 고민을 시에 짓이겨 넣어 압축한 함의가 별로 없다. 그저 직관에 따른 감흥을 읊었을 뿐이다.

　작약이 질 무렵이면 이미 들판과 논밭 둑에는 개망초가 지천으로 피어난다. 밤에 보면 여인이 벗어 던진 하얀 치맛자락처럼 길변에서 아우성인 개망초 무리. 8~9월에도 개망초는 우리 곁을 지킨다. 개망초가 끝물에 들어설 즈음이면 밭에는 메밀꽃이 하얗게 피기 시작한다. 이효석이 일찍이 단편소설 '메밀꽃 필 무렵'에서 달빛에 보는 메밀꽃을 소금을 뿌려놓은 것 같다고 한 바 있는데, 그보다 1천1백여 년 전에 이미 중국 당나라 시인 백거이(772~846)는 자신의 시 촌야(村夜, 시골의 밤)에서 '메밀꽃이 눈처럼 희다'고 노래한 바 있다.

서리 맞은 풀잎에 벌레 소리 절절하고
마을 남쪽과 북쪽엔 오가는 이 끊겼네
홀로 문 앞에 나와 벌판을 바라보니
밝은 달 아래 메밀이 눈처럼 희구나
霜草蒼蒼蟲切切
村南村北行人絶
獨出門前望野田
明月蕎麥花如雪

교맥蕎麥은 메밀(Buckwheat, Buchweizen)이다. 하지만 "명월 아래서 보는 메밀꽃[蕎麥花]이 눈처럼 희다"는 건 좀 과장일 듯하다. 실제 밝은 달 아래서 보면 소금을 뿌려놓은 것 같다는 표현이 훨씬 그럴듯하니까.

다음은 권필의 잡체 시 소나무[松]이다. 앞에서 설명한 대로 시의 전체 모양이 층을 이루고 있으므로 이런 형태의 시를 '층시層詩'라고도 부른다. 시에는 고사에서 인용한 인물들이 등장하므로 이해하기 어려운 부분이 꽤 있다.

솔이여

솔이여

눈을 굽어보고

겨울을 이기나니

흰 눈이 네게 깃들고

푸른 이끼가 너를 덮었다

송화는 여름 바람에 따스하고

가을 잎은 서리에 흠뻑 젖는다

곧은 줄기는 붉은 벼랑에 우뚝 솟았고

푸른 봉우리는 맑은 빛과 잇닿았어라

그림자는 빈 단상의 새벽 달빛에 떨어지고

소리는 먼 절의 잦아드는 종을 흔드누나

가지는 싸늘한 이슬 뒤집어 자는 학을 깨우고

뿌리는 깊은 땅속에 박혀서 숨은 용에 가까워라

초평은 너를 먹으며 수련하여 신선이 되었고

원량은 네 곁을 서성이며 가슴을 후련히 씻었지

구태여 완생을 대하고 절품을 논할 것 없나니

무엇 하러 다시 위언으로 하여금 기이한 모습 그리게 하랴

땅에 명을 받아 홀로 푸르름을 이에 알겠으니

늦게 시드는 네 자태가 아니라면 내가 그 누구를 따르랴

松

松

傲雪

凌冬

白雲宿

蒼苔封

夏花風暖

秋葉霜濃

直幹聳丹壑

淸輝連碧峯

影落空壇曉月

聲搖遠寺殘鐘

枝飜涼露驚眠鶴

根揷重泉近蟄龍

初平服食而鍊仙骨

元亮盤桓兮盪塵胸

不必要對阮生論絕品
何須更令韋偃畵奇容
乃知獨也青青受命於地
匪爾後凋之姿吾誰適從

마지막 행의 '늦게 시드는 너의 자태'(爾後凋之姿)는 『논어』 자한子罕 편에서 공자가 "날씨가 추워진 뒤에야 소나무와 잣나무가 늦게 시듦을 안다"고 한 말을 가리킨다.

이에 비하면 한 그루 외로운 소나무를 그린 회재晦齋 이언적李彦迪의 '고송孤松'은 퍽 이해하기 쉽다.

나무들이 울창한 숲을 이루었는데
외솔이 홀로 서서 자태를 뽐내네
노을연기 속에 줄기는 숨어 보이지 않고
이슬과 비를 먹고 가지 길게 자라나
천 척의 줄기 응당 심지가 곧고
깊은 땅 속 뿌리 쭉쭉 벋었으리라
동량의 재목 비록 기다리지만
어찌 차마 도끼질을 할 수 있으랴

차라리 바위 옆에 선 채로 늙어

세모의 푸른 기상 머금으리라

群木鬱相遮

孤松挺自誇

煙霞秘幹質

雨露長枝柯

千尺心應直

九泉根不斜

棟梁雖有待

斤斧奈相加

不似巖邊老

含姿歲暮多

홀로 서 있는 외솔[孤松고송]의 기상을 기린 것인데, 맨 마지막 행의 '세모의 푸른 기상'은 앞에서 말한 대로 "날씨가 추워지고 나서야 송백이 가장 늦게 시드는 것을 알게 된다"고 한 『논어』 자한子罕 편을 떠올리게 한다. 겨울에도 푸른 소나무의 기상으로 굳은 절개를 지키겠다는 것이 홀로 서 있는 외솔의 의지이다. 그러니 그 외솔은 그냥 소나무가 아니라 회재 이언적 자신이다.

이처럼 고상한 이언적에게도 아픈 과거가 있었다. 이언적의 아이를 낳은 경주 기생에 관한 이야기이다. 점잖은 양반 체면 깎는 말이지만, 요샛말로 섹스 스캔들이라고 할까?

"그가 경주의 한 기생과 정을 통하고, 그 기생이 임신한 지 두어 달이 지나서 서울로 가게 되었다. 그 뒤에 조윤손曹潤孫이라는 사람이 병마절도사가 되어 그 기생을 차지하게 되었다. 기생이 아이를 낳자 그 아이를 자기 아들이라 하여 매우 사랑하고 이름을 옥강玉剛(옥처럼 굳세다는 의미)이라고 지어주고 조씨 가문 모두가 그의 자식으로 알았다. 조윤손이 죽은 뒤 그의 이복형제들이 옥강을 배척하여 여막에 거처하게 하면서 방을 따로 정해주고 차별하였다. 남명 조식曹植이 당시 조씨 문중의 어른이었으므로 그의 명령에 따라 조윤손의 제사에 신주神主를 쓰면서 옥강의 이름을 쓰지 말도록 하였다. 옥강이 울며 그 이유를 자기 어머니에게 물으니 그 어머니가 사실대로 알려주었다.

당시 이언적은 평안도 강계로 유배가 있었다. 옥강이 그곳으로 달려가니 이언적이 만나기를 허락하고 이름을 이전인

李全仁이라고 지어 주었다. 이전인은 조윤손을 위해 그가 죽은 뒤, 마음으로 3년상을 치렀다."(『송계만록松溪漫錄』).

아마도 조윤손은 이언적을 크게 존중하였던 것 같다. 그러니 기생이 낳은 아이라 하나 옥강을 거두어 길렀던 것이고, 그것도 자신의 아들로 받아들인 것이다. 그런 배경이 있었기에 후일 이전인(옥강)은 그를 위하여 마음에 새기고 감사했던 것은 아닐까? 옛사람들의 넉넉한 인간미를 보는 듯하다.

옛 시인들의 시나 그림에 소나무는 다양한 모습으로 등장한다. 이덕무의 시 '이튿날 돌아오는 길에'[明日歸路명일귀로]는 우리가 흔히 볼 수 있는 소나무를 평범하게 읊었다.

길 북쪽엔 조그마한 우물이 있고
길 남쪽엔 큰 소나무가 서 있네
나그네가 물 마시고 쉬노라니까
옷소매에서 맑은 바람이 이네
路北有小井
路南有長松

行人飲且憩

衣袂生清風

　이 작품은 이덕무의 '남산의 국화'[南山菊남산국]란 시와 똑같은 방식으로 이루어졌다. 길 북쪽엔 샘, 남쪽엔 소나무. 그 사이로 빼꼼히 길이 나 있다. 길 가던 나그네, 물 마시고 우물 곁에 있자니 소나무를 거쳐 온 솔바람이 무심코 달려든다. 옷소매에 이는 바람. 그건 소나무 향기 상큼한 솔바람이다. 소나무에 이는 바람을 유식한 말로 송뢰松籟라고도 한다. 회화성이 뛰어난 작품이라고 할 수 있는데, 거기에 바람소리와 솔 향기를 얹어 쾌감과 즐거움을 보태었다.

　우리 주위에서 늘상 보는 소나무와 대나무 중에서 어느 것이 더 오상고절(傲霜孤節)을 대표하는 것일까? 그건 구분하기 쉽지 않으나 이들 둘 사이의 묘한 차이를 조선 중기의 시인 택당澤堂 이식李植(1584~1647)은 '송죽문답(松竹問答)'에서 아주 재치 있게 제시하였다.

　소나무가 대나무에게 물었다

　산골짜기에 눈보라 가득해도

나는 빳빳하게 목을 세우고

부러져도 굽히지는 않을 거야

松問竹

風雪滿山谷

吾能守強項

可折不可曲

대나무가 소나무에게 대답하였다

높을수록 부러지기 쉬운 법이지

그저 청춘의 푸른색 지키는 거야

머리 숙여 눈보라에 몸을 맡기고

竹答松

高高易摧折

但守青春色

低頭任風雪

　이게 단순한 소나무와 대나무의 이야기인가? 지금의 우리
는 이 둘의 삶에서 무엇을 배울 수 있는가? 그리고 어느 쪽
을 택하는 게 좋을까? 그건 각자의 선택에 달린 문제이지 우

열을 가릴 수 있는 게 아니다. 여기서 말하는 대나무나 소나무와 같은 삶을 살았다면 그래도 성공적인 인생 아닐까?

시린 계절, 국화를 바라보며 이르노라

국화 종류를 빼고, 가을에 피는 것으로 명함을 내밀 만한 꽃은 드물다. 꽃 또한 봄에 피어야 열매를 맺고 씨를 거두게 된다. 뿌리로 번식하는 국화는 가을에 핀다. 다른 꽃이 다 피고 진 뒤에 그것도 가을이 익어야 꽃을 피운다. 국화가 꽃을 피우면 드디어 초목은 나목裸木의 계절로 접어든다. 잎은 뿌리로 돌아가고, 나무들은 숨을 죽이고 극한의 추위에 대비하는 계절. 날이 추워야 비로소 꽃을 피우기에 국화는 늘 세파를 견디고 묵묵히 제 길 가는 초야의 은사로 인식되었다. 봄을 대표하는 꽃으로 매화를 꼽는다면 가을을 상징하는 꽃은 국화이다. 오랜 옛날부터 춘매추국(春梅秋菊, 봄의 매화, 가을철의 국화)을 칭송한 까닭이 바로 추위에 있다. 꽃에게 추운 겨울은 가장 혹독한 시련의 계절이다. 사람이 겪는 차고 시린 세파를 꽃이 견뎌야 하는 겨울 추위에 빗대어 매화나 국화 또한 그저 초야의 한갓 힘없는 식물이 아니라 고결한 사람으로 인식한 것이다. 도연명을 비롯하여 자연주의를 부르짖으며 자연과 함께 살다 간 중국의 몇몇 유명인사들로부터 시작된 4군자 사랑은 좀 특별한 데가 있다. 그중에서 국화를 사랑한 이들도 아주 많았다.

먼저 도연명의 국화菊花는 어떤 모습일지, 그가 그린 국화를 들여다보기로 한다.

초막을 짓고 사람 사는 곳에 살아도
말과 수레 소리가 시끄럽지 않구나
어찌 그럴 수 있는지 그대에게 묻노라
마음이 속세를 떠나 있으면 그렇게 되네
동쪽 울타리 아래의 국화꽃 꺾어 들고
아스라이 남산을 바라보니
황혼 무렵의 산 기운이 아름답기도 해라
나는 새들은 서로 짝을 지어 돌아오니
이 가운데 진정한 뜻이 있으니
분별하여 가리고 싶어도 말을 잊었노라

結廬在人境
而無車馬喧
問君何能爾
心遠地自偏
採菊東籬下

悠然見南山
山氣日夕佳
飛鳥相與還
此中有眞意
欲辨已忘言

　또, 중국 송宋 나라의 한기韓琦(1008~1075)라는 사람은 "젊어서의 지조는 보전하기 쉬워도 늙어서 지조는 보전하기 어렵더라."라는 말을 남긴 인물이다. 속된 말로, "너 그렇게 살다가는 나이 쉰도 되기 전에 걸레가 될 거야."라는 말이다. 하기사 대충 사는 자들이야 나이 쉰이나 예순 무렵엔 이것저것 거리낌없이 제멋대로 살아서 걸레처럼 된다. 그저 먹고 마시는 일에나 힘쓰고, '거지처럼 벌어서 정승처럼 쓴다'는 말이나 앞세우지만 정말 거지처럼 벌면서 정승처럼 쓰는 일은 없다. 그런 자들에게 고상한 삶이란 기대할 수조차 없는 것. 그런데 그 한기라는 사람이 중양절에 지은 시 가운데 다음과 같은 구절이 있다.

　　"가을철 늙은 농부의 모습 담담한데 국화꽃은 가을이 깊어가

며 더욱 향기가 나네"(莫嗟老圃秋容淡 要看黃花晚節香)

이 또한 가을 국화를 칭송한 시이다.

고려의 문인 이인로李仁老는 자신의 『파한집破閑集』에서 국화를 이렇게 말하고 있다.

"국화는 품종이 대단히 많아서 비록 그 종류를 다 셀 수는 없으나 모름지기 노란색을 바른 색깔로 삼는다. 그런 까닭에 옛날 사람들은 '오색 가운데 아주 귀하고 모든 꽃이 다 진 뒤에 홀로 존귀하게 핀다'고 하였다."

국화를 말하려니 먼저 고려 시인 이규보(1168~1241)의 '중양일重陽日에 국화를 읊다'[重九日咏菊중구일영국]를 알아보고 가야 하겠다.

서른아홉 번째 맞는 이 날에도
찬 국화꽃은 예 그대로 노란데
내 양쪽 검은 귀밑머리 어이해
절반이나 하얗게 서리맞았는가

三十九重陽
寒花一樣黃
奈何雙鬢髮
換綠半染霜

　국화는 중양절重陽節에 그 기품을 뽐내는 꽃이다. 한 해가
기우는 늦가을, 그중에서도 된서리가 내린 뒤에 국화꽃 노란
잎이 더욱 짙어 보인다. 국화꽃 옆에 이규보는 반백의 모습
으로 섰다. 39세 되던 해 가을의 9월 9일에 쓴 시이다. 대머
리인 자신을 자조自嘲하는 글을 남기기도 한 이규보는 살아
생전에 많은 시와 글을 남겼다.
　이규보는 이미 9살 때부터 글을 잘하여 신동이라 불렸다.
46세 때에는 최충헌을 만난 자리에서 잠깐 사이에 훌륭한
시를 지어 최충헌으로 하여금 감탄하게 하였다. 이규보는 스
물한 살 나이에 과거에 급제(1189년 사마시에 합격)하여 관리로
서의 삶을 살았다. 그러나 그는 관리 이전에 시인이었다. 그
것도 꽃을 사랑한 사람이었다.
　가정稼亭 이곡李穀(1298~1351)의 국화 시 '십일국(十日菊, 소
중양일의 국화)'이라는 게 있다. 9월 9일이 중양일이고, 그 이

틀날인 10일이 소중양일이다.(『가정집』제 14권)

중추 가절 16일 밤에는

달빛이 밝고 또 밝은데

소중양일 10일의 국화는

남은 향기 여전히 은은해

세속은 늘 이리저리 변해서

때가 지나길 바라지 않으나

홀로 이 화려한 꽃 어여삐 여겨

늦도록 절개 지키는 게 나와 같아

바람에 의지해 향내 맡고 싶어라

곁에 있는 이가 말릴까 두려워서

맛있는 술잔에 꽃잎 따다 띄우고

저녁에 이르도록 취하는 게 나아

中秋十六夜

月色更輝輝

重陽十日菊

餘香故依依

世俗尙雷同

時過非所希
獨憐此粲者
晚節莫我違
臨風欲三嗅
又恐旁人非
不如泛美酒
昏昏到夕暉

　가정 이곡의 아들 목은 이색의 '국화를 읊다'[咏菊영국]라는 작품은 국화를 노래하였으되 단순한 국화를 말한 것이 아니다. 난세를 피해 자신의 집 울타리 안에 몸을 숨긴 지사로 이해하였다. 목은 이색이 국화를 읊은 3수의 시 가운데 첫 수 '국화를 읊다'[咏菊영국]이다.

　국화가 난세를 피해 동쪽 울타리에 있으니
　하얀 꽃과 붉은 꽃이 각각 한 시절인데
　천지도 홀로 괴로운 그 마음 가련히 여겨
　하늘 가득 바람 이슬에 서리도 더디 내려

옛 시인들은 서리 내리는 늦가을에 피는 꽃이어서 국화를 간난과 고통 속에서도 절조를 지키며 살아가는 고사高士와 같은 존재로 인식하였다. '천지도 홀로 괴로운 그 마음 가련히 여겨'라는 식의 표현은 역경 속에서도 천리를 따르며 굳센 의지로 자신의 삶을 지켜나가는 지사적 성격을 말한 것이기도 하다.

지금이야 화훼산업이 발전해서 국화는 사철 흔히 볼 수 있는 꽃이 되어 버렸지만, 과거엔 늦가을 이후~초겨울에만 볼 수 있는 아주 귀한 꽃이었다. 서리 내리는 찬 계절에 피는 꽃이어서 국화를 한화寒花라고 부르기도 하였다. 우리가 흔히 보는 국화는 노란 꽃이기에 황화黃花라고도 한다. 인고의 세월을 견디고도 변치 않는 꽃이어서 세파와 모진 풍파에도 꼿꼿한 모습을 지키는 절개의 상징물로 인식되었다. 낙엽이 지고 찬 서리 내린 뒤에야 그 황금빛 꽃잎으로 존재를 알리므로 국화는 오상고절傲霜孤節의 표상이었다. 나아가 국화는 세속을 멀리하여 산야에 숨어 사는 선비 즉, 일사逸士와 은일隱逸의 삶을 의미하였다. 그래서 황화黃花를 고된 역경을 꼿꼿이 헤쳐나가는 지조 있는 한사寒士에 비유하기도 하였고, 높은 이상을 가진 지사로 보기도 하였다.

먼저 국화를 노래한 시로서 중국 백거이(白居易)의 작품을 꼽아야 할 것 같다. 세의 제목은 영국(咏菊) 즉, '국화를 읊다'.

간밤 무서리가 기와지붕에 새로 내리더니

파초 잎 꺾이고 연잎은 시들어 기울었네

동쪽 울타리의 국화 홀로 추위에 견디며

금빛 꽃잎 활짝 피어 새벽에 다시 맑아라

一夜新霜著瓦輕

芭蕉新折敗荷傾

耐寒唯有東籬菊

金粟花開曉更清

위의 한시에 쓰인 용어 가운데 신상(新霜)은 새로 내린 서리를 말하며 著(저, =착)는 여러 가지 뜻을 갖고 있는 글자이지만 여기서는 '달라붙다'는 뜻으로 새기는 게 타당할 듯. 著瓦輕은 (서리가) 기왓장에 가볍게 내려앉아 붙어 있다는 정도로 해석하면 될 것이다. 패하(敗荷)는 썩은 연잎을 말하며, 東籬菊(동리국)은 동쪽 울타리의 국화이다. 금속(金粟)은 '금 알갱이'를 이르는 말이니 작은 국화 망울을 의미한다. 결국 마지막 행 '金粟花開曉更淸'은 '금빛 알갱이 같은 국화가 새벽에 피어 다시 맑다'는 뜻이다.

일찍이 중국 송나라의 범석호范石湖[1]라는 사람은 『국보菊譜』 서문에서 국화를 이렇게 설명하였다.

"산림에 묻혀 사는 사람들은 국화를 군자君子에 비유하였다. 가을이 되면 모든 초목이 시들어 죽는데, 국화만은 홀로 싱싱하게 꽃을 피워 찬바람 서리에도 꿋꿋하게 버티고 서 있다. 그 품격이야말로 산인山人과 일사逸士가 비록 적막하고 황량한 처지에 있더라도 고결한 지조를 품고 오로지 도를 즐겨 그 즐거움을 고치지 않는 것과 다름이 없다고 한다."

강희안의 『양화소록』에는 "모란을 화왕이라고만 부르고 모란이라고 하지 않은 것처럼 국화를 황화黃花라고 부를 뿐이다. 이는 모두가 국화를 진귀하게 여긴 때문이다."라고 하였다. 황화는 글자 그대로 노란 국화이다. 국화를 귀하게 여긴 것은 가을꽃이 흔치 않아서가 아니다. 이런 내력이 있는

----

1) 이름은 성대(成大)이며, 석호는 그의 호이다. 『석호집』과 『범촌매국보(范村梅菊譜)』를 남겼다.

까닭에 사람들은 국화를 사랑하였고, 국화를 시로 읊었다. 국화의 기운을 고스란히 몸에 받기 위해 국화를 넣은 술을 만들어 마시기도 하였다. 『신농본초경』에 "국화는 본성을 기르는데 좋은 약으로서 수명을 늘이고 몸을 가볍게 한다."고 기록해놓은 뒤로 국화로 담근 술을 황화주라 하여 너도나도 즐겼다. 일찍이 중국의 도연명과 소동파가 국화를 사랑한 이후로 고려와 조선의 시인들 또한 국화를 아꼈고, 국화를 대상으로 한 시를 많이 남겼다. 중국의 삼국시대 위魏 나라 종회鍾會라는 시인은 국화가 가진 다섯 가지 아름다움을 들어 시를 지었다.

"둥근 꽃봉오리가 높이 맺혀 있는 것은 지구의 중심을 본뜬 것이고, 다른 것과 섞이지 않는 순수한 황색은 대지의 색깔이다. 일찍 심어도 늦게 피는 것은 군자의 덕과 같고, 서리를 무릅쓰고 꽃을 피우는 것은 강직함을 상징한다. 잔 속에 가볍게 떠 있는 꽃잎은 신선의 먹거리이다."(『양화소록』)

시인 종회 또한 국화를 아끼고 사랑함이 이와 같았다.
율곡栗谷 이이李珥에게도 국화와 관련된 시가 있다. 범국

(泛菊 : 국화를 띄우다)이란 시 제목은 국화 꽃잎을 따서 술잔에
띄웠다는 뜻.

　서리 가운데 피는 국화를 사랑하기에
　노란 꽃잎을 따서 술잔에 가득 띄웠네
　맑은 향기 술에 더해 술맛을 돋워주고
　국화꽃 뛰어난 색깔 창자를 적셔주네
　도연명은 늘 국화를 찾아 잎을 땄고
　굴원은 나가서 국화꽃을 맛보았었지
　어찌 정담을 나누는 곳만이야 하겠나
　서로 만나 시와 술로 즐기는 자리가
　爲愛霜中菊
　金英摘滿觴
　淸香添酒味
　秀色潤詩腸
　元亮尋常採
　靈均造次嘗
　何如情話處
　詩酒兩逢場

율곡은 시방 국화를 따다가 술잔에 가득 채우고 국화 향기
를 함께 마시는 중이다. 국화꽃을 넣은 술을 마시면 장수를
한다는 이야기가 전해져 왔기 때문에 이런 표현이 나온 것
으로 볼 수 있다. 위 시에서 거론한 원량(元亮)은 중국 동진(東
晉) 시대를 살았던 도연명의 미성년기 이름이고, 영균靈均은
초나라 귀족 굴원屈原의 미성년기 이름이다.

　　국화꽃을 술잔에 넣어 마시면 장수할 수 있다고 믿었던 옛
사람들의 생각을 다음 시로도 알 수 있다. 서거정의 『동문
선』에 전하는 설곡雪谷 정포鄭誧(1309~1345)의 영국(詠菊, 국화
를 읊다)이라는 시이다.

　　난 황금색 국화를 좋아하지

　　서리를 이기고 빛을 내니까

　　홀로 서서 늦도록 더 좋아

　　누가 외롭고 향기 약하다 하나

　　바람 서로 비록 차갑다 해도

　　그 위엄 또한 두려워하지 않아

　　늙고 쇠함 막는 것으로 만족해

　　내 배고픔 구제하는 것만 아니라

我愛黃金菊
凌霜有光輝
獨立晚更好
孰爲孤芳微
風霜雖凜冽
亦不畏其威
足以制頹齡
匪獨救我飢

임진왜란 때의 의병장 제봉霽峰 고경명高敬命(1533~1592)
의 '영황백2국'(詠黃白二菊, 황국과 백국 두 가지를 읊다)이라는 시
는 노란 국화와 흰 국화를 잘 대비시켜 설명하고 있다.

노란색이 제 색깔인 국화는 귀하지
하얀 국화 또한 바탕이 뛰어나다네
세상 사람들은 둘 다 달리 말하지만
황국도 백국도 서리 이기는 건 같아
正色黃爲貴
天資白亦奇

世人看自別
均是傲霜枝

국화의 절조와 기개를 서리 이기는 모습으로 설명하였다. 그런 절조를 가진 인물이었기에 고경명은 자신의 몸을 바쳐 나라를 위해 희생하였을 것이다.

한국인이 사랑하는 조선의 대학자 정약용(1762~1836) 또한 국화를 높이 칭찬하였다.

국화 향기 앞에서는 난초도 기가 죽지
죽란사 달밤에 남고와 함께 마시다가
崇蘭委質菊花香
竹欄月夜同南皐

이렇게 사군자의 하나인 국화는 유교적 시각에 부합하는 꽃이었다. 그 기품과 향을 사랑할 만하였으므로 사람들은 매화 못지않게 국화를 사랑하였다. 매화가 세수에 피는 꽃이라면 국화는 세모에 핀다. 둘 다 추위 속에 피는 꽃이어서 더욱 사랑받았다. 위 시에서 말한 남고南皐는 친구 윤규범(尹奎範)

을 가리키는 것으로 보아야 하겠다. 같은 시대 똑같이 남고(南皐)라는 호를 사용한 인물로 권상신權常愼(1754~1824)이라는 사람이 더 있지만, 여기서는 해남윤씨의 일족 가운데 정약용과 가까웠던 윤규범이었을 것이다.

그것 말고도 정약용에게는 국화 시로서 '지각절구(池閣絶句)'가 있다. 굳이 번역하자면 '연못가 정자에서 지은 절구'쯤이 되겠는데, 이런 내용이다.

사람들이 꽃을 심고 구경만 할 줄 알았지
꽃 지고 새로 난 잎이 더 좋은 줄 모르네
자못 사랑스러워 비 그친 뒤에 피어나는
여린 가지마다 뱉어낸 어여쁜 노란 싹들
種花人只解看花
不解花衰葉更奢
頗愛一番霖雨後
弱枝齊吐嫩黄芽

국화를 운치 있게 감상하려면 어떻게 하는 게 좋을까. 밤에 촛불 아래에서 꽃과 꽃 그림자를 함께 완상하는 것이 선

비들의 풍류였다. 밤 어스름 달빛이나 촛불 아래서 꽃구경
을 즐기던 모습을 다산 정약용의 '국영시서(菊影詩序)'란 글에
서도 볼 수 있다. '국영시서'란 국화 그림자놀이에 관하여 쓴
글이다.

정약용은 어느 가을날 밤에 국화 구경하러 오라고 남고南
皐 윤규범尹奎範을 초청하였다. 그가 의아해하자 다산은 들
쭉날쭉하고 어수선한 방 안의 물건을 모두 치우게 하고는 국
화를 방에 잘 배치하고 촛불을 밝혔다. 그렇게 해놓으니 꽃
과 잎이 어우러지고 가지가 가지런해서 묵화(墨畵)를 펼쳐놓
은 듯하였다. 마치 달이 동쪽에서 떠오를 때 뜨락의 나뭇가
지가 서쪽 담장에 걸리는 것처럼 아른거렸다. 그러자 남고가
무릎을 치며 "이것이야말로 천하의 빼어난 경치다"라면서
감탄한 일이 있다.

꽃 중에서 국화가 뛰어난 것을 정약용은 세 가지로 꼽았
다. 우선 늦게 핀다는 것과 오래 견디면서도 향기를 잃지 않
는다는 것이다. 그리고 곱고 깨끗하며 담백한데, 결코 차갑
지 않은 것을 장점으로 헤아렸다.

이와 같은 밤 국화꽃놀이를 잘 보여주는 사례가 조선 후
기 천주교도로 몰려 유배됐던 고단한 선비 이학규李學逵

(1770~1835)라는 이의 시 '등불 앞의 국화 그림자'[賦得燈前菊影]이다.

등불이 국화 남쪽에 있으면 그림자는 북쪽
등불이 국화 서쪽에 있으면 그림자는 동쪽
상 하나에 책 몇 권과 술 두 동이 있으니
그저 꽃 그림자 속에 이 모습 즐거야 하리
燈在菊南花影北
燈在菊西花影東
一牀書裹兩壺酒
偏要看渠花影中

앞에 소개한 이색의 국화 시와 똑같은 제목을 가진 시가 한 편 더 있다. 황준량의 '국화를 읊다[咏菊영국]'라는 작품이다. 황준량은 경북 영주시 풍기읍 서부리에서 태어났다. 어려서부터 재주가 뛰어나 기동奇童이라고 불렸다. 21세 때인 1537년에 생원시에 합격하였으며 24세에 채무일·박승간朴承侃(1508~1588) 등과 함께 문과에 급제하여 벼슬길에 올랐다.

황준량의 '국화를 읊다'[咏菊영국]는 다음 시에는 '모두 퇴계가 즐긴 것이다'(皆退溪之玩)라는 부제가 붙어 있다. 퇴계 또한 도연명을 사랑하였고, 국화를 사랑하였다. 그러나 정작 황준량이 읊은 국화는 자신의 스승인 퇴계이다. 퇴계와 국화를 똑같이 보았던 것이니 황준량은 퇴계를 동방의 군자로 이해하였다는 뜻이다.

만년에 전원으로 돌아와 도가 더욱 높고
고운 국화 손수 심어 맑은 표상 짝하셨네
남양의 장수하는 연못이 부럽지 않으니
신령한 샘물이 국화로 흘러들기 때문이라
晚節歸田道更高
手鋤佳菊伴清標
仙潭不羨南陽壽
自有靈源爲灌苗

세 번째 행 "남양의 장수하는 연못 부럽지 않으니"라는 표현에 대해서는 약간의 보충설명이 필요할 듯하다. 남양南陽의 장수하는 연못이란 중국 하남성河南省 남양부南陽府에 국담菊潭이란 연못이 있었는데, 그 물이 매우 달고 향기로워서 그곳 사람들이 이 물을 마시고 장수한 사람이 많았다는 데서 비롯된 이야기이다. 그래서 강희안의 『양화소록』에도 "남양南陽 사람들은 담수潭水를 마시므로 100세까지 산다."고 하였다. 국화가 장수에 도움이 된다는 뜻이다. 스승 퇴계보다 먼저 세상을 떠났으나 자신보다 스승을 더 사랑했던 황준량의 사람됨을 알아보았기에 황준량의 사후, 퇴계는 마음을 모아 황준량의 삶을 기리고 문집을 만들어 주었다. 요즘 세상에선 찾아보기 어려운 사제 간의 신의를 보인 것이라 하겠다. 지금의 대학교수나 교사들도 제자 사랑하기를 이같이 한다면 오죽 좋을까?

그러나 똑같은 국화인데도 남명 조식의 시는 다르다. 그저 국화를 보이는 대로 읊었으되 남은 한 해의 정으로 피어난 꽃으로 파악했을 뿐이다. 남명 조식의 '국화菊花'는 늦가을에 피어 세모의 찬 겨울이 되도록 지지 않는 국화꽃의 기상과 기운을 노래하였다.(『남명집』)

삼월에 꽃을 피워 비단으로 성을 이루었구나
국화는 어이해 가을 다 간 뒤에 꽃을 피우나

조물주가 서리에 시드는 걸 허락하지 않음은

저물어가는 해에 못다 한 정을 위해서이겠지

三月開花錦作城

如何秋盡菊生英

化工不許霜凋落

應爲殘年未盡精

　이름 있는 꽃들은 대개 음력 3월에 피어나 비단 성처럼 천지를 덮는데, 국화는 가을이 다 지난 뒤에 핀다. 그래서 서리 가운데 피는 모습에 주목하였다. 과거 음력을 쓰던 시대의 가을은 7~9월이었으므로 국화가 9월을 지나 찬 서리 속에 핀 모습을 '세모의 정'을 펼쳐놓은 것이라고 이해한 점도 특이하다. 한 해가 저무는 시기에 그 아쉬운 정을 어쩌지 못해 꽃으로 펼쳐놓은 것이라는 표현.

　조선의 시인 박인로朴仁老(1561~1642)에게도 국화를 읊은 시가 있다. 자신도 국화를 지극히 사랑하고 있음을 말하고, 해 지는 저녁 무렵에 이르도록 국화로 담은 황화주黃花酒에 흠뻑 빠져 술잔을 기울이는 자신의 모습을 그려내고 있다.

도연명陶淵明 이후로 국화를 사랑하는 이 없었는데

이제사 이 늙은이 두어 떨기 국화를 매우 아끼네

꽃잎 따서 술잔에 띄우며 깨다 취하니

서산마루에 해 지는 줄 알지 못하네

陶後無人知愛菊

翁今偏愛數叢香

掇英泛酒醒還醉

不覺西岑已夕陽

　저 중국의 진晉 나라 때 맹가라는 사람이 음력 9월 9일 중
구일重九日에 환온桓溫이 베푼 용산龍山의 주연에 참석했
다가 술에 취해 바람에 모자가 날아가는 것도 알지 못했다는
고사[2]가 있듯이 아마 박인로 또한 어느 해 중구일에 국화로
빚은 술을 마시며 다가오는 세모를 앞두고 깊은 시름에 빠졌
던 듯하다. 그토록 국화를 아끼고 사랑한 까닭은 찬바람, 서
리 속에 피는 국화와 지조를 지키며 살아가는 훌륭한 인품을
가진 이를 한 가지로 보고 그리워한 데 있다.

2) 『세설신어(世說新語)』식감(識鑑)

송암 권호문에게도 국화를 사랑하여 남긴 시가 있다. 눈과 마음이 호사하는 어느 가을날, 배를 타고 몇 차례나 강을 건너 단풍을 완상하던 자신의 모습을 권호문은 '국화를 읊다'[吟菊음국]에서 이렇게 노래하고 있다.

복사꽃 오얏꽃 봄을 다투고 국화는 가을 기다리니

서리 속의 황국화가 큰 근심을 풀어주네

고고한 국화가 봄바람에 핀다면

온갖 붉은 꽃이 모두 부끄러워하리!

桃李爭春菊待秋

霜姿金靨解閒愁

孤芳若向東風裏

萬紫千紅摠是羞

송암 권호문도 소동파가 국화를 퍽이나 사랑했던 일을 떠올리고는 가을 국화를 고고한 기품이 있는 꽃으로 바라보았던 것 같다. 금엽金靨은 황국, 즉 국화이다. 권호문은 '국화를 보면서'[見菊花견국화]라는 시를 쓰게 된 동기를 "소동파蘇東坡(1036~1101)가 국화 핀 날을 중양일重陽日로 여겼기 때문에 장난으로 말하였다"는 부제로 설명하였다. 깨끗한 마음으로 중양일에 국화를 보며 소회를 담담하게 읊은 것이다. 여기서 중구일은 9가 두 번 겹친 날을 뜻하고, 숫자에서 짝수는 음, 홀수는 양을 나타내므로 9일을 중양일이라고도 하였다.

중국 송宋 나라 소동파의 본명은 소식蘇軾이다. 그는 아버지 소순蘇洵, 동생 소철蘇轍과 함께 '3소三蘇'라고 불리는 인물이다. 소동파, 즉 소식은 일찍이 "시 속에 그림이 있고, 그림 속에 시가 있다"(詩中有畵 畵中有詩)는 말로써 산수 수묵화의 대가이자 당나라 시인 왕유를 칭송한 바 있다. 소동파는 "마힐의 시를 음미하노라면 마치 시 속에 그림이 있는 듯하고, 마힐의 그림을 감상하노라면 마치 그림 속에 시가 있는 듯하다"(味摩詰之詩 詩中有畵 觀摩詰之畵 畵中有詩)고 극찬하였다. 마힐은 왕유의 자字이다. 왕유의 시와 그림이 갖고 있는 색깔을 가장 간결하게 표현한 이 구절이 명언이 되어 후일 많은 이들의 공감을 자아냈다. 한 마디로 왕유 시화詩畵의 예술적 경지를 압축한 평가라고 할 수 있다. 이백, 두보와 함께 당송시대 3대 거장으로 꼽히는 왕유는 전원과 산수에 관한 시에 뛰어난 능력을 보였다. 그의 시 중에서도 산거추명山居秋暝, 전원락田園樂, 청계淸溪, 종남산終南山과 같은 명작들이 있다.

다음은 권호문의 '국화를 보면서'[見菊花견국화]이다.

시월 십 일에 국화가 한창 피어

금빛 꽃 뜰에 가득하니 도잠의 집이네

소동파 생각하며 기쁘게 술 마시고

맹가를 배워 모자를 떨군들 해가 되랴

국화가 더디 펴도 온갖 꽃과 다르고

국화 향기 늦어도 온갖 꽃보다 좋네

오늘 아침이 바로 중양절과 같으나

서릿바람 몰아쳐서 풍미가 한층 더하네

十月十日菊正華

萬庭金蕚宛陶家

泛觴喜得追蘇軾

落帽何妨學孟嘉

高節太遲殊百卉

寒香雖晚勝千花

今朝正合重陽會

趁却霜風氣味加

어느 해인가, 유난히 가을날이 포근하더니 중구일에도 국화가 피지 않았다. 한 달이나 늦어 시월 십일에야 국화가 만개하였다. 국화를 사랑했던 소동파를 생각하고 술잔을 기울이며, 서릿바람 부는 가운데 국화의 청향淸香에 젖어 홀로 유유자적한 것이다. 복숭아꽃 오얏꽃이 봄꽃으로 빼놓을 수 없는 것이라 하나 모진 추위에 피는 국화만 하겠는가. 소동파가 국화를 사랑한 이후로, 국화는 그저 단순한 가을꽃이 아니었다. 적막하고 황량한 처지에 있을지라도 홀로 기개와 절조를 간직한 일사이며 올곧은 선비로 여겨졌으니 고려와 조선의 선비들은 국화를 화유일체花儒一體로 여겼던 것이다. 유학자 자신들을 꽃과 한가지로 보았다는 뜻. 권호문의 욕심 없는 청빈한 삶은 자락음自樂吟이라는 시에도 잘 나타나 있다.

　따뜻하면 됐지 달리 옷이 필요 없고

　배부르면 됐지 다른 음식 원치 않네

　춥고 배고픔 나 이미 면했으니

　만사에 무엇을 다시 도모하랴!

　溫外衣無用

飽餘食不求
飢寒吾已免
萬事更何謀

  '스스로 즐거워하며 읊다'는 게 자락음自樂吟이 갖고 있는 본뜻. 안빈낙도, 무욕의 삶을 나타낸 것이다. '춥고 배고픈' 절대 빈곤은 벗어난 단계로서 권호문이 추구한 삶의 세계를 이해할 수 있다. 따뜻하고 배부른 것 외에 더 필요한 것도, 더 추구하는 바도 없음을 밝혔으니 그는 평생 이와 같은 무욕의 삶을 사는 데 만족하였다. 아무리 좋은 꽃구경이라 해도 먹고사는 문제가 해결되지 않으면 안빈낙도라든가 자연 속에서의 평온한 삶 같은 것은 그저 공염불이다.

  그래서 '금강산도 식후경'이라 하였고, 의식이 족해야 예절은 안다는 말도 생겼다. 사는 데 어려움이 없게 소득이 있어야만 항심을 갖게 되는 것이다. 빈곤에 허덕여서야 자연 속에서의 한가하고 여유로운 삶은 그저 꿈일 뿐이다. 그런 심정을 일찍이 정약용이 잘 표현한 바 있다. '가난을 한탄하며'[歎貧탄빈]라는 시에서 "안빈낙도를 배우려 했으나 가난하니 편치 않네. 한숨지으며 바가지 긁는 아내에 기가 꺾이고,

굶주리는 자식 교훈은 뒷전"이라고 하였다. 예나 지금이나 변치 않는 진실이 있다. 최소한의 호구 대책은 있어야 인간답게 살 수 있다는 것이다. 최소한 체면을 지킬 수 있는 정도의 여유는 있어야 항심을 가질 수 있고, 안빈을 말할 수 있으며, 지족知足을 입에 올릴 수 있는 것 아닌가.

조선 초기 이원李原(1368~1429)이라는 사람의 국화 시도 읽어볼 만하다. 이원의 호는 용헌容軒이며 고성이씨이다. 고려 말인 우왕 11년(1385)에 문과에 급제하여 관리로 나갔다. 조선 건국 시점에 이원은 25세였다. 조선왕조 건국을 긍정적으로 바라보고 협력한 인물이었으며, 그의 문집으로『용헌집』이 있다. 고려 말 명필로서 중국(원나라)의 조맹부趙孟頫와 맞먹는다고 할 만큼 이름이 있었던 이암李嵒의 손자이다. 이암은 공민왕 때 수문하시중守門下侍中을 지냈으며 고려 충정왕忠定王[3]의 즉위에 공이 있어 신임을 받았다.

이원은 조선이 건국되어 국가의 기틀을 다지고 제도를 다지는 데 공을 세웠다. 태종 때는 태종의 측근이 되어 능력을 발휘하였으며 세종 때까지 중국에 세 차례 사신으로 다녀왔

---

3) 고려 제30대 국왕인 충정왕의 재위 기간은 1348~1351년이며, 그의 본명은 왕저(王胝)이다.

다. 태어난 지 3개월 만에 아버지를 여의고 5세 이후부터는
권근에게 배웠다. 매형인 권근權近이 그를 자식처럼 가르쳤
다고 한다.

도잠陶潛이 한 길에 국화를 심었다는데
어느 누가 몇 포기를 옮겨 왔는가
붉은 꽃과 봄빛을 다투길 꺼리는 듯
서리 내린 뒤에야 저 홀로 피었네
聽說陶家一逕栽⁴⁾
何人移得數枝來
似嫌紅紫爭春色
還向霜餘獨自開

황국 한 포기를 옥화분에 심었더니
바람 불면 향기가 솔솔 풍겨오네
도잠이 오지 않고 여러 해가 흘러가니
동쪽 울타리 국화는 누굴 위해 피었나

4) 도잠이 귀거래사(歸去來辭)에서 "세 오솔길이 황폐해지는데 소나무와 국화는
그대로 있네(三逕就荒 松菊猶存)"라고 하였다.

一叢黃菊玉盆栽
風過寒香細細來
陶令未歸時屢改
東籬霜蘂爲誰開

이것은 이원의 '노란 국화'[黃菊황국] 2수인데, 저 피고 싶은 대로 핀 가을꽃 국화가 누굴 위해 피었다는 것일까? 옥분에 심어둔 황국이 피었으니 그 공은 심은 이에게 돌아가야 할 몫. 이 대목에서 서정주의 '국화 옆에서'가 떠오른다.

옛사람들은 왜 이렇게 국화를 좋아하게 되었을까? 모든 꽃이 피기를 꺼리는 늦가을~초겨울에 피기 때문일 것이다. 물론 그 향기와 추위를 잊은 모습에 오상고절이란 표현도 생겼지만 역시 향기와 지조 같은 것을 높이 여겼기 때문이다. 국화의 모습을 닮기를 바란 선인들에게서도 배울 점은 많다.

조선 중기의 미암眉巖 유희춘柳希春(1513~1577) 또한 시인으로 이름을 올린 사람이다. 그 자신이 평생 지은 시는 『미암집』에 실려 전하는데, 그에게도 가을 국화는 각별하게 다가왔던 듯하다. 그의 감국甘菊이란 시에 등장하는 국화는 속세를 벗어나 숨어 사는 일사逸士이다.

몇 떨기 감국화를 하늘가에 심었는데
숨어 산 지 몇 해에 쑥풀이 일어났나
봄바람에 비 맞아도 피어나지 않더니
되레 가을 달에 서리 맞고 피려 하네
배부른 관원은 누대 마루에 오르고
시객들 비로소 흔쾌히 붓을 들고 오네
멀리 고향 친구들 모임을 상상해보며
꽃잎 주워 내키는 대로 술잔에 띄우네

數叢甘菊日邊栽
隱逸何年起草萊
不向東風經雨發
還將秋月冒霜開
仙宮已飽臨軒上
詩客初欣秉筆來
遙想家山親舊會
掇英隨意泛瓢杯

감국은 국화의 한 종류로 이해하면 되겠다. 유희춘의 감국
甘菊이란 시 속의 선궁仙宮은 관원을 듣기 좋게 이른 말이다.

다만, 이 경우엔 고을 수령을 이르는 용어로 이해해야 한다.

선조 초기에는 하루에 세 번 경연을 열었는데, 미암 유희춘이 경연에서 강의를 하였다. 그리하여 선조는 미암 유희춘으로부터 배운 것이 많았고, 그래서 그를 소중히 여겼다. 어느 날 『시경(詩經)』을 강의하는데 선조는 유희춘에게 "쥐는 천하고 보기 싫은 동물인데 어찌하여 12간지의 첫 머리에 두는가?"를 물었다. 이에 유희춘이 "쥐는 앞발에 발톱이 4개이고 뒷발에 발톱이 다섯 개가 있습니다. 그래서 음양이 상반된 것으로 쥐 만한 게 없기 때문에 밤에 음이 다하고 양이 생기는 뜻을 취하여 子(자, =쥐)로 12지의 머리를 삼게 되었습니다."라고 답했고, 선조는 마냥 신기하게 여겼다.(『죽창한화』).

또, '장난삼아 우계에게 주다'[戱投羽溪희투우계]⁵⁾란 제목의 시는 유희춘의 교우관계를 엿볼 수 있는 작품이다. 친구 우계에게 써준 시임을 밝혔는데, 우계羽溪는 함경도 종성부鍾城府의 종성부사를 지낸 이감李戡을 가리킨다. 이감의 본관이 우계인 까닭이다. 다음은 '장난삼아 우계에게 주다'[戱投羽溪희투우계].

5) 『미암집』 제1권

용흥강 강가에 핀 수선화야!

무슨 일로 두만강가로 흘러왔는가?

강가의 매화, 눈 속 오얏나무와 사귐을 알고 있건만

벌 나비가 봄꽃을 찾는 것과 어찌 같겠나.

龍興江上水仙花

何事飄來豆滿涯

知是江梅交雪李

肯同蜂蝶若春葩

이 시의 제목이 갖고 있는 원래의 뜻은 '장난으로 우계에
게 던지다'이다. 시는 말이니 한 마디 던진다고 생각해서 그
렇게 쓴 것이다. 용흥강가에 핀 봄의 수선화가 어쩐 일로 남
풍 타고 북쪽 두만강까지 왔는가를 물었다. 꽃을 빌어 상대
를 아름답게 표현한 화법이다. 아마도 그때 이미 두만강 일
대엔 이제 겨우 노루귀나 복수초 등 겨울의 끝자락에 존재를
드러내는 꽃들이 피고 있었던 모양이다.

두만강가에 수선화가 피었으니 자신을 찾아온 수선
화가 반갑다는 뜻. 수선화(Daffodil)는 본래 그리스어로
Narcisus(나르키소스)이다. 그리스 신화에서 나르키소스

(Narcisus)는 너무나 예쁘게 생겨서 요정들로부터 구애를 받았던 미소년 목동. 물속에 비친 자신의 모습을 보고, 그를 사랑하다가 물에 빠져 죽은 뒤에 피어난 꽃이라고 한다. 그래서 꽃말도 '자기애'인데, 우리나라 사람들이 예로부터 갖고 있던 수선화의 꽃말은 신선이나 기품이 있는 고상한 사람이었다. 결국 시의 핵심 내용은 '신선 같은 우계가 두만강가에는 어인 일?'이란 의미이다. 친구 이감이 유희춘을 찾아온 것을 반긴 내용이어서 그 답시도 있을 법한데, 그것은 전해지지 않는다. 용흥강은 함경도 영흥에 있던 강으로서 발해 시대에는 니하泥河라는 이름으로 불렸으며 바로 이곳이 신라와의 국경이었다.

유희춘(1513~1577)은 조선 중기의 문신으로서 그의 호는 미암이다. 전라도 해남 출신인데, 1536년 담양에서 부인 송씨와 결혼하여 그곳에서 살았다. 김안국金安國, 최산두 문하에서 하서河西 김인후金麟厚(1510~1560)와 함께 배웠다. 26세 되던 해인 1538년에 문과에 급제하였다. 1547년 양재역 벽서 사건에 연루되어 제주도로 유배 보내려 하다가 그곳이 그의 고향과 가까운지라 함경도 종성으로 귀양지를 바꿔 버렸다. 결국 그곳에서 19년간을 머물렀다. 함경도 4군6진 지역은 말갈과 가까워서 활 쏘고 말타기를 좋아하는 이들이 많았으나 글을 아는 이가 적었다. 이에 유희춘의 유배 소식을 듣고 그에게 배우기를 원하는 이들이 많았다. 사람에 따라 인도하고 가르치기를 부지런히 하니 그의 유배지가 항상 사람들로 북적였다. 앞에 '장난삼아 우계에게 주다'라는 시는 유희춘이 종성부로 유배 갔을 때, 종성부사인 친구 이감이 찾아오자 건넨 시이다. 절친한 친구인 유배 죄인과 그 관할지의 최고관리 사이에 오간 아름다운 이야기이다.

명종 20년(1565) 유희춘은 다시 충청도 은진현으로 유배지를 옮겨갔다가 55세 되던 해인 1567년 선조가 즉위하면서 비로소 사면을 받았고, 석방된 뒤에는 대사성·부제학·전라도 관찰사 등을 지냈다. 『미암일기』는 유희춘이 유배에서 풀려나 조정에 출사한 1567년부터 1577년 5월까지 11년 동안 자필로 기록한 것이다. 그의 일기는 임진왜란 중에 자료와 기록이 모두 소실되어 참고할 것이 적었는데, 다행히 「선조실록」을 편찬할 때 중요한 사료로 활용되기도 하였다.

유희춘이 남긴 글 가운데 가슴에 새겨두고 항상 곱씹어볼 만한 얘깃거리가 있다. 마음을 바로잡기 위해 간직해도 좋은 정심명과 일을 할 때의 자세를 알려주는 기사명 그리고 책을

읽고 학문을 할 때 마음가짐을 어떻게 가져야 할지를 가르쳐
주는 말이다.

정심명(正心銘)
이 마음을 보존하여 기르기를
거울의 투명함과 저울의 공평함처럼 하고
물건이 오거든 순순히 응하여
정대하고 광명하게 하라
存養此心
鑑空衡平
物來順應
正大光明

기사명(記事銘)
심기가 부족하면
일을 당해도 잘 잊는다네
무엇으로 구할 것인가
정신을 한 곳에 모으라
心氣不足

遇事多忘
何以求之
主一良方

독서명(讀書銘)
널리 보고 정밀하게 생각하면
많은 의심이 점차 풀리니
널리 깨달음이 있으면
초연히 스스로 얻으리라

博觀精思
群疑漸釋
豁然有覺
超然自得

유희춘이 '수선화'를 읊었듯이 추사 김정희金正喜
(1786~1856)도 수선화에 관한 시를 남겼다.

한 점 차디찬 마음으로 송이송이 달린 둥근 꽃
그윽하고 담담한 품성 차갑고 영매함이 가없어

매화가 고상하다지만 뜰 섬돌을 벗어나지 못해

진정 맑은 물에 해탈한 신선을 보고 있노라!

一點冬心朶朶圓

品於幽澹冷雋邊

梅高猶未離庭砌

淸水眞看解脫仙

앞에서 설명한 대로 수선화를 해탈한 신선에 빗대고 있다. 조선 말기까지 사람들이 수선화에 대해 갖고 있던 의식을 고스란히 보여주는 사례이다.

김정희는 국화에 대한 시도 제법 남겼다. 먼저 그의 '시드는 국화'[謝菊]이다. 여기서 한자 謝는 '시든다'는 뜻을 갖고 있다.

하루아침에 벼락부자 너무나 기쁜데

핀 꽃들 하나하나가 황금 구슬이구나

가장 외롭고 담백한 곳에 화려한 얼굴

봄마음 고치지 않고 가을 추위를 견딘다

暴富一朝大歡喜

發花箇箇黃金毬
最孤澹處穠華相
不改春心抗素秋

황금 구슬을 닮은 꽃들이라서 하루아침에 부자가 된 듯 기쁜 마음을 실었다.

또한 조선 후기 잠곡潛谷 김육金堉(1580~1658)도 국화를 사랑한 나머지 이런 시를 썼다.

섬돌가 집 주변에 모두 국화를 심었더니
창문 열면 어디나 국화를 볼 수 있어서
언덕배기 꽃 무리로 황금색 넘쳐나니까
돈과 부귀만 아는 집이라고 남이 욕할까
繞舍循除皆種菊
開窓隨處可看花
飜嫌堆岸黃金色
却似貪錢富貴家

김시습 또한 국화를 사랑하였다. 그의 국화 시도 여러 편이 있다. 그중에서 '국화를 아름답게 여긴다'[美菊미국]는 2수로 구성된 작품이다.

(1)

꽃마다 고울 땐 저 홀로 꽃을 피우지 않더니
일만 나무 꽃 질 때 비로소 꽃을 토해내네
한 가지 정과 회포를 아무도 알지 못하여
작은 매화는 지고 혜초는 뒤얽혀 서로 잡네

衆芳姸處獨無花
萬木摧時始吐葩
一種情懷人不識
小梅零落蕙紛挐

(2)

꽃은 바랬어도 맑은 향기는 사람에게 좋지
가을바람 늦은 후에도 다시 정신이 든다네
떨어진 꽃은 삼려 대부[6]의 음식에 들지만

---

6) 초(楚) 나라 왕조에 있었던 소(昭), 굴(屈), 경(景) 세 가지 성씨(三氏)가 가장 큰 세력을 형성한 가문이었다. 대부는 국왕 아래 벼슬의 종류이고 삼려대부는 굴원을

적막한 추운 자태는 봄을 빌지 않았네

花褪淸香也可人
秋風老後更精神
落英堪入三閭餐
寂寞寒姿不借春

먼저 1연의 蕙(혜) 또는 혜초는 난초의 일종이다. 2연에서 말한 꽃은 모든 꽃이 다 지고 나서 추운 겨울바람 속에 비로소 피는 국화이다. 그리고 국화 향기를 맑은 향이라고 하여 청향으로 불렀다. 매화를 청향이라 한 것과 같다. 삼려대부 굴원屈原이 즐긴 음식으로는 아마도 황화黃花로 담근 술을 먼저 들 수 있겠다. 굴원은 기원전 4세기 중국 전국시대 초나라 사람이다. 초 회왕懷王 밑에서 관리를 지냈으며 어부사漁父辭라는 작품이 있다. 국화잎을 달인 향기로운 차 또한 굴원이 즐긴 음료이다.

그러나 김시습에게는 노란 황국화보다는 흰 국화가 더 귀하게 여겨졌던 모양이다. 요즘엔 흰 국화를 상가에서 슬픔의

이른다. 왕일(王逸)의 「이소서(離騷序)」에 이르기를 "굴원은 초와 성이 같다. 회왕(懷王)을 섬겼으며 삼려대부가 되었다"고 하였다.

상징으로 흔히 쓰고 있지만, 과거엔 기품 있는 꽃으로 여겼
다. 물론 초야에 묻혀 사는 선비를 가리켰다. 다음은 김시습
이 흰 국화를 찬양한 2편의 7언율시이다.

(1)

곧고 하얀 꽃 겨울에도 향기 스스로 아껴

오지 분에 심어서 작은 상에 올려놓았네

붉은 계수 흰 매화는 형님과 아우 사이라

당체[7] 꽃과는 다르지만 광음을 시샘하네

自憐貞白歲寒芳

栽培瓦盆置小床

丹桂素梅兄與弟

不同穠棣妬年光

(2)

까칠하게 마른 잎에 찬 꽃이 매달렸네

찬 서리 띤 너댓 줄기 가여운 흰 국화

<hr/>

7) 체(棣)는 산매자나무를 가리킨다. 오얏나무의 일종이다. 『시경』당체(唐棣) 편
에 "어이 저리 요염한가(豐艷) 산매자꽃이여.(何彼穠矣 唐棣之華)"라는 구절이 있다.

종일 그대를 대하여도 속된 자태 없으니

그 향기 끝내 옛 미인 경경에 지지 않으리

蕭疎枯葉附寒英

輕帶寒霜四五莖

終日對君無俗態

香魂終不讓瓊瓊

향기를 아끼며 모습을 드러낸 흰 국화를 속진으로부터 벗
어난 모습으로 그렸다. 여기서는 국화를 중국의 미녀 경경瓊
瓊에 비유하였는데, 경경이란 미인에 대해서는 단아하면서
도 차가운 맛이 나는 여인을 떠올리면 되겠다.

다음의 또 다른 '흰 국화' 시에서는 그 자태를 옥빛 살결로
묘사하였다. 그에게 국화는 봄철의 매화, 오얏꽃과 견줄 수
있는 꽃이었다. 아직은 매화가 없는 때이니 고운 매화와 옥
빛을 다툴 일도 아니다. 앞의 시와 제목이 같은 '흰 국화'[白
菊백국] 2수도 있다.

(1)

옥 같은 살 소름 하나 없이 동쪽 담에 의지하여

깊은 가을 한밤에 내리는 찬 서리를 견디어내네

벌써 겨울 매화와도 고움 함께 아니했거니

한창 핀 오얏꽃과 즐겨 함께 단장하랴

玉肌無粟倚東墻

耐却深秋半夜霜

已與寒梅不共艶

肯同穠李作新粧

(2)

얼음 같은 그 자태 바람 앞의 모양을 보고

맑은 운치는 달 아래의 향기 맡기에 알맞네

도리어 광한궁 달 속 여인과도 같아서

푸른 난새[鸞] 등에 예상우의곡(霓裳羽衣曲)을 아뢰는 듯

氷姿可見風前態

清韻宜聞月下香

却似廣寒宮裏女

青鸞背上奏霓裳

늦가을 흰 국화는 얼음 같은 차가운 자태를 가진 꽃으로서

광한궁 달 속 미인의 모습이라고 하였다. 예상우의곡霓裳羽衣曲은 신선들이 사는 월궁月宮의 음악을 본떠서 만들었다고 하는 곡. 당나라 현종이 지었다고 전하는 노래이다. 예霓는 무지개, 상裳은 치마이다.

다음은 양사언의 '국화'[菊]라는 시이다. 이 시에서 시인은 도연명과 굴원이 국화를 사랑한 내력을 설명하였다. 그러나 그 자신이 국화를 좋아하게 된 까닭은 말하지 않고서 무턱대고 '뜰 아래에다 1백 떨기의 국화꽃을 심고 왔노라'는 말을 슬쩍 던져두었다. 그리고는 그것으로 좀 모자란다고 여겼는지, 도연명이나 굴원이 국화를 사랑하였고, 그 멋은 지금도 사라지지 않았다고만 해두었다. 그들이 했던 멋스러운 풍류를 따라 한다는 의지 따위는 내비치지도 않은 채, 그저 뜰아래 백 떨기의 국화를 심었다고 말해 둠으로써 '도연명과 굴원이 즐기던 일을 하련다'는 생각을 넌지시 전하고 있는 것이다.

초나라 굴원은 국화 향기를 좋아했고
진나라 오류선생은 국화주 즐겨 마셨지
그 멋은 지금도 없어지지 않아

뜰 아래에 백 떨기 심고서 왔네

楚 餐 素 入 靈 均 夕

晉 露 香 傳 五 柳 杯

風 味 至 今 猶 未 沫

倘 分 階 下 百 叢 來

굴원은 국화 향을 좋아했고, 도연명은 국화주를 좋아했다는 것으로 양사언은 굴원과 도연명의 차이를 드러내었다. 초나라 굴원屈原은 장사長沙에 살면서 『이소경離騷經』을 지었다. 거기에 "아침에는 목란에 떨어진 이슬을 먹고, 저녁엔 떨어진 가을 국화 잎을 먹는다"(朝飮木蘭之墮露兮 夕餐秋菊落英)고 한 구절이 있다. 굴원이 사랑한 국화 향을 조선의 시인들은 어떻게 이해했을까? 신흠의 '국화향기'[菊馨국형]라는 다음의 시에서 사람들이 왜 국화를 사랑하게 되었는지를 이렇게 설명하고 있다.

세상 모든 이들이 국화를 심으면서

어찌하여 유독 도연명을 들먹일까?

이제야 알겠네 도연명과 그 국화가

향기와 덕 둘 다 높은 것을

擧世皆能種

如何獨說陶

始知陶與菊

馨德兩俱高

양사언이 말한 국화의 향기에 신흠은 국화의 높은 덕을 하나 더 얹었다. 여기서 신흠의 '매불매향梅不賣香'을 국화에 적용하면 그 역시 "국화는 향기를 팔지 않는다"(菊不賣香국불매향)가 될 것이다. 짙은 향과 높은 덕을 가진 국화는 고귀한 품성을 가진 인물을 가리킨다.

국화를 너무나 사랑한 진晉 나라 오류 선생五柳先生 도연명陶淵明을 시에 불러들여 그의 덕과 향기가 국화처럼 높다고 하였다. 일종의 과장이지만 그리 거북하게 들리지는 않는다. 도연명은 술을 매우 좋아하여 음력 9월 9일에 술이 없어 국화잎을 한 줌 따 들고 앉아 있었다. 그때 강호江湖의 자사刺史 왕홍王弘이라는 친구가 술을 보내왔는데, 그 술에 도연명은 국화잎을 띄워서 마셨다고 한다. 중국 梁(양) 나라의 소명태자昭明太子 소통蕭統이 지은 「도연명전陶淵明傳」에는 이렇게 기록되어 있다.

"일찍이 9월 9일에 집 주변의 국화밭에 나가서 앉아 오랫동안 손에 가득 국화꽃을 들고 있었는데 마침 왕홍이 술을 보내주어 곧 마시고는 취해서 돌아왔다."(嘗九月九日 出宅邊菊叢中坐 久之滿手把菊 忽值弘送酒至 即便就酌 醉而歸)

이것은 '도잠陶潛(도연명)이 9월 9일 중양절에 마실 술이 없었는데 왕홍이 술을 보내주었다'고 한 중국의 역사서 『진서晉書』「도연명전」과도 부합하는 내용이다.

고상한 구슬 꽃 물 난간 곁에 피어
이슬 내리고 향기 생겨 널리 기쁘게 하네
당년에 혹 영균靈均의 눈에 띄었다면
이소경離騷經과 저녁밥도 걷어치웠으리
더운 바람에 고운 모습 백옥의 꽃은
향기와 빛이 고와 놀랄만하네
뉘 알랴 외로운 뿌리에 두 개의 정을
바다 건너온 귤 특이한 맛을 보겠고

살구와 매화가 지면 모든 꽃 피는데

서리 맞은 가지는 뜰을 벗어나지 않고

더운 여름 맑은 가을 두 꽃이 피네

시 속의 영균靈均은 굴원屈原의 호이다.

조선 후기 이덕무의 시에도 국화를 읊은 작품이 여럿 있다. 형암炯庵 이덕무李德懋(1741~1793)의 『청장관전서』에는 남산의 국화란 시가 전한다. 원래의 제목은 남산국南山菊. 그가 이 시에서 말한 남산은 서울의 남산일 수도, 경주의 남산일 수도 있다. 대구의 앞산, 평양 남산일 수도 있다. 누구든 자기네 집에서 바라본 남산으로 보아도 될 듯하다. 그 산에 지천으로 널려 있는 들국화를 말함이었으리라.

시냇가 돌 밑으로 뻗어 나온 국화

휘어진 가지에 꽃이 거꾸로 매달려

시내로 내려가 물을 움켜 마시니

손에 향내 입에도 국화향내가 난다

菊花欹石底

枝折倒溪黃

臨溪掬水飮
手香口亦香

　가을을 맞은 남산. 지난 한 철은 참으로 화려하였다. 단풍
이 지고, 낙엽이 뒹구는 시냇가 돌 밑으로 팔을 벌린 가지에
노란 국화꽃들이 달려 있다. 물고기도 살지 않는 1급 청정수
시냇물에 국화는 제 모습을 얹어 놓았다. 국화 향이 몸에 밴
다. 향기는 흐르는 냇물에도 스며들어 손으로 움켜 물을 마
시자니 손에서도, 입에서도 온통 국화 향내가 난다. 시인은
국화를 눈앞에 갖다 놓고 보여주듯이 훌륭한 그림을 펼쳐놓
았다. 그러면서 국화 향기를 담아내느라 시냇물과 손과 입에
향기를 묻혀 놓았다. 모양을 그리기는 쉬워도 결코 표현하기
쉽지 않은 국화의 향기를 손과 입에 묻혀 독자에게 고스란히
전하는 데 성공하였다.
　이덕무는 국화를 '남산의 국화'로 제한하였다. 왜 굳이 남
산의 국화였을까? 옛사람들이 남산에 의탁한 뜻이 따로 있
었다. 남산이 장수의 기운을 보내준다 해서 흔히 '남산송수
南山送壽'라는 말을 썼다. 이 말의 기원은 중국 주周 왕조에
있다. 주나라의 도읍지였던 풍호豊鎬 남쪽에 종남산終南山

시린 계절, 국화를 바라보며 이르노라

이 있었다. 이 종남산이 무궁한 세월에도 존재하듯이 사람의 장수를 기원하는 마음을 실은 것이다. 이덕무는 이런 뜻을 잘 알고 있었던 것이다. 남산의 국화가 건강과 장수를 가져 다줄 것으로 믿었기에 이런 시를 지은 것으로 볼 수 있다.

이덕무의 이름은 본래 종대種大였다. 호는 청장관靑莊館. 그 외에도 형암炯菴과 아정雅亭이라는 호를 사용하였다. 정조 임금의 후손인 이성호李聖浩와 반남박씨 사이에 태어난 서출이었으므로 그는 관계에 나가도 한계가 있을 수밖에 없었다. 조선 사회에서 서출은 중인中人으로서의 삶을 살아야 했다. 중인이란 평민과 양반(귀족)의 중간인이란 뜻. 그들은 철저한 신분제 사회에서 양반과 평민을 잇는 연결고리였으나 평민과 천민의 입장에서 보면 양반 계층과 마찬가지로 철저히 수탈하는 존재로 비쳐졌다. 그 신분이 중간자였으나 양반 계층에게는 수족이었으므로 백성을 착취하고 유린하는 필요악으로 비쳐졌다. 중인들은 관직도 하급 관리만 할 수 있었다. 그것이 조선의 법이었기 때문이다. 이러한 신분제가 서서히 무너져 가던 18세기 말, 박지원이나 유득공·박제가· 이덕무처럼 재능을 가진 이들이 나타나 자신들만의 독특한 족적을 남겼다. 더구나 사회적으로 천대받던 이들 서얼 출신에 의해 조선의 문화는 보다 다채로워졌다. 그것은 마치 신라 말, 골품제가 무너지면서 6두품이 신흥 지식인으로 성장하였고, 이들에 의해 사회개혁에 대한 요구가 높아졌던 것과 같다. 그들 신흥 지식인이 신라가 망한 뒤에는 고려 관료사회의 지배층에 편입되었던 것과 똑같은 현상이 18세기 조선에도 서서히 나타났던 것이다.

다음은 이덕무의 '병에 꽂은 국화'란 시이다.

고상한 외로운 꽃이 가을볕을 향해 서니
암나비 다정하게 분가루 날리며 날아드네
화병에 옮겨 꽂고 아껴 보호해야 하겠구나
차마 보통 꽃처럼 시들게 내버려둘 수 있나

亭亭孤蕊向秋暉
雌蝶多情墮粉飛
移插膽瓶勤惜護
忍隨凡卉寂寥歸

따사로운 가을볕이 암나비를 꼬여내 국화로 불러들였다. 나비도 국화도 이제 한 해의 고단한 삶을 접을 때가 다가온다. 나비는 제 길 가게 버려둔다 해도 국화만큼은 추위 속에서 홀로 시들게 할 수 없다. 그 꽃을 병으로 옮겨 꽂고, 한시라도 더 길게 보고 싶어 집안으로 들여놓았다. 이덕무가 바라본 국화는 들에 핀 황국黃菊이다. 가을 강변, 물이 감도는 곳에 누각 하나 있어 콧노래 부르며 그곳으로 오른다.

난간 옆에 고요히 앉아 있다가
노래를 읊으며 누각에 올랐네
가을 물 넘실넘실 바람이 일고
밤이 되니 산에 달이 솟아 아득해
노란 국화는 들 언덕에 활짝 피었고
단풍잎은 모래톱에 얼비치네
서리 엉킨 찬 기운 위엄 떨치니
흥이 진해 마음 다시 그윽하구나
傍檻坐閒靜
咏歌聊上樓
秋風水浩浩
夜月山茫茫
黃菊發皐岸

赤楓暎沙洲
霜凝寒氣肅
興逸復懷幽

　가을바람, 콧속이 한 칸이나 넓어진다. 물이 넘실대고, 달이 높이 떠 대낮처럼 밝아서 달빛에 보는 국화는 색다른 맛이다. 모래톱 앞의 강물에 고운 단풍이 얼비쳐 물도 곱다. 찬바람 된서리 하얗게 내려 국화 향은 더욱 짙다. '서리 찰수록 국화 향 짙게 다가오더라'고 말하고 싶었던 모양이다.

국화꽃 물결 일렁이는 중양절

조선 전기의 천재 시인 북창北窓 정렴鄭磏(1506~1549)도 늦가을의 국화를 읊었다. 시 제목은 '때 늦은 국화'라는 뜻의 만국晚菊인데, '구월 스무날이 지난 뒤에 국화에 대해 읊었다'는 설명이 제목 아래에 따로 붙어 있는 것으로 보아 가을이 한창 익은 시절에 지었음을 알 수 있다.

십구나 이십구나 모두 다 아홉이니
구월 구일은 정한 때가 따로 없다
세상 사람들 모두 이것을 모르지만
계단에 가득한 국화만이 알고 있구나
十九卄九皆是九
九月九日無定時
多少世人皆不識
滿階惟有菊花知

반드시 음력 9월 9일을 중양절이라 해서 그날만을 국화일菊花日로 볼 것이 아니라는 게 정렴의 주장인데, 설득력이 있다. 9월 9일만이 아니라 19일도, 29일도 모두 중양절이고, 9월 한 달이 온통 국화의 달이라는 것이다. 시인의 이런 파격이 흥미롭다. 남다르게 보는 시각을 가져야 시도 특별한 법.

북창 정렴의 아우 정작鄭碏(1533~1603)이 이 시를 보고 이렇게 화답하였다. 형 정렴보다 정작은 27살이나 어렸으니 그에게 형은 아버지 같은 존재였다.

사람들이 중양절을 가장 중하게 여기지만
꼭 중양만이 흥취를 길게 끄는 건 아니네
만약 황화를 대신하여 백주를 기울인다면
가을 구십 일 어느 날인들 중양절 아니리
世人最重重陽節
未必重陽引興長
若對黃花傾白酒
九秋何日不重陽

북창北窓 정렴과 그 아우 고옥古玉 정작鄭碏 형제가 살아 있을 당시, 사람들 사이에 이 시가 널리 회자되었다고 한다.

시를 아는 이들은 형 정렴의 시가 아우의 것보다 훨씬 낫다고 평가하였다. 그런데 대제학 유근만은 정렴의 시보다 정작의 시를 꼽았다. 이 시를 두고 유몽인은 『어우야담』에서 이렇게 말하였다.

"예전에 조정에서 관청을 설치하여 우리나라의 시 가운데 우수한 작품을 뽑았는데, 그때 정렴과 정작의 이 시를 말하는 이가 있었다. 대제학 유근柳根이 정작의 시를 취하고 정렴의 시는 버리면서 운율(평측)이 맞지 않는다고 하였다. 아! 정렴은 음률을 아는 자인데 유근 만큼 음률을 알지 못한다고 하겠는가? 그러므로 예로부터 지음知音은 얻기 어려운 것이다."

정렴은 음악에도 정통하여 음악을 관장하는 중앙정부의 장악원 주부를 지낸 바 있으므로 이런 말이 나온 것이다. 주부는 조선 시대 9품계 가운데 종6품의 하위관직이다. 1품부터 9품까지 각 품계마다 정正과 종從의 구분이 있었으니 18품계로 따지면 12번째 품계에 해당한다. 그리고 '지음'은 소리를 안다는 뜻과 더불어 자기를 알아준다는 뜻이 포함된 말이다. 옛날 중국에서 백아伯牙의 연주 소리를 종자기鍾子期

가 알아맞혔다는 고사에서 비롯되었다.

정렴의 미성년기 이름은 사결士潔이었다. 1537년(정유년)에 과거에 합격하였는데, 그는 천문과 지리·음악·의약·산수 및 중국어에 능통하였다고 한다. 그가 아버지를 따라 북경에 갔을 때 중국인들과 거리낌 없이 말을 하는 것을 보고 그와 함께 간 사람들이 모두 깜짝 놀랐다고 한다.

정렴은 강원도 관찰사를 지낸 정순붕의 아들이다. 휘파람을 잘 불어서 주변 사람들을 즐겁게 하였다. 일찍이 물러나 과천 청계산과 양주 괘라리에 주로 살았는데, 불과 마흔네 살에 죽었다.

"가까이로는 동네 집 안방의 은밀한 일들과 멀리는 외국 여러 나라의 특이한 풍속과 기후, 그리고 각 나라의 언어까지 귀신같이 알았다. 나이 열 넷에 중국에 들어가니 신령한 기운을 보고 찾아온 어떤 류큐(지금의 오키나와) 사람이 두 번 절을 하고는 말했다. '제가 일찍이 운명을 점쳐 보니 어느 해 어느 날에 중국에 들어가 도인을 만날 것이라는 점괘가 나왔는데, 당신이 정말 그분이군요.'라면서 배움을 청하였다. 그 때 외국 사람들이 모두 와서 뵙고자 하였다. 이에 정렴이 능숙하게 각종 외국어로 응대하니 크게 놀라고 기이하게 여겼으며 그를 하늘이 낸 사람이라고 하였다. 열아홉 살에 과거에 합격한 뒤로는 다시 과거에 나가지 않았다."(『대동기문』).

이와 같이 정렴의 행적에 관해서 전해오는 이야기가 많은데, 그것은 그의 능력이 출중하였기 때문이다.

이상의 여러 작품으로 보듯이 중국의 시인들 못지않게 조선의 시인들 또한 국화를 찬양하였다. 중국의 이름난 시인으로 두보가 있다면 이 땅 조선에는 권필이 있었다고 할 만큼 권필의 시 세계 또한 중국 당나라와 송나라 시인 못지않은 재능을 가진 이였다. 권필이 어느 날 차천로車天輅(1556~1615) 한테서 국화를 선물로 받고 읊은 '국화' 시가 있다.

> 친구가 나에게 국화꽃을 보내주니
> 무엇으로 답례할까 하니 푸른 댓가지일세
> 나는 그윽한 방초 있으니 응당 스스로 고결하고
> 그대는 굳센 지조 따르니 끝내 바뀌지 않으리라
> 평생에 서로 허락하는 것이 이와 같을 뿐이니
> 이 마음에 잊지 못하는 생각을 누가 알겠는가
> **故人贈我秋菊英**

何以報之青竹枝
我佩幽芳當自潔
君依勁操終莫移
平生相許只如此
此心耿耿誰得知

　　차천로의 국화 선물을 받고 쓴 시이다 보니 여기에는 "국화를 보내 준 데 답하여 오산五山 차천로에게 댓가지를 부치다"라는 설명이 따로 붙여져 있다. 여기서 권필은 국화를 고결하고 굳센 지조를 가진 인물에 비유하고 있다. 『석주집』에 실려 있는데, 이 시에서 권필은 대상을 간결하게 압축하여 표현하고 있다. 그러면서 시인 권필은 차천로를 천애지기天涯知己로 여기고 있다. '천애지기'란 멀리 떨어져 있어 평생 몇 번을 만나지 못하더라도 뜻이 통하고 나를 알아주는 친구이다.

　　강가 고을에 낙엽이 비로소 지니
　　산속 사립문에 가을이 깊어간다
　　중양절이 가까운 줄 알겠구나

국화 그늘에서 술에 취한 사람

江縣葉初墮

山扉秋欲深

重陽知已近

人醉菊花陰

중양절을 앞두고 시 한 편을 지으면서 시인은 국화와 술을 강조한 것이다. 그래서 시 제목이 '9월 5일에 술잔을 들다가 짓다'가 되었다. 아마도 술은 국화주였을 것이다.

어찌어찌하다 보니 여름 가고, 강가의 산마을에도 단풍이 한창 고운 가을이 다시 왔다. 국화꽃 물결이 일렁이는 음력 9월. 강가의 산골 마을에 국화와 시인을 배치한 데에도 나름대로 뜻이 있고 의도가 있다. 산림에 은거한 고사高士들의 단골 메뉴였던 국화. 그들의 시문에는 매화와 함께 으레 빠지지 않는 대상이었다.

차천로는 수많은 책을 보고 두루 통하여 학식이 매우 풍부하였다고 한다. 하지만 그는 자신이 쓴 초고를 광주리에 던져버리고는 다시 꺼내 보지도 않았으므로 후세에 전하는 것도 없고, 전할 의도조차 없었던 것으로 전한다.

차천로의 아버지 차식車軾은 송도 사람이었다. 부지런히 배워서 글을 잘 지었으며 시를 잘 쓴다는 명성이 있었다. 차식의 벼슬은 군수에 그쳤으나 그에게는 아들 둘이 있었으니 차천로와 그 동생 차운로였다. 차천로는 문장에 능하고 시를 잘 써서 장편과 대작을 생각하지 않고서 줄줄 써 내려갔다. 중국 사신이 오면 제술관으로 나가서 시를 주고받았으며 어려운 글 제목을 내놓아도 차천로가 시를 써놓으면 중국 사신이 크게 탄복했다고 한다. 다음은 차천로와 한석봉이 중국 땅에 크게 알려지게 된 배경을 『청야담수』는 이렇게 전한다.

월사 이정구가 변무사辨誣使로 중국에 갈 때 데리고 갈 사람을 고르고 골랐다.[1] 그리하여 차천로는 문장으로 뽑혔고, 석봉 한호韓濩(1543~1605)는 명필이어서 선발되었다. 이들이 심양瀋陽의 한 민가에 머물게 되었는데, 그 집주인이 대단한 재력가였다. 천하제일의 이름난 화가를 맞아들여 복사꽃과 앵무새 한 쌍을 그린 채색 병풍을 얻었는데, 집안에 병풍을

1) 변무사가 무엇인지에 대해서는 먼저 종계변무(宗系辨誣)를 알아야 한다. 조선 건국 이후 선조 때까지 2백여 년의 명나라 실록과 『대명회전(大明會典)』에 이성계의 세계(世系), 즉 이성계의 선조로부터 후손) 계통이 잘못 기록되어 있었다. 그래서 그것을 바로잡아 달라고 명나라에 청하기 위해 보낸 관리를 변무사라 하였다.

깊숙이 감춰두었다가 구경하기를 원하는 사람이 있으면 꺼내어 자랑하곤 했다.

그러나 그 병풍 안에 화제를 쓸 사람이 없었다. 문장과 글씨로 이름난 중국 사천성泗川省의 촉蜀 땅에 사는 이름난 선비를 불렀으나 아직 도착하지 않은 때였다. 차천로와 한호가 소문을 듣고 구경하자고 하니 주인이 내놓고 자랑했는데, 과연 좋은 작품이었다. 둘이 한참을 들여다보다가 차천로가 석봉 한호에게 말했다.

"내가 시를 지어 부르거든 그대가 쓸 수 있겠소?"

주위를 살펴, 보는 사람이 없음을 확인하고는 먹을 갈아 다음과 같은 시 한 편을 썼다.

같은 모양인데 복사꽃의 색이 다르니
그 뜻을 봄바람에 물어보기 어렵네
그 사이에 행여 말하는 새라도 있다면
진홍빛이 연분홍빛에 비쳤다고 말할 걸
一樣桃花色不同

難將此意問東風
其間幸有能言鳥
爲報深紅映淺紅

　한석봉이 붓을 휘둘러 쓰자마자 즉시 수레를 몰아 연경燕京으로 향했는데, 얼마 되지 않아 주인이 돌아와 차천로와 한석봉이 써놓은 시를 보고는 화를 버럭버럭 내었다. 천금을 주고 병풍 하나를 꾸며 천하제일의 서화를 가보로 삼으려 했는데, 어디 듣도 보도 못하던 조선 놈이 와서 감히 이 비싼 병풍을 버렸냐며 아까워하였다. 잠시 뒤에 촉 땅에서 온 선비가 보고는 벌떡 일어나며 붓을 놓았다. 이것이야말로 천하의 문장과 명필이며 자신들은 그 아래 수준이라고 인정했다는 것이다.

　주인은 그제서야 기뻐하였다. 그리고는 차천로와 한호가 돌아오는 길을 기다렸다가 많은 선물과 함께 사례를 했으며, 이로부터 차천로와 한석봉이 중국에 알려지게 되었다.(『청야담수』).

　화담 서경덕 선생에게도 국화는 특별하였던 모양이다. 추

운 계절에 피는 꽃이므로 옛사람들은 국화를 한화寒花라고
도 하였다. 음력 구월에 피는 꽃이어서 구화九華라고도 하였
다. 선인들은 국화의 은근하고 담박한 성품을 닮기를 바랐
다. 그래서 다음과 같은 글을 써두거나 마음에 새기고 사는
이들이 많았다.

> "지는 꽃은 말이 없고, 사람의 담박함은 국화와 같다."(落華
> 無言人淡如菊)

화담 서경덕 선생이 국화를 읊은 뜻도 여기에 있을 것이
다. 그의 시 '국화를 읊다'[詠菊영국]는 모든 꽃들이 지고 난
뒤, 그것도 서리 내리는 계절에 홀로 피는 국화의 기품과 향
기를 칭송하고 있다.

> 정원의 모든 꽃이 이미 시들었건만
> 노란 국화만이 기운 온전하구나
> 홀로 기이한 향내 품은 채 뒤로 처져
> 봄꽃들과 함께 앞을 다투지 않지
> 서리 내릴 즈음에야 비로소 향내 뿜고

이슬에 촉촉이 젖어 있으면 빛깔 더욱 고와라

떨어진 꽃 씹으면 온 뱃속이 다 맑아져서

지팡이 짚고 때때로 울타리 가를 맴돈다네

　송도의 기인으로 이름을 알린 화담 서경덕은 소문만큼 뛰어난 인물이었다. 이미 그가 살아 있을 당시에도 사람들은 그를 고사高士라 일렀다. 박연폭포와 화담 서경덕을 저와 함께 손가락에 꼽아 넣으며 송도삼절松都三絶이라 한 여인이 있었던가. 그러나 그도 화담 서경덕을 넘보지는 못하였다. 서경덕과 황진이를 생각하다 보면 이사도라 던컨(Isadora Duncan)이 극작가 버나드 쇼(George Bernard Shaw)에게 프러포즈했다는 유명한 이야기가 떠오른다. '당신의 천재적인 두뇌와 나의 아름다운 미모가 만나면 두뇌도 얼굴도 최고의 아이가 태어날 것'이라는 제안에 버나드 쇼는 '나의 추한 외모에 그대의 텅 빈 머리를 닮은 아이가 태어나는 가혹한 일이 될 것'이라 응수하였다지 않는가. 그러나 서경덕과 황진이는 다르다. 서경덕은 잘 생겼고, 최고의 지성인이었으며 황진이 또한 뛰어난 미모에 천재 시인이었다는 것이 다른 점이다.

　아무튼 사유의 양극단을 보여주는 사례지만 황진이의 은

근한 유혹에 서경덕은 가타부타 어떤 답도 주지 않았다. 황진이와 서경덕은 신분상의 제약 때문에도 맺어질 수 없었다. 물론 그것만을 제외하면 최상의 궁합이었을지도 모른다. 한 시대의 뛰어난 인물이었던 서경덕은 세속을 멀리 한 일사였으나 황진이는 세속의 저 밑바닥에서 맴돌던 신분상 조선의 최하층민이었음도 분명한 사실이다.

황진이에 관해서는 이런 이야기가 전한다.

"황진이黃眞伊는 송도松都(개성)의 이름난 기녀이다. 그 어머니 현금玄琴의 얼굴이 꽤 아름다웠다. 나이 18세에 병부교兵部橋(다리 이름) 아래서 빨래를 하고 있는데, 다리 위에 단아한 모습에 의관이 화려한 사람 하나가 현금을 눈여겨 보면서 웃기도 하고 자신을 가리키기도 하므로 현금도 마음이 움직였다. 그러다가 그 사람이 갑자기 보이지 않았다. 날이 저물어 빨래하던 여자들이 모두 흩어지니 그 사람이 갑자기 다리 위로 와서 기둥에 의지하고는 길게 노래하였다. 노래가 끝나자 그가 물을 청하므로 현금이 표주박에 물을 떠 주었다. 그 사람은 반쯤 마시다가 웃으며 돌려주면서 하는 말이 '너도 시험 삼아 마셔 보아라'고 하였다. 마셔보니 술이었다.

현금은 놀라고 이상하게 여겨서 그와 함께 좋아하여 마침내 황진이를 낳았다. 황진이는 용모와 재주가 한때에 뛰어나고 노래 또한 절창이었다. 사람들은 그를 선녀라고 불렀다. 개성유수 송공(宋公, 宋이라고도 하고 宋純이라고 한다)이 처음 부임하여 조그만 술자리를 갖게 되었는데, 그 자리에 황진이가 참석하였다. 황진이는 가냘프고 행동이 단아했다. 황진이는 얼굴에 화장도 하지 않고 담담한 차림으로 자리에 나왔는데, 천연스런 태도가 국색國色으로 광채가 나서 사람을 움직였다. 밤이 다하도록 잔치가 계속되었는데, 사람들이 모두 칭찬하였다. 술이 취하자 비로소 잔에 술을 가득 부어 황진이에게 마시기를 권하고 노래를 청했다. 얼굴을 가다듬고 노래를 부르는데 맑고 고운 노래 소리가 간들간들 하늘에 사무쳤으며 고음과 저음이 다 맑고 고와서 보통 곡조와는 달랐다. 이에 송공은 '천재'라고 칭찬하였다.

비록 기녀였으나 성격이 고결하였으며, 번화하고 화려한 것을 일삼지 않았다. 관아에서 부르는 술자리라도 다만 빗질하고 세수만 하고 나갈 뿐 옷도 바꿔 입지 않았다. 방탕한 것을 좋아하지 않아서 천한 시정잡배들이 천금을 준다 해도 돌아보지 않았고 문자를 알아 당나라 시를 좋아했다. 화담 선생을 사모하여 매번 그 문하에 나가 뵈니 선생도 거절하지 않고 이야기를 나누었으니 절대 명기라 할 만하다.

내가 갑진년(1604)에 개성부의 어사로 갔을 때 병화를 겪어서 관청이 비어 있었으므로 남문 안에 사는 아전 진복陳福의 집에 머물렀는데, 진복의 아비도 늙은 아전이었다. 황진이와는 가까운 일가로서 그때 나이 80여 세였는데, 정신이 맑아서 황진이의 일을 어제 일처럼 말했다. '그녀가 신통한 요술을 가져서 그랬는가'를 물으니 '그런 건 알 수 없지만 방 안에서 때로 이상한 향기가 나서 며칠씩 없어지지 않았습니다.'라고 하였다. 그 늙은이에게 들은 기이한 이야기를 기록하여 두는 바이다."(이덕형의 『송도기이松都記異』).

석주 권필이 그린 국화도 화담 서경덕이 그린 국화와 별로 다르지 않았다. 그러면 권필의 눈에 들어온 국화는 어떤 모습일까? '국화'[菊]라는 제목의 시에서 권필이 바라본 국화는 피었다가 한꺼번에 우수수 지는 복사꽃과는 비교할 수 없는 존재였다. 매화나 대나무 정도라야 어울릴 수 있는 자격을 가진 꽃으로 그려져 있다.

국화여

국화여

매화는 왼쪽에

대는 오른쪽에

아름다운 맹세를 맺어

혼탁한 세속을 벗어나 있지

노란 꽃잎은 금을 뿌린 듯

흰 꽃술은 옥을 아로새긴 듯

가을 이슬 젖으니 몹시 차갑고

새벽바람 부니 절로 향기롭구나

더러운 땅에는 뿌리를 내리지 않고

한적한 곳이 본래의 품성에 맞아라

싸늘한 비 개니 잎이 더욱 우거지고

된서리 내린 뒤에 가지 더욱 푸르르다

탁주에 띄워 도연명은 세간의 정을 멀리 했고

꽃잎을 먹으며 굴원은 처음 입던 옷을 손질했지

절로 아름다운 당창의 옥예도 말할 것 없거늘

우수수 지는 현도의 붉은 복사꽃이 대수이겠는가

산가의 풍치 중 어느 곳이 잊기 어려운지를 묻노라

중양절 아름다운 계절에 흰 술이 막 익을 무렵이지

菊

菊

左梅

右竹

結芳盟

超濁俗

黄蒍散金

秋露浥偏寒

曉風吹自馥

結根不合汚卑

稟性元宜幽濁

冷雨晴來葉更繁

嚴霜降後枝猶綠

汎濁醪而陶遠世情

餐落英而屈修初服

不論唐昌玉蘂自盈盈

肯數玄都桃花紅蔌蔌

借問山家風致何處難忘

最是重陽佳節白酒初熟²⁾

'탁주에 띄워 도연명은 세간의 정을 멀리 했고'(14행)라는
구절은 도연명의 잡시 가운데 "가을 국화 좋은 빛이 있기에
이슬 젖은 그 꽃잎을 따노라. 이 꽃잎 망우물에 띄워서 속세
를 버린 나의 정 더 멀게 하노라"(秋菊有佳色 裛露掇其英 汎此忘
憂物 遠我遺世情)라고 한 구절을 떠올리게 한다. 여기서 망우물
忘憂物은 '근심을 잊게 하는 물건'이다. 술을 망우물이라 하
였다. 또 '꽃잎을 먹으며 굴원은 처음 입던 옷을 손질했지'(15
행)라는 구절은 굴원屈原의 『이소離騷』에서 나왔다. "아침에
는 목란에 떨어지는 이슬 마시고 저녁에는 가을 국화의 지
는 꽃잎을 먹는다"(朝飲木蘭之墮露兮 夕餐秋菊之落英)고 한 것과
"나아가도 말이 받아들여지지 않고 화만 당할 것이니 물러
나 내 처음 입던 옷을 다시 손질하리라"(進不入以離尤兮 退將復
脩吾初服)고 한 데 전거가 있다. 처음 입던 옷이란 벼슬을 하
러 나가기 전에 입었던 옷이다. 그러므로 이 말은 은거하겠
다는 의지를 나타낸 것으로 볼 수 있다.

---

2) 음력 9월 9일의 중양절에 국화꽃잎을 술잔에 띄워 마시면서 장수를 기원하는
풍습이 있었으므로 이런 표현이 나왔다.

그 다음 '절로 아름다운 당창의 옥예도 말할 것 없거늘'(16
행)에서 '당창'은 당나라 때 당창관唐昌觀을 이른다. 이것은
당나라 시절 장안長安에 있던 집이다. 그 집에 현종玄宗의
딸 당창공주唐昌公主가 심은 옥예화玉蘂花라는 꽃이 있었다
고 한다. 그리고 '우수수 지는 현도의 붉은 복사꽃이야 대수
이겠는가!'(17행)라는 구절은 당나라 시인과 관련이 있다. 현
도는 현도관玄都觀을 가리킨다. 역시 장안에 있던 집이다.
시인 유우석劉禹錫이 낭주사마朗州司馬라는 지방관으로 좌
천되었다가 돌아오니 현도관에 복숭아나무가 가득하고 꽃
이 만발해 있었다는 『구당서』 유우석 열전에 실린 이야기에
서 나왔다.

국화꽃이 지고, 적적한 가을 어느 날, 석주 권필은 '밤에 앉
아서 회포를 쓰다'라는 시 한 편을 완성하였다.

세상일은 이와 같은 것
흐르는 세월 어이 할 수 없어라
국화는 가을 뒤에 적어지고
밤 깊을 때 벌레 소리가 많구나
쓸쓸한 달빛은 남쪽 창에 들어오고

소슬한 바람은 나뭇가지 흔든다

지나간 십 년 세월의 일들을 회상하며

등잔불에 부딪치는 나방을 앉아서 세어본다

世事有如此

流光無奈何

菊花秋後少

蟲語夜深多

悄悄月侵牖

蕭蕭風振柯

關心十年事

坐數撲燈蛾

　권필의 시에 등장하는 꽃은 그저 단순한 꽃이 아니다. 사람을 대신한다. 무상한 세월, 세상의 이치란 게 가을 지나면 서리 내리고, 서리는 머잖아 눈이 내릴 조짐이다. 찬 서리에 국화가 지고 있으니 그 꽃잎이 얼마나 남아 있으랴.

　차가운 서릿발, 모진 추위에도 꿋꿋하게 제 모습을 잃지 않는 국화를 측은하게 바라보는 이들은 왜 없었을까? 아무튼 여기에 제시된 벌레 소리, 쓸쓸한 달빛, 소슬한 바람은 국화가 서 있는 환경을 극적으로 고조시키기 위한 배경들이다. 소슬바람이 부는 가을, 밤이 깊어가며 벌레 소리가 늘어간다. 남쪽 창에서는 찬 달빛이 넘어든다. 세월이 흐르는 것이야 어찌할 도리가 없다. 이 가을이 지나면 국화도 다 지고 세모의 한 모퉁이에서 쓸쓸해질 것이라는 사실도 알고 있다. 지나간 십 년 세월은 벼슬살이를 하느라 경성에 떠돈 날들을 말한다. '등잔불로 뛰어드는 나방'은 국화의 대척점에 선 이들이다. 권필이 이 시를 쓰며 자신이 보아온 사람들을 국화와 나방으로 나누어 표현하였을 것이니 이 시의 제목 또한 국화와 나방이 되었어야 마땅하리라.

이상의 여러 작품에서 보듯이 고려와 조선의 시인들은 국화를 사랑하였고, 자신의 마음을 표현하는 도구로 삼았다. 그들은 꽃을 빌어 인생을 노래하였다. 권필이 그러했듯이 그와 각별했던 신흠, 이수광, 차천로, 이정구李廷龜 등, 이름난 조선의 문인들은 모두 꽃으로 마음을 표현하는데 능했던 이들이다. 신흠은 평생 이수광과 절친한 사이였다. 이수광과의 관계를 『상촌집』에서 이렇게 정리하였다.

"지봉 이수광의 자字(성년 이전의 이름)는 윤경潤卿인데 나와 노닌 지는 지금 40년이 된다. 단아한 풍도가 속세를 벗어나서 세상의 변고를 차례로 다 겪었으면서도 조금도 좌절한 적이 없었으니 그야말로 금옥군자金玉君子라고 해야 할 것이다. 병진년(광해군 8년, 1616)에 조정을 떠날 때 김포 시골 집으로 나를 찾아왔었다."(『상촌집』 제60권 청창연담)

금옥군자란 금이나 옥에 비길만한 군자라는 뜻이다. 이수광의 나이 지긋한 50세(1614 광해군 6) 되던 해의 음력 9월 9일, 간밤엔 서리가 짙게 내렸다. 이날 그가 지은 것이 '갑인년 중양절에 우연히 짓다'[甲寅重陽 偶成]라는 작품이다.

어젯밤 대숲 너머 무서리 짙게 내렸는데
산속 집 성긴 울타리 적막하기도 하구나
찬 꽃은 이 내 시름 알기라도 하는 듯
가절을 만나서도 꽃을 피우지 않았구나
竹外新霜昨夜多
疏籬寂寞傍山家
寒英似識愁人意
縱遇佳辰不作花

대나무 숲으로 에워싸인 산가山家. 간밤에 된서리 내리고 사위는 적막하다. 울타리 밑에서 서리와 추위에 떨고 있는 국화는 어인 일인지 아직도 꽃을 피우지 않고 있다. 음력 9월 9일의 중양일이 되었건만, 국화 향을 기대했던 시인은 크게 낙심하고 있다. 이제 곧 납월臘月(12월)이 다가오고 있으니 스산한 마음이다. 허허롭고 인생무상에 서러운 마음이 들었던 듯하다.

일찍이 국화를 특별한 꽃으로 시인들의 머릿속에 각인시킨 사람은 도연명이다. 도연명의 '9월 9일에 한가로이 지내면서'[九日閑居구일한거]라는 시 역시 국화를 대상으로 한 작품이다. 중양절과 국화의 궁합은 도연명 이후에 더욱 굳어졌다.

인생은 짧은데 항상 생각은 많다네
사람들은 오래 사는 것을 좋아하지
해와 달은 별에 의지하여 이르고[3]
세상 모두가 그 이름을 사랑한다네
이슬은 차갑고 따뜻한 바람 그치니

◇◇◇◇◇◇◇◇◇◇◇◇◇◇◇◇◇◇◇◇◇◇◇◇◇◇◇◇◇◇

3) 밤낮이 서로 번갈아 찾아와 세월이 흐르는 것을 의미한다.

공기는 맑고 하늘은 밝기도 하여라

제비 떠나며 그림자도 남기지 않아

돌아온 기러기 소리 여운을 남긴다

술은 온갖 근심을 좇아줄 수 있고

국화는 나이 들어 늙음을 막아주네

어찌해 쑥대로 지은 초가집 선비는

계절이 기우는 것을 보고만 있는가

먼지 앉은 술잔 빈 술단지가 부끄러워[4)]

국화는 부질없이 저절로 피어나니

옷깃 여미고 홀로 한가히 노래하네

아득히 깊은 정이 일어나는구나

한가로운 생활에 실로 즐거움 많아

청산에 묻혀 산다고 이룰 게 없을까

世 短 意 常 多

斯 人 樂 久 生

日 月 依 辰 至

---

4) 이것은 본래 그 전거가 있는 글이다. 『시경』 소아(小雅) 육아(蓼莪) 편에 "술이 텅 비니 술단지의 수치이다(缾之罄矣 維罍之恥)"라고 한 구절이 있으니 여기서 따 온 것이다.

擧俗愛其名

露凄暄風息

氣澈天象明

往燕無遺影

來雁有餘聲

酒能祛百慮

菊爲制頹齡

如何蓬廬士

空視時運傾

塵爵恥虛罍

寒花徒自榮

斂襟獨閒謠

緬焉起深情

棲遲固多娛

淹留豈無成

도연명은 이 시를 그의 나이 55세 때(419년)에 지었다. 시의 첫머리에 제목과 함께 그 서문 격에 해당하는 내용이 제시되어 있다.

"내가 한가로이 지내면서 '중구'라는 이름을 좋아한다. 가을 국화가 뜰에 가득한데 술(막걸리)을 마실 방법이 없어 국화꽃을 들고 말에 의탁하여 감회를 적는다."(余閒居 愛重九之名 秋菊盈園 而持膠靡由 空腹九華 寄懷於言)

이렇게 말한 것으로 미루어 도연명은 위 국화 시를 419년 음력 9월 9일에 지은 것으로 볼 수 있겠다. 홀수는 양의 수이다. 양의 숫자 가운데 가장 큰 것이 9인데, 그것도 둘씩이나 겹친 날이니 찬 서리 내리는 계절임에도 이날 양陽의 기운을 가득 받아들일 수 있다고 보아 중양절을 숭상하였던 것이다. 본래 重九(중구)란 九九를 의미한다. 9가 두 번 겹쳐 있는 것을 뜻하는 말로, 음력 9월 9일을 가리킨다. 九는 그 소릿값이 久(오래다)와 같아서 오래 살기를 염원했던 옛날 사람들은 양기가 겹치는 9월 9일을 선호하였고, 중구重九를 곧 重久(중구)로 인식하며 오래오래 살기를 염원한 것이다. '인생의 5복 중에서 장수하는 게 제일'(人生五福壽爲先)이라는 속담이 있듯이 평균수명이 60도 안 되던 옛날, 사람들은 국화에 장수를 빌었다.

이 시에서 인상 깊은 구절은 마지막 행이다. 淹(엄)은 물가를 가리킨다. 물가에 머무는 것을 의미하는 글자인데, 운을 맞추기 위해 淹留(엄류)라고 하여 그 뜻을 더욱 분명하게 표현하였다. 그러니까 그것은 청산에 사는 것을 뜻한다. '청산에 산다고 어찌 이루는 게 없겠느냐'는 것인데 맞는 말이다. 50대 이후의 삶을 자연에서 찾고 싶다며 '청산에 사는 게 로망'이라는 사람들이 흔히 있다. 어느 것에든 얽매이지 않고, 되는 대로 자유롭게 살아가고픈 열망인데, 거기에도 필수조건이 있다. 경제적인 여유와 요리 솜씨, 그리고 그 외에 야생(?)에서 살아가기 위한 최소한의 생존기술이다.

중국 한 나라 때 나온 의학서 『신농본초경』에는 국화에 대하여 이렇게 설명하였다.

"맛이 쓰며 성질이 평온하다. 머리에 바람이 들어서 어지럽고 부으며 아픈 증상을 낫게 한다. 눈이 빠져나갈 것 같으며 눈물이 나는 증상을 낫게 한다. 피부의 죽은 살이라든가 악풍(惡風), 습(濕)으로 저리고 아픈 순환부전 증상을 치료한다. 오래 복용하면 늙지 않고 오래 살 수 있다."

국화는 낙엽이 지고 나서 찬바람을 맞아야 핀다는 말이 있다. 차갑고 쓸쓸한 시절이 국화 철이다. 바로 그 시절을 우리네 인생으로 치면 시련과 고통의 날로 보았던 것이다. 풍상에 시달려도 지조를 굽히지 않는 성현 군자와 같은 꽃. 그 꽃이 피는 가을 풍경을 고려 시인 이조년李兆年(1269~1343)은 국화(菊花)에서 이렇게 읊었다.

하룻밤 가을바람에 온 나무가 앙상한데
국화는 겨우 두세 떨기 피어 있구나!
번소樊素는 무정하게 봄을 따라갔는데
아침 구름 홀로 소공蘇公과 함께 하네
一夜秋風萬樹空
菊花纔發兩三叢
樊素無情逐春去
朝雲獨自伴蘇公

번소樊素는 당나라 시인 백거이白居易의 애첩으로, 절개와 지조가 높은 여인이었다. 나뭇잎과 풀이 져서 산야가 텅 빈 가을날, 아침 구름을 배경으로 핀 국화의 모습에서 온통 쓸쓸하고 스산한 분위기를 읽을 수 있다.

그런가 하면 조선 후기의 여류 시인 영수합令壽閣 서씨徐氏 부인이 쓴 '소중양일에 두보의 시에 차운하다'[小重陽次杜소중양차두]라는 연작시는 시집간 여인이 단풍이 다 지고, 늦가을 빗속에 서 있는 국화꽃을 바라보며 고향과 친정을 그리워하는 마음을 담았다. 중양절重陽節 다음날인 9월 10일의 소중양일에 쓴 시 가운데 두 번째 연이다.

서리 맞은 나무 너머로 바람이 울고
보슬비가 내려 국화꽃에 스며드는데
온종일 높은 누각에 기대어 서서
하염없이 고향 산을 바라본다네
風鳴霜樹外
細雨菊花中
盡日憑高閣
鄉山望不窮

시집올 때 고향에 두고 온 마음을 떠올렸음인가. 딸을 여의며, 아무 탈 없이 행복하게 살기만을 바란 부모의 심정을 되새겼을 것인가. 아무튼 서리 내리고, 차가운 바람 소리가 숲에서 일고 있다. 낙엽은 졌고, 국화꽃에 보슬비 내려 한창 날이 시리다. 고향 산자락에도 들국화가 피어 누군가 시린 꿈을 꾸리라. 영수합 서씨 여인은 잠깐이나마 지난날을 회상하고 있었나 보다.

늦가을의 국화는 다산 정약용에게도 각별한 느낌으로 다가왔다. '연못에 비친 국화'를 정약용은 이렇게 노래하였다.

바람 자는 연못은 거울처럼 매끈하고
물속엔 예쁜 꽃 기이한 돌이 많아라
돌 틈에 핀 국화꽃 마음껏 보고 싶은데
물고기 튀어 올라 물결이 일까 염려되네
風靜芳池鏡樣磨
名花奇石水中多
貪看石罅幷頭菊
剛怕魚跳作小波

시를 읽고 나면 다산이 보았던 풍경이 눈앞에 떠오른다. 연못의 물도 다시 맑아져 수면은 유리처럼 잔잔하다. 물속 검정말, 붕어마름 등 갖가지 수초와 예쁜 꽃이 많다. 연못 주위를 돌아가며 받치고 있는 석축, 그 돌틈 사이사이로 국화 꽃이 피어 있다. 물에 노니는 물고기는 살져 있다. 그러나 물이 맑아진 탓에 경계심도 한층 높아졌다. 연못가의 국화꽃 구경하고 싶은데, 물고기 놀라 튀어 오를까 걱정되어 그만둔다. 시의 내용으로 보면 어느 해 가을 다산이 거닐었던 연못 주변의 어여쁜 풍경이다.

다산이 표현한 국화와 가을 분위기는 송천松川 양응정 (1519~1581)의 '강가 정자에 쓰다'[題江亭제강정][5]라는 시에도 고스란히 표현되었다. 이 시는 양응정의 『송천유집松川遺集』에 실려 있다. 양응정은 전남 화순군 도곡면 월곡리에서 태어났다. 어려서부터 시문에 뛰어난 소질을 보여 휴암休菴 백인걸(1497~1579)과 지지당知止堂 송흠宋欽(1459~1547)으로 부터도 글을 배웠다. 송강 정철을 가르친 바 있는 그에 대해서 『조선왕조실록』「선조실록」 8권, 선조 7년(1574) 2월 5일 기사에 이런 내용이 있다. 경주 부윤(慶州府尹) 양응정(梁應鼎)은 "인물됨이 거칠어 진주목사로 있을 때도 청렴하지 못한 일이 많아 사람들이 모두 침 뱉고 더럽게 여겼다. 그러니 이

---

5) 1 『송천유집(松川遺集)』 권1

번에 모든 백성에게 임하는 관원이 될 수 없습니다. 파직하소서."라고 하니, 임금이 그대로 따랐다는 이야기가 전한다.

> 푸른 연못엔 갈대꽃 눈처럼 희고
> 높은 절벽 국화는 황금을 뿌린 듯
> 연기구름 파도 만 리까지 펼쳐져
> 흰 갈매기의 마음 알 것 같구나
> 綠池蘆分雪
> 丹崖菊散金
> 煙波萬里闊
> 要識白鷗心

　푸른 물과 흰 갈대꽃, 노란 국화, 푸른 파도와 흰 안개를 시인은 의도적으로 배치하였다. 마치 그림으로 보는 것처럼 풍경을 그리면서 그것들을 늘상 보고 접해온 갈매기의 무대로 설정한 것이다. 만 리까지 펼쳐진 넓은 바다. 게다가 안개까지 자욱하니 그 넓이를 가늠할 수 없다. 그 바다와 흰 갈대꽃, 노란 국화를 감상하려면 조용히 머물 곳이 필요하리라. 바로 그 강변에 정자 한 채 자리 잡았다. 강가의 정자에 앉으면 높이 나는 갈매기, 눈처럼 흰 갈대꽃과 절벽에 핀 노란 국화 그리고 멀리 파도 만 리 바다가 눈앞에 시원하게 펼쳐진다. 무더위 지난 게 엊그제 같은데, 황국이나 감국과 같은 국화가 얼굴을 들이밀면 걱정이 산 만큼 밀려든다. 어이쿠! 이제 나이를 보탤 계절이 다가옴을 느끼고 가슴이 '철렁' 하는 것이다.

찬바람과 함께 국화를 확인하기도 전에 가을을 알리는 것이 귀뚜라미이다. 옛 시인들은 벌 나비는 물론이고 귀뚜라미, 개미, 잠자리, 파리, 매미와 같은 것들에도 주목하였고, 그것들에 대한 시도 꽤 있다. 가을의 전령 귀뚜라미에 관한 시 두 편을 뽑아 보았다. 먼저 노수신盧守愼의 '귀뚜라미'[蛬]라는 시인데, 귀뚜라미를 공蛬이라는 한자로 썼다.

가을바람에 희미한 달 비껴 있고
더부룩한 숲에 이슬 한창 내릴 제
한 울음소리는 낭군을 사모하는 듯
한 울음소리는 낭군을 원망하는 듯
西風淡月斜
露墮暗叢裡

一聲思君子

一聲怨君子

이것은 노수신의 『소재집蘇齋集』에 수록된 시이다. 옛날
시인으로서 제법 이름을 날린 사람이라면 누구나 귀뚜라미
를 대상으로 시 한 편 정도는 남겼을 법하다.

정온鄭蘊(1569~1641)의 '문실솔'(聞蟋蟀, 귀뚜라미 소리를 듣
다)이라는 시도 귀뚜라미에 관한 것이다.

밤새 우는 게 무슨 사연 있는 것인가

맑은 가을 소리내어 우니 기쁜가보다

미물 또한 계절 따라 마음이 움직이니

못난 나는 어리석게 때를 기다리며 우네

通宵唧唧有何情

喜得淸秋自發聲

微物亦能隨候動

愚儂還昧待時鳴

다음은 청한자淸寒子 김시습의 시인데, 베짱이를 촉직促

織이라는 한자로 나타내었다. 베를 짜는 소리를 내는 놈이라고 보아 그런 이름이 주어졌다. "풀 밑에선 신음 소리, 상 밑에선 속마음을 하소연하는 소리"로 나누어 쓴 것을 보면 풀 밑에서 신음하는 소리는 베짱이이고, 상 밑에서 속마음을 하소연하는 놈은 귀뚜라미로 볼 수 있겠다.

고요한 밤, 하늘은 쓸어낸 듯 맑고
빈집에는 달빛만이 하얗게 밝았네
풀 밑에선 신음 소리 더욱 괴롭고
상 밑에선 속마음을 하소연하네
섬돌엔 비로소 바람이 움직이고
은하수엔 벌써 이슬이 기울었네
소리마다 사람 마음 아프게 해
네 소리 들으면 근심이 일어나
夜靜天如掃
空堂月色明
草根吟更苦
床下訴中情
玉砌風初動

銀河露已傾
聲聲惱人意
聽爾起愁城

　김시습은 어디까지나 베짱이를 촉직으로 알고 썼지만, 시의 내용으로 보면 베짱이나 귀뚜라미 어느 것을 제목으로 쓰더라도 별로 문제 될 것은 없었겠다.

　영재泠齋 유득공柳得恭에게도 귀뚜라미 시가 있다. 실솔蟋蟀이라는 제목의 시인데, 실솔은 귀뚜라미이다.

구멍에 들어가선 수염을 까딱거리며 귀뚤귀뚤 울고
사람 보면 부끄러워 머리통을 요리조리 돌리면서 돌아간다
귀뚤귀뚤 울기만 한다고 사람들 누가 말하나
속에는 이런저런 사연이있겠지
서로 찾고 대답하는 걸 이미 아는데
원망하는 것이 아닌지를 어찌 알겠나
서로 똑같이 들리는 것이련만
멀 때는 여러 마리 소린 양 자욱하게 들리더니
가까이 들으면 한두 마리 소린 양 분명히 들린다

또박또박 그 소리 더욱 절절해

가만히 들으면 밤중을 넘겨

밤 가도록 온통 그 소리뿐이더니

아침 되며 마주 우는 놈 거의 없구나[6]

控穴搖鬚語

羞人轉腦歸

人誰謂唧唧

情必有云云

己識相求應

安知不怨群

到處聞相似

遠稠還近稀

的的聲逾切

潛聽到夜分

竟夜音徒爾

朝來屬者殘

◇◇◇◇◇◇◇◇◇◇◇◇◇◇◇◇◇◇◇◇◇◇◇◇◇◇◇

6) 서거정의 『전주사가시(箋註四家詩)』 권2에 수록되어 있다. 사가정 서거정의
시에 주석과 설명을 붙였다는 뜻이다.

봄밤의 두견새가 사람의 심사를 뒤집는 것이라면 가을밤의 귀뚜라미 또한 뭇사람의 쓸쓸한 마음을 온통 들쑤시는 요물이다. 사람들은 붉은 진달래와 두견새의 궁합을 만들어냈지만, 가을을 상징하는 것으로는 국화와 귀뚜라미를 꼽아야 하겠다. 맑은 하늘, 밝은 달이 내려다보는 가을밤. 풀밭에서 우는 귀뚜라미는 신음 소리 토하듯 하고 책상 밑에서 우는 놈은 제 마음속의 근심을 털어내며 하소연을 하니 밤 깊도록 마음을 아프게 한다는 시인의 표현은 우리가 늘상 겪어온 경험과 다르지 않다. 귀뚜라미 소리를 가을의 수심이라고 하는 까닭을 얼마간 이해할 수 있다. 귀뚜라미 소리 높아지고, 국화가 그 모습을 알리며 향기를 보내오면 우리는 그제서야 비로소 한 해의 끄트머리에 와 있음을 느끼게 된다. 이제 다시 앞뒤를 돌아봐야 하는 계절인 것이다.

그러면 대체 왜 이렇게 많은 시들로써 사람들은 국화를 찬미한 것일까? 대나무와 소나무, 매화를 사랑한 이유도 마찬가지이지만, 용기와 굳은 의지를 갖고 세파에 맞서 살아가야 한다는 것을 마음에 새기기 위한 것이었다. 추위에 견디는 국화의 본질을 용기에 두고, 그것을 자신의 신조로 여기고 살아가겠다는 다짐을 하였던 것이니 오늘의 우리는 바로 그런 점을 선인들에게서 배워야 할 것이다.

하지만 그것 말고도 여기서 우리가 배워야 할 게 하나 더 있다. 조선 후기의 문인 박상현朴尙玄(1629~1693)은 그저 단순히 꽃을 볼 게 아니라 꽃이 어떻게 피는지 그 생리까지 꿰뚫어 보라고 주문한다.

세상 사람들 꽃 보는 것만 좋아하여
어떻게 꽃이 되었는지는 볼 줄 몰라
모름지기 꽃의 생리를 볼 줄 알아야
그런 뒤에 비로소 꽃을 보게 되는 것
世人徒識愛看花
不識看花所以花
須於花上看生理
然後方爲看得花

우리가 살면서 배워야 할 게 바로 이런 것들이다. 겉으로 드러난 것만을 볼 게 아니라 본질을 꿰뚫어 봐야 한다. 그렇지 않으면 늘 껍데기 같은 삶을 사는 거나 다름없을 테니까.

그윽한 골짜기의 난초를 읊은 시들

『주역周易』계사繫辭 편에는 이런 구절이 있다.

"두 사람이 한마음을 가지면 그 날카로움은 쇠를 자를 수 있고, 마음을 한 가지로 하여 하는 말은 그 냄새가 난초와 같다."(二人同心 其利斷金 同心之言 其臭如蘭)

바로 이 구절로부터 "쇠처럼 단단하고 난초처럼 향기로운 사람 사이의 사귐을 뜻하는 고사성어 금란지교(金蘭之交)란 말이 나왔다. 아울러『공자가어孔子家語』에도 대략 그와 비슷한 내용이 전해오고 있다.

"착한 사람과 함께 있으면 마치 지초나 난초의 향기가 그윽한 방에 들어간 것과 같아서 오래되면 그 향내를 맡지는 못할지라도 곧 그를 따라 변하고, 선하지 않은 사람과 함께 있으면 마치 절인 생선 가게에 들어간 것과 같아서 오래되면 그 악취를 맡지 못하고 그를 따라 변하게 된다."(善人居如入芝蘭之室 久而不聞 其香卽與之化矣 與不善人居如入鮑魚之肆

久而不聞 其臭亦與之化矣)

　어떤 사람을 사귈 것인가를 제시해놓은 선인들의 명언이라고 하겠다. 금란지교라는 말에서 비롯된 것이지만, 옛사람들은 친구나 동갑내기들끼리 금란계(金蘭契)를 조직해서 평생 뜻을 같이하기도 하였다. 산골짜기에서 그윽한 향기를 뿌리는 난초를 사람들은 오랜 옛날부터 아끼고 사랑하였다. 그리하여 난초를 사군자의 두 번째 자리에 꼽으면서 매화 다음으로 지극히 아꼈다.

　고려 말의 시인 이색(1328~1396)은 "춘란은 미인과 같아서 꺾지 않아도 스스로 향기를 바친다"(春蘭如美人 不採香自獻)는 말을 남겼다. 우리 산야에 흩어져 있는 춘란을 곱게 마음에 담아준 글이라고 하겠다.

　조선의 시인 서거정의 금란지교를 알 수 있는 난초시로서 무오동갑계축(戊午同甲契軸)이라는 시가 『사가시집(권 51)』에 전한다.

　무오년은 내가 처음 태어난 해
　제군과 앞을 다투었었지

같은 해에 옥순반에 함께 들었고

오래도록 좋아해 금란계 맺었다네

인물 모두 세상의 추중이 되었고

공명은 또 누가 따라잡겠는가

평시에 성대한 연회를 베푸니

고상한 흥취가 시들지 않으리

戊午是初度

諸君伯仲間

同時班玉筍

永好托金蘭

人物咸推重

功名孰可攀

尋常拚勝會

高興未闌珊¹⁾

推重(추중)이란 말은 신분과 직위가 높이 옮겨가서 귀하게 됨을 의미하는 말. 무오년은 서거정이 태어난 1420년이다.

---

1) 闌珊(란산)은 시들거나 잦아드는 것을 말한다.

서거정의 절친 중 한 사람이었던 강희안의 『양화소록』에는
이런 이야기가 실려 있다.

"난蘭은 적기 때문에 귀한 대접을 받고, 혜蕙는 많아서 천
한 대접을 받는다.(『사림광기事林廣記』)…『본초』의 훈초薰草
편을 살펴보면 (난을) 혜초蕙草라고도 하였다. 잎을 혜蕙라
하고 뿌리를 훈薰이라고 한다.…한 줄기에 여러 개의 꽃이
핀다고 해서 천하게 여기는 것은 잘못이다. 지금은 이 두 가
지를 모두 난이라고 한다."

그러나 후에 혜蕙는 난초 자체를 의미하는 말이 되었고,
훈薰은 향기로운 풀이라는 뜻으로 쓰이게 되었다. 난초의 향
기 또는 난초를 국향이라고도 불렀다. 서거정이 강희안의 그
림에 쓴 제화시 『제강경우화題姜景愚畵』 8수(『사가시집』(제12
권) 가운데 일곱 번째 란(蘭).

맨눈으로는 국향을 채취할 사람 없으니
향기 따지 않아도 네게 뭐가 해로울까
모란꽃은 벌써 졌고 장미꽃이 시드니

널 버리고 그 무엇을 자리 옆에 둘까

肉眼無人採國香

人雖不採汝何復

牧丹已死薔薇老

捨汝誰能近坐傍

경우(景愚)는 강희안의 자이다. 즉, 그가 약관 이전에 사용한 이름이다. 또 첫행의 **國香**(국향)은 난초 또는 난초 향기를 이르는 말.

이것 말고도 서거정의 제화시로서 난죽도蘭竹圖 한 편이 더 있다.

보기 좋은 것은 돌 위의 대나무

향기 좋은 것은 밭 가운데 난초

어이해 한 그림에 대와 난을 짝지웠나

덕 때문이지 그 세력 때문이 아니라네

檀欒石上竹

馥郁畹中蘭

胡爲伴一圖

以德非勢干

　그런가 하면 중국 송나라의 간판급 스타 문인인 소식蘇軾과 소철蘇轍의 난초 시도 있다. 이들 형제는 아버지 소순蘇洵과 함께 삼소三蘇라 불리며, 당송 8대 시인에 드는 사람들이다. 먼저 소식의 춘란春蘭.

　눈 내린 오솔길에 옅푸른 꽃 피우려
　흰 난초 뿌리 어지러이 작은 싹을 토하고
　복사꽃 오얏꽃 자라 봄바람 맞지 않아도
　그 이름은 항상 산림처사의 집에 있구나!
　雪徑偸開淺碧花
　氷根亂吐小紅芽
　生無桃李春風面
　名在山林當士家

　소철의 다음 난초 시 제목은 유란화幽蘭花이다.

　그윽한 난초 한 가지 꽃을 피우니

맑은 향기 있는 듯 없는 듯하네

정녕 그 향기 높낮이 비교해 보려고

온갖 꽃 만발할 때 함께 꽃을 피우네

珍重幽蘭開一枝

淸香耿耿聽猶疑

定應欲較香高下

故取群芳競發時

다음은 조선 중기의 여류시인 허난설헌許蘭雪軒 (1563~1589)의 난초 시이다.

그윽하고 맑은 난초 향기를 누가 알겠나

세월 흘러도 스스로 꽃다운 향기를 내니

세상 사람들 연꽃 좋아한다 말하지 마소

꽃술 한 번 토해내면 모든 풀의 으뜸이라

誰識幽蘭淸又香

年年歲歲自芬芳

莫言比蓮無人氣

一吐花心萬草王

난초를 생각할 때 우리가 흔히 떠올리는 것은 대원군의 묵란도나 석란도 같은 난초 그림이라든가 김정희(1786~1856)의 '불이선란도不二禪蘭圖'와 같은 작품들일 것이다. 그런데 김정희의 이 유명한 난초 그림을 일부에서 '부작란도'라 부르는 이들이 있어 먼저 이것이 매우 잘못된 명명임을 지적하지 않을 수 없다. '불이선란도不二禪蘭圖'라 불러야 옳다. '(불가의) 선과 난초는 둘이 아니다'(禪與蘭不二)라는 것이 김정희의 난초에 대한 생각이었다. 그렇다면 이 그림을 선란도라고 해도 될 것이다. 한갓 산야의 풀에 불과한 난초를 추사는 이토록 심오한 경지로 정의하였다. 김정희는 자신의 난초 그림 '불이선란도不二禪蘭圖'에 이렇게 써넣었다.

"난초꽃을 그리지 않은 지 20년, 우연히 그 모습 뽑아내니 성품이 하늘로 솟았구나. 문을 닫아도 깊이깊이 파고드니 이것이 바로 유마維摩의 불이선不二禪이다."(不作蘭花二十年 偶然寫出性中天 閉門覓覓尋尋處此是維摩不二禪)

유마는 불교 경전의 하나인 유마경을 이르며 불이선不二禪의 본뜻은 '난과 선이 둘이 아니다'는 것이다.

그러나 추사 김정희는 그 그림 왼편 한쪽에 이런 글을 더 써넣었다.

"초서와 예서의 기이한 글자를 쓰는 방법으로 난초를 그렸으니 세상 사람들이 어찌 알고 그것을 좋아하겠는가."(以草隸奇字之法爲之 世人那得知 那得好之也)

그러나 추사의 생각과는 달리, 기이하게 그렸으므로 세상 사람들이 좋아하는 것이 아닌가.

김정희와 같은 시대를 살았으나 그보다는 한참 선배인 서유구(1764~1845) 선생은 『임원경제지』「예원지」 화류花類 편의 '난화蘭花'에서 난초를 일명 향조香祖 또는 제일향第一香이라고 소개하였다. 모든 향의 으뜸이어서 향조이고, 식물의 향 가운데 제일이어서 제일향인 것이다. 그리고 그 생김새를 보다 상세하게 묘사하였다.

"산간 계곡에서 난다. 줄기는 자색이며 마디는 적색이다. 포생苞生하며 어린 싹은 부드럽다. 입은 맥문동처럼 푸르다. 굳고 강건하며 사철 항상 푸르다. 한 줄기에 꽃 하나가 피는데 줄기 끝에 난다. 중간에 잎 위에 가는 자색 점들이 있는 것이 향이 그윽하고 맑다. 강남(양자강 이남을 말함)에서는 이것을 향조라고도 하고 그것과 짝을 이룰만한 것이 다시 없어 제일향이라고 한다."(生山谷紫莖赤節苞生柔荑葉綠如麥門冬勁健起四時常靑一荑一花生于莖端中間瓣上有細紫點幽香淸遠江南謂之香祖又以其更無偶匹稱第一香)

역사에 이름을 올린 이로, 난초를 가장 잘 그린 이는 흥선대원군興宣大院君 이하응李昰應이다. 그에 대한 일화가 아주 구체적으로 『근세조선정감近世朝鮮政鑑』에 전하므로 그한 편을 인용한다.

"흥선군興宣君 이하응은 재주와 지략이 뛰어났으나 집이 가난하여 죽도 잇지 못하였다. 성품이 경솔하고 방탕하여 무뢰한과 잘 어울렸다. 기생집에서 놀이하다가 가끔 부랑인들에게 욕을 당하니 사람들이 모두 조정의 벼슬아치로 여기지 않았다. 매번 여러 김씨에게 아첨하였으나 김씨들은 그 사람됨을 좋지 않게 여겨서 모두 냉정하게 대했다. 흥선군은 평소 난초를 잘 그렸다. 일찍이 수백 냥의 돈을 꾸어서 고운 비단을 사고 손수 난초를 그려 병풍 하나를 만들었는데, 그 꾸민 것이 매우 아름다웠다. 김병기에게 바치고 싶어도 퇴짜를 맞을까 염려하여 좌우 사람을 시켜서 완곡한 말로 바쳤다. 김병기가 받기는 했지만 한 번도 펴보지를 않고 바로 광에 넣어 버리자 흥선군이 크게 실망하였다.

흥선군의 맏아들 이재면李載冕이 똑똑하지 못했는데, 흥선군이 그 아들을 과거에 합격시키고자 하였으나 꾀를 낼 수가 없었다. 자신의 생일을 맞아 부인 민씨閔氏와 의논하고 비녀와 옷가지를 잡혀서 잔치를 차리기로 하고 기녀와 음악까지 불러 놓았다. 이에 앞서 김병기의 집에 가서 청하기를 '아무 날이 내 생일인데, 그대가 내 집에 와준다면 영예가 이보다 더 클 데가 없겠소' 하니 김병기가 답하기를 '말씀대로 하겠소마는 규재圭齋와 먼저 약속하시오, 만약 규재(=남병철)가 간다면 나도 가지 않을 리가 없소' 하였다.

흥선군이 크게 기뻐하며 남병철에게 가서 김병기의 말을 전하고 '규재 군이 만약 머리를 흔든다면 찬성(贊成, 좌찬성 김병기를 말함)도 오지 않을 터이니 한 번 거동하여 주기를 천만 간청한다'고 하니 남병철이 웃으면서 끄덕였다. 그날이 되어 날이 늦었는데도 김병기와 남병철이 모두 오지 않았다. 흥선

군은 초조해져서 연거푸 하인을 보내 청하였으나 김병기는
병을 핑계하고 남병철은 공적인 일이 있다고 핑계하였다. 홍
선군이 성사되지 않을 줄 알고 수레를 달려 직접 가서 김병
기를 청하니 김병기는 의관을 바로 하고, 한창 손님을 대하
고 있었다. 홍선군이 이르기를 '듣자 하니 병환이 있다더니
벌써 다 나았소?' 하고 물었다.

이에 김병기가 웃으며 말하기를 '내가 본래 병이 없었고
오늘 약속도 잊지는 않았소마는 군君은 종실이고 나는 척신
戚臣이오, 지금 주상께서 후사가 없어 안팎이 걱정인 이때,
척신으로서 아들이 있는 종실 사람과 사사로이 모임을 갖는
것은 오해를 받을 염려가 있으므로 감히 군의 집에 가지 못
하오. 내가 군에게 실언한 것을 후회하고 있소' 하였다.

홍선군이 크게 놀랐으나 그의 말이 뜻밖이어서 감히 더이
상 강권하지 못하고 잠자코 나오면서 이것은 반드시 규재(남
병철)의 짓이라고 믿었다. 곧바로 남병철에게 가니 남병철이
맞이하며 이르기를 '군이 와서 무슨 말을 한 것인가를 벌써
알았으니 입을 뗄 필요가 없소. 우리들이 비록 군(=홍선군)의
생일잔치를 먹지는 않았으나 영랑(令郎, 대원군의 아들 이하전을
가리킴)의 과거는 염려 마십시오'라고 하였다. 홍선군이 말이

막혀 두 번 절하며 '그대가 왕림하지 않으면 이놈은 집사람을 볼 낯이 없게 되오' 하였으나 남병철이 끝내 승낙하지 않으니 홍선군이 한을 품어 뼈에 사무쳐하였는데, 그 후에 이재면이 과거에 급제는 하였다.

그때 반역 모의를 고발한 자가 있어 잡아다가 몹시 족치니 말이 도정궁都正宮 이하전李夏銓에게 관련되었으며 연루자가 매우 많았다. 수모자 여럿을 수레에 매달아 찢어 죽이고 이하전에게도 죽음을 내렸다.

고종이 철종의 뒤를 이어 왕위에 오르고, 석파 이하응이 홍선대원군이 된 뒤에 대원군은 항상 말하기를 '규재圭齋는 아주 요행히 이미 황천객이 되었다. 지금 살아 있었다면 반드시 그 뼈를 추렸을 것이다'고 하였다."

대원군이 김병기에게 선물한 난초 병풍은 전해지지 않고 있다. 다만 대원군이 그린 난초 그림 가운데 몇 편이 지금까지 전해오고 있다. 그중에서 가장 간단한 그림 하나가 간송미술관이 소장하고 있는 묵란墨蘭이다. 묵란은 먹으로 그린 난초 그림. 이 묵란도에는 『주역周易』 계사繫辭 편의 한 구절을 빌려온 내용이 쓰여 있다.

"마음이 같은 데서 나오는 말은 그 냄새가 난초와 같다."(同
心之言其臭如蘭)

이 말은 본래 다음의 글에서 나왔다.

"두 사람이 한마음을 가지면 그 날카로움은 쇠를 자를 수 있
고, 마음을 한 가지로 하여 하는 말은 그 냄새가 난초와 같
다."(二人同心 其利斷金 同心之言 其臭如蘭)

문인들이 그토록 칭송하던 꽃이었음에도 어찌 된 영문인
지 고려와 조선의 시인들이 난초를 읊은 시는 많지 않다. 대
신 난초는 문인화나 전문 화원의 그림에 주로 등장한다. 매
화나 국화, 대나무처럼 흔히 볼 수 있던 것이 아니어서 그럴
것이다.

서유구(1764~1845)는 『임원경제지』 「예원지」 택종擇種 편
에서 이렇게 말하였다.

"우리나라 난초 꽃의 종류는 많지 않다. 화분에 옮긴 후에 잎
이 점점 짧아지고 향 또한 다한다. 호남 바닷가의 모든 산에

서 난다.”(我國蘭花品類不多移盆後葉漸短香亦歇生湖南沿海
諸山)

난초 전문가들은 말한다.

"호남의 산에 있는 난은 주로 소나무밭에 자란다. 본래 난은
소나무에 기생하던 것이고, 그늘에 산다. 하루 종일 햇볕을
받는 곳엔 자라지 않는다. 산으로 치면 아침 햇살을 잠깐 받
는 곳, 그리고 저녁 햇살도 잠깐 비치는 곳에 있다. 근처에 계
곡이나 저수지가 있어서 수분이 적당히 유지되는 곳, 그리고
산의 6~7부 능선에 주로 많다."

그러면 난초를 읊은 옛 시인들의 작품으로는 어떤 것들이
있을까? 몇 편 가운데 먼저 신흠의 시 '유란惟蘭'이 있다. 이
것은 단순히 경물을 읊은 것으로 볼 수도 있고, 행간에 함의
가 따로 있을 수도 있다. 함의가 있다면 그것을 알려주는 장
치가 가시나무이다. 자신의 외숙 송응개가 율곡을 비판하던
무렵에 지은 시였던가? "율곡 이이는 사림의 두터운 신망을
받는 인물이니 심하게 비난해서는 안 된다"라고 발언한 신

흠의 말과 견주어 보면 난초와 가시나무의 대비가 신흠이 살았던 당시 여러 인물 사이의 정치적 대립 관계와 시대상을 말해주는 듯하다. 당시 "율곡 이이는 임금에게 상소를 올려 조정의 신하들이 분열할 것을 염려하여 서로 화합시킬 것을 주문하였으나 항상 그의 말은 서인을 위주로 하였다. 그러나 같은 서인이었던 정철은 김효원을 비롯한 동인을 소인이라며 배척하여 공격하였고, 유성룡·김응남·이발·김효원이 서로 붕당을 만들었다고 공격하였으므로 유성룡은 벼슬을 버리고 안동으로 내려갔다. 율곡 이이가 병조판서가 되자 허봉을 중심으로 서인을 몹시 공격하며 홍문관에서는 율곡 이이를 송나라 왕안석王安石에 비유하기까지 했다."(『운암잡록』). 동·서로 갈라진 시초이다.

다음은 상촌 선생의 '오직 난초가 있어'[惟蘭유란]라는 연작시 두 편.

(1)
난초가 골짜기에 있음이여
향기 또한 높이 날리는구나
향기 어찌 성하지 않으랴만

가시나무가 곁에 있구나

惟蘭在谷

芳亦揚只

豈不烈烈

荊棘于傍

(2)

난초가 밭이랑에 있음이여

좋은 향기 또한 매우 높구나

잠깐 그것을 캐어 와서

그 향기를 내 감상하노라

惟蘭在畹

芳亦崇只

薄言掇之

響我佩服

(이하 3연은 생략)

　상촌 선생은 향기를 소리로 듣는 것이라고 하였다. 꽃향기
는 코로 냄새를 맡는 것인데도 옛 시인들은 그렇게 표현하지

않았다. 향기는 코로 맡는 것이 아니라 귀로 듣는 것이었다. 그래서 문향聞香이라고 하였다. 그런데 신흠은 2연의 마지막 행에서 난초의 향기를 響(향)이라고 하였다. 그것은 '울림'을 말한다. 난초의 향기를 난초가 보내는 '울림' 소리로 이해하는 것이다.

산골짜기 난초가 가득 밭을 이뤄 피었고, 난향蘭香이 물씬 번져온다. 그 냄새를 후각으로 맡을 게 아니라 굳이 귀로 들어야 하는 이유는 뭘까? 난초꽃이 전하는 말이 바로 향기라는 의미이다. 꽃은 말이 없으나 대신 향기로 말하고 있으니까.

산운山雲 이양연李亮淵(1771~1853)도 강희안의 『양화소록』이나 서유구의 『임원경제지』의 난화 편을 보지 않았던 걸까? 그는 왠지 우리나라 산야에 있는 난초는 난초가 아니라 난초를 닮은 풀이라고 하였다. 난을 채집하고 가꾸는 이들은 그것을 굳이 춘란이라고 한다. 그럼에도 시의 제목을 난蘭이라고 붙이고는 사람들이 캐어다 집으로 옮겨가니 제가 나고 자란 숲에 머물러 조용히 늙어가지도 못하노라고 말한다.

우리나라엔 진짜 난초가 없고

난초 비슷한 풀만 있다네
사람들이 잘 모르고 좋아하여
숲속에서 고이 늙지도 못한다네
東土無眞蘭
惟有似蘭者
世人錯相愛
不得老林下

　난은 언제든 난이건만 주로 봄에 꽃을 피우기 때문에 그리
부르게 된 것이라고 한다. 산운이 본 난초는 오늘의 춘란春
蘭 종류였을 것이니 그 또한 난초이다. 그럼에도 그가 굳이
난초가 아니라고 한 까닭은 무엇이었을까?

　이양연은 영조로부터 정조·순조·헌종·철종의 다섯 왕에
이르는 매우 긴 세월을 살았다. 호는 임연재臨淵齋 또는 산
운山雲. 76세의 나이로 삶을 마쳤다. 그의 나이 59세(순조 30)
에 들어서야 겨우 관리가 되었으며, 그 후 헌종·철종 시대에
비로소 높은 관직에 올랐다. 정조 시대까지, 그가 산 젊은 날
은 비교적 안정된 사회였다. 그러나 순조 시대 이후로는 세
도정치와 삼정의 문란으로 말미암아 여러 가지 사회적 모순

이 표면으로 드러나면서 혼란스러웠다. 그가 비관적인 시를 쓴 것은 대개 관직에 나가기 전, 불우한 시절이었다. 이양연은 비교적 젊은 나이에 처자식을 잃고 불우한 삶을 살았으므로 삶에 대한 그의 태도는 자못 비관적이었다. 그의 그런 모습을 알 수 있는 시 한 편. 추초(秋草, 가을풀)이다.

가을풀은 서리를 원망하지 말라
가을이 죽이는 것도 사는 길이니
도리어 땅에서 다시 살아나는데
인생은 풀만도 못한 것이라네
秋草莫怨霜
秋殺亦生道
却從地上蘇
人生不如草

그는 나이 서른을 넘기면서 율곡 이이의 글을 읽고 '나의 길이 여기에 있다'고 말하면서 크게 마음을 바꾸었다고 한다. 율곡의 학문 세계를 접하고 경이롭게 생각했으면서도 이양연은 현실 사회에 대한 비판적인 시각을 갖고 있었다. 고통 속에 사는 백성들의 삶을 깊이 이해하고 있었고, 그것을 시로 써서 백성들의 고통을 대신하였다. 그는 67세 때 자신의 삶을 정리하면서 직접 시집을 엮었다. 그것이『임연당집臨淵堂集』이다. 또 그와 별도로 내용은 거의 같으나 표제만 다른『산운집』이 있다.

그러면 따뜻한 남쪽 땅, 유배지에서 다산 정약용이 본 난초는 어떤 것이었을까? 그의 '아름다운 난초' 시는 세 편으로 된 연작시이다. 이 땅의 난초는, 그저 난초를 닮은 풀이라고 했던 이양연과는 또 다른 눈으로 난초를 표현하고 있다.

(1)

아름다운 난초가

저 산비탈에 돋아났네

참으로 아름다운 내 친구

덕을 지녔으니 반듯하여라

달리 좋아하는 게 어찌 없으랴만

그대 생각을 정말 많이 한다네

蘭兮猗兮

生彼中陂

友兮洵美
秉德不頗
豈無他好
念子實多

(2)
아름다운 난초가
산비탈에 돋아났네
요즘 사람들처럼
빨리 변하지 않는
그대를 잊지 못해서
내 마음은 어쩔 줄 몰라

蘭兮猗兮
生彼中丘
凡今之人
不其疾渝
念子不忘
中心是猶

(3)

아름다운 난초가

쑥대밭에 돋아났네

시들고 무성한데

누가 김매고 손질해 줄까

그대를 잊지 못하여

내 마음은 애달픈 걸

蘭兮猗兮

生彼蓬蒿

萎兮蕤兮

誰其薅兮

念子不忘

中心是猶勞

　　다산 정약용의 '아름다운 난초'에 대한 찬미는 유별나다. 반듯하고 덕을 지닌 아름다운 벗으로 난초를 그리고 있는 것이다. 그런데 다산의 난초 시에는 향기가 빠져 있다. 향기를 말하지 않았으나 향기 없는 난초를 말했을 리 없다. 난초의 그윽한 품격과 향기를 덕과 인품이 훌륭한 인물로 바꾸어 표현했을 뿐이다. 즉, 난초를 닮아 늘 변함없는 덕을 지닌 인물을 빗대어 표현한 것으로 볼 수 있다. 그래서 원제에는 '벗을 기다린다'는 구절이 들어 있다.

조선 중기의 시인 최전은 매화와 난초를 동류로 보고, 일부러 매화나무 아래에 난초가 있는 풍경을 즐겼다. 매화와 난초 모두 은일隱逸의 군자를 가리키는 꽃이니 눈서리 내리는 날에도 꽃과 잎이 싱그러운 모습으로 그려져 있다. 아무리 그래도 매화, 난초를 화왕이라는 모란꽃에 비길 수 있을까? 모란이 매화나 난초를 이기지 못하는 것은 두 가지이다. 먼저 그 향기를 따라갈 수 없다. 그래서 꽃은 화려하나 벌과 나비가 찾지 않는다. 또 난초는 사철 푸르나 모란은 한 철에 피고 진다. 맥문동처럼 그늘에 자라고, 추운 겨울 뒤에 꽃을 피우니 그것 또한 매화와 같다. 모란에 비길만한 품격을 최전의 '매화나무 아래의 난초'[梅花蘭매화란]에서 볼 수 있다.

매화와 난초 잎 함께 은거하길 기약하니
향기로운 덕은 눈 서리 칠 때도 함께 하네
밝은 달 아래 어렴풋한 그림자 넘실대고
흐드러진 꽃은 모란의 자태 못지 않구나

梅花蘭葉共幽期
馨德同全霜雪時
疎影婆娑明月下
繁華羞比牧丹姿

최전보다 한 세대 전의 인물이었던 미암眉巖 유희춘柳希
春(1513~1577)에게도 '난초시를 짓다'[作蘭詩작란시]는 시가 있
다. 이 작품은 「미암일기」 초본에 의하면 선조 9년(1576) 1월
17일에 지었다. 양력으로 환산하면 대략 2월 중하순경에 해
당할 것이다.

예전에는 난초가 믿을 만하다 들었는데
실상은 없고 부질없이 모양만 기다랗네
그 향기 방안에 가득하리라 생각했는데
어찌 냄새만 방안에 가득할 줄 알았을까
유독 모기와 파리만 뱃속에 들고
송백과 언덕에서 함께 하지 못한다네
해와 달은 사사로이 비추지 않으니
마침내 추함과 향기로움 밝혀주리라

舊聞蘭可恃
無實謾容長
謂是香充室
那知臭滿堂
蚊蠅偏入腹
松柏不同岡
日月無私照
終明醜與芳

근세의 여류시인 최송설당崔松雪堂의 난초시는 골짜기에 핀 난초를 그리는 마음을 묘사하였다. 한 편의 수채화를 보는 듯, 그윽한 모습의 난초 무더기. 그 은은한 향기가 바람을 타고 멀리멀리 퍼지면서 사람마다 눈 가득 청향淸香을 볼 수 있기를 바라는 마음을 실었다. 다만 송설당은 문향이란 말 대신 눈으로 향기를 본다는 뜻에서 관향觀香으로 표현하였다. 이것은 존재론적 시각에서 나온 것이 아닐까? 그 향을 맡으면 근원을 찾아 난초를 확인하게 되기 때문에 '향을 본다'고 하였을 것이다. 최송설당의 난(蘭)이란 시이다.

푸른 단풍 계절에 장정은 떠나면서
품은 뜻은 오직 무리 지은 난초라네
그윽한 골짜기에 나는 걸 한탄하지 마라
맑은 향기 멀리까지 퍼져서 볼 수 있으니

青楓壯士去
所懷獨楚蘭
莫恨生幽谷
清香可遠觀

꽃이든 나무든 그들은 제가 나고 자라는 곳을 탓하는 법이 없다. 깊은 계곡에 있더라도 멀리멀리 향기를 전하므로 제 있는 곳을 한탄할 일도 없다. 그리고 우리가 흔히 보는 춘란은 다 한 가지인 것 같지만, 다르다. 잎에 무늬가 있는 것, 선이 길게 나 있는 것, 꽃이 흰 것, 자색꽃 등등 여러 가지가 있다. 조상들이 흔히 보던 난초도 바로 이런 무리일 터인데, "깊은 골짜기에 나서 피는 것을 한하지 말라, 맑은 향기 멀리서도 볼 수 있으니"(清香可遠觀)라고 표현함으로써 산속 계곡에 있는 난초의 청향이 먼 곳과 가까운 곳을 가리지 않고 진하게 이어주고 있어 읽는 이로 하여금 코를 벌름거리게 만들었다.

한편 신흠이 본 난초는 저수지가에 있었던 모양이다. 신흠의 시 '못가에서'[池上지상]라는 연작시 3수 가운데 첫수이다.

한 가닥 오솔길이 숲을 뚫었고
산비탈에 오두막 놓여 있다네
난초를 심어볼까 밭을 일구고
달을 담아보려 못을 파고 싶네
대나무 언덕에 돌아와 비파를 타고
향등 아래서 도리어 바둑을 두네
산가에 청아한 일 많이 있으니
차를 달이며 또 시를 쓰곤 한다네
一逕穿蒙密
懸厓有少茨
藝蘭仍作畝
貯月欲成池
竹塢還聽瑟
香燈却對棊
山家清事足

煮茗又題詩

  시인은 자연과 풍류를 즐기려고 산비탈 숲속에 초가집을 지었다. 밭을 일구어 난초를 심을 요량이다. 그 다음, '달을 담아두려 그 옆에 못을 파고 싶다'는 표현을 다시 보게 된다. 번뜩이는 직관력이 천재 시인답다. 대나무 우거진 언덕에서 틈나면 비파를 타고, 향기로운 난초와 달이 빛나는 밤에는 바둑과 친해지는 일상이다. 산속의 작은 집, 한가로운 삶 속에는 분주함이 있다. 차 달여 마시며 때로는 시를 지어 읊기도 한다. 이것은 아마도 상촌이 그려본 희망이었을 것이다. 이른바 안분과 지족의 삶을 갈망하였던 것이다. 요즘 사람들이 흔히 말하는 소소한 행복이란 이런 것일 터. 신흠을 비롯하여 난초를 바라본 선인들의 마음은 어떤 것이었을까? 이런 말로 요약할 수 있으리라.

 "담담한 가운데 맛이 있다."(澹中有味)

  다음 시는 상촌의 '정익지와 김경화를 그리며'[懷鄭翼之金景和]라는 작품이다. '익지의 이름은 홍익'이라고 따로 설명

을 붙였다. 친구 정홍익과 김경화를 가슴 가득 그리면서 상
촌象村 신흠이 지은 5언절구 한 편. 그가 그린 난초는 두 친
구를 대신한 것이다.

멀리 관하의 물 밖에 소식 전하노라

한평생 잊지 못할 정과 김이여

난초는 꺾여도 오히려 향기 있으니

어찌하여 세한심을 저버리겠나

迢遞關河外

平生鄭與金

蘭摧猶有馥

肯負歲寒心

차가운 계절에도 변하지 않는 마음을 세한심歲寒心이라
하였다. 멀리 떨어져 있는 두 친구에게 소식을 띄우는 형식
의 시. 난초는 비록 세찬 바람에 꺾일지라도 추운 계절을 견
디던 마음을 버릴 수 없으니 평생을 함께 한 마음을 변치 않
으리라는 다짐을 시인은 전하고 있는 것이다.

난초에 관한 문인들의 관심은 오늘에까지 여전하다. 시인

정지용은 난초를 이렇게 읊었다.

난초닢은

차라리 수묵색(水墨色)

난초닢에

엷은 안개와 꿈이 오다

난초닢은

한밤에 여는 담은 입술이 있다

난초닢은

별빛에 눈떴다 돌아눕다

난초닢은

드러난 갈구비를 어쩌지 못한다

난초닢에 적은 바람이 오다

난초닢은

칩다

다음은 서정주의 난초.

하늘이

하도나
고요하시니
난초는
궁금해
꽃 피는 거라.

이병기는 1939년 『문장』(3호, 4월호)에 '난초'라는 시조를
발표하였다.

빼어난 가는 잎새 굳은 듯 보드랍고
자줏빛 굵은 대공 하얀한 꽃이 벌고
이슬을 구슬이 되어 마디마디 달렸다.

본래 그 마음은 깨끗함을 즐겨 하여
정한 모래톱에 뿌리를 서려 두고
미진(微塵)도 가까이 않고 우로(雨露) 받아 사느니라.

도종환은 '난초잎'을 보고 이렇게 읊었다.

난초잎은 휘어져도

품격이 있다

꽃으로 화려하지 않고

잎으로 청초하게 한 생을 살다 가는데

열 잎이 꼿꼿해도

한두 잎은 휘곤 한다

그러나 휘어져도 격을 잃지 않는다

휘어져도

저를 키운 시간을

다 버리지 않는다.

상촌象村의 천부적인 시적 재능은 다음 작품에서도 잘 드러난다. 시인으로서의 직관력과 통찰력을 엿볼 수 있는 '달밤에 시내 위로 나가다'[月夜出溪上월야출계상]라는 작품이다.

낙엽은 비 오듯 쏟아지고

삭풍은 조수처럼 밀려온다

지팡이 짚고 혼자 문을 나서니

밝은 달이 다리 위를 지나가네

寒葉落如雨
朔風來似潮
扶節獨出戶
明月過溪橋

다만 이 시에는 꽃이 등장하지 않는다. 대신 바닷물처럼 밀려드는 저녁 바람에 비를 퍼붓듯 낙엽이 쏟아진다. 시인은 산가山家의 문을 나서서 밖으로 나갔다. 지팡이를 짚고 시냇가 다리 위를 건너간다. 그러나 시인이 다리를 건너는 것이 아니라 거꾸로 달이 다리 위를 지나가는 것으로 표현하였다. 사람의 움직임을 따라 달이 움직이는 모습을 '밝은 달이 다리 위를 지나간다'고 그려내고 있어 시인의 섬세한 관찰력과 직관적 묘사가 멋지다.

따뜻한 봄바람이 한 절기(15일)는 먼저 다가오는 남녘에서 매화가 한창일 즈음이면 동백은 이미 붉은 꽃잎을 땅에 흩뿌리며 이별을 고한다. 옛 시인들의 눈에 비친 동백꽃은 어떤 모습이었을까? 이첨李詹(1345~1405)[2]의 '배비서의 산다화

---

2) 이첨의 본관은 당진 신평(新平)이다. 호는 쌍매당(雙梅堂). 어려서 홍주 결성현에 살면서 아버지 이희상(李熙祥)으로부터 당송 시를 익혔으며 21세 때 국자감시에

시에 차운하여'[次裴秘書山茶花韻]는 동백을 노래한 시다. 동
백의 현란한 아름다움을 '동백꽃이 피어 바다 구름까지 붉더
라'고 하였다. 그야말로 아름다운 허풍이다.

전날 내가 봉래 동쪽에 유람할 때

동백꽃이 피어 바다 구름까지 붉더이다

비단에 수 놓은 듯한 궁전에 산호가지 비낀 듯

동짓달 추운 겨울 봄바람에 앉은 듯

그 뒤 세월이 바삐 흐르는 동안

가는 곳마다 보이는 건 전쟁의 깃발뿐

신선이 사는 곳과 속세는 길 막혀 소식 끊기니

그 꽃들 강바람에 절로 피고 절로 지리

요즈음 복사꽃 떨기에 눈이 어지러워

(중간 생략)

꽃 앞에 술 놓고 나를 머물게 하니

또 다시 묻노라 그 누가 주인인가를

憶昔探勝蓬萊東

◇◇◇◇◇◇◇◇

2등으로 합격하였다. 하륜, 권근 등과 함께 『삼국사략(三國史略)』을 지었으며 저생
전(楮生傳)을 지었다. 『쌍매당문집』과 『어초창화시(漁樵唱和詩)』(1권)를 지었다.

山茶花開海雲紅
珊瑚枝橫錦繡宮
仲冬坐我春風中
屈指歲月苦悤悤
旌旗雜沓到處同
仙凡路隔信不通
自開自落隨江風
邇來眼亂桃花叢
(중간 생략)

花前置酒留雙松
且問誰是主人翁

　앞에서 설명한 대로 산다화山茶花는 동백꽃을 이른다. 동
백나무가 차나무와 같은 과에 속한다는 사실을 너무도 잘 알
았던 옛사람들은 동백이란 이름 대신 산다山茶라는 명칭을
부여하였다. 동백나무와 차나무는 계통으로 따지자면 사촌
간이다. 아무튼 동백이 얼마나 붉었으면 푸르고 푸른 바다의
물빛을 닮아야 할 구름마저도 붉다고 했을까.
　조선 중기의 정치인이자 문인이었던 아계 이산해에게도

산다화 시가 있다. 그 자신이 전하는 이야기로 들어보자.

  황보촌(이산해가 유배되었던 울진군 기성면 황보리) 길가에 산다화(山茶花) 한 그루가, 뿌리는 언덕 위에 내리고 가지는 아래로 드리운 채 무성한 가시나무와 칡넝쿨에 뒤덮여 있었다. 내가 보고는 안타까워 종 바위 놈을 시켜 가시와 넝쿨을 베어내고 대나무를 세워 시렁을 만들어 받쳐주게 했더니, 푸른 잎과 붉은 꽃망울이 매우 사랑스러웠다. 실로 사물의 성쇠에도 모두 운수가 있음을 알겠기에, 느낀 바 있어 시를 지어 보았다.

  울진 황보촌 서쪽의 돌밭 곁에 서 있는
  가시덤불 속 산다화 한 그루가 빛나네
  가지와 뿌리가 마디지고 잎은 메말라서
  행인이 말 매고 동네 아이들이 마구 꺾네
  아계 노인이 지팡이 꽂아놓고 바라보며
  산다화 생각에 방황하니 곧 해가 기우네
  가시덤불 베어내고 더러운 흙도 치웠지
  대나무로 지탱하고 곁에 돌을 쌓아 돋우니

꽃도 감동하여 알았는지 의연하게 피어서

잠깐 사이에 바뀌어 예전 얼굴색 아니네

마름질해 잘라다 펼친 듯 새로 돋은 푸른 잎

진홍빛 꽃잎은 반쯤 토한 원숭이의 각혈

그윽한 향기 코를 감싸고 날뛰는 벌 나비

물에 드리운 붉은 꽃에 물고기 자라 놀라네

생각해보면 이곳은 옛날 예맥 땅이지

풍토가 원래 다른 동네만 같지 않아서

해마다 기후가 고르지 않고 괴로워서

식물도 본래 성품대로 잘 자라지 못해

매화는 꽃을 피워도 마치 살구꽃 같고

진달래가 많이 피어도 색깔이 짙지 않아

길가 산다화 가지 홀로 화려한 모습이라

흡사 붉은 문 옆의 계단 위를 올려다보듯

그렇지만 만물은 저마다 정해진 운수 있어

수목도 반드시 사람을 기다려 빛을 더하는 법

장안의 푸른 대나무는 백씨 노인(백락천)이 길렀고

정혜定惠의 해당화는 소동파가 사랑했다지

누가 알았겠나 이 꽃이 가시덤불에 시달리다가

아계 노인 한 번 만나서 빛깔이 배나 될 줄을
촌로들을 불러서 한바탕 취해 보면 어떨까
산다화 꼭대기에 광풍 불기를 기다리지 마라
이제부터 이 꽃을 몇 번이나 보게 될 것인가
사람의 일은 끝 없지만 인생은 유한하니까

黃保村西石田傍
一樹山茶照荊棘
根柯癰腫葉憔悴
行人繫馬村童折
鵝溪老人植杖看
爲此彷徨日將夕
剗去蔓棘掃糞壤
竪竹支撐旁疊石
依然花似感知遇
頃刻殊非舊顔色
綠葉新裁剪剪羅
絳萼半吐猩猩血
幽香繞鼻鬧蜂蝶
紅暉倒水驚魚鼈

因思此地古濊貊
風土元不數九有
年年氣候苦不齊
植物亦未全天賦
梅花縱開似山杏
杜鵑最夥色尚淺
繁華獨有路傍枝
恰似朱門階上見
雖然萬物各有數
樹木必待人增彩
長安叢竹白老養
定惠海棠蘇仙愛
誰知此花困榛莽
一遇鵝翁光價倍
擬招村老謀一醉
莫待樹頭狂風吹
從今此花看幾度
人事無涯生有涯

그런가 하면 조선의 문인 양성재도 산다시山茶詩를 남겼다.

누가 금빛 조[粟]와 가느다란 은빛 실을 가져다가
주홍빛 위에 촘촘히 박아 주발 안에 넣어놓았는가
이른 봄에는 복사꽃 오얏꽃의 시샘을 받지만
추운 겨울에는 눈서리도 침범하지 못한다네

이것 또한 겨울로부터 이른 봄 사이에 피는 동백꽃에 관한
이야기이다.(『양화소록』 산다화, 강희안).

고려 말에 윤이·이초의 옥사라는 정치적 사건이 있었다.
이 일에 연루된 이색과 이숭인을 이첨이 유배형에서 구해준
일이 있다. 그리고 공양왕 4년(1392) 정몽주가 간관인 김진양
으로 하여금 정도전 일파를 탄핵하도록 하였는데, 오히려 정
몽주가 이방원 일파에게 죽임을 당하고 김진양도 곤장을 맞
고 유배된 사건이 있었다. 이에 이첨도 연루되어 홍주 결성
으로 유배되었다가 나중에 경남 창녕으로 유배를 옮겨가게
되었다. 영산 서쪽 마고리에 우거하였는데, 거기에 소나무
두 그루가 있어 그 집을 쌍송雙松이라 하였다. 그 후 이곳을
몇 년 동안 떠나 있다가 돌아와 보니 소나무는 없어지고 매

화 두 그루가 남아 있었다.

이에 그 집의 이름을 '쌍매'로 고치고, 자신의 호도 쌍매당
雙梅堂이라 하였다. 위 시는 쌍송이라는 이름으로 부를 때
지은 것으로 보인다. 이첨은 당진 신평新平 사람이다. 어려
서 홍주 결성에 살면서 아버지 이희상李熙祥으로부터 당송
시대의 시를 익혔으며 21세 때 국자감시에 2등으로 합격하
였다. 하륜, 권근 등과 함께 『삼국사략三國史略』과 『저생전
楮生傳』을 지었다. 『쌍매당문집』과 『어초창화시漁樵唱和詩』
(1권)를 지었으며, 현재 당진시 송악면 오곡리에 그의 무덤이
있다.

그러면 이첨보다 2백여 년이나 먼저 살았던 이규보는 동
백꽃을 어떻게 그려내었을까? 이규보의 '동백꽃'이다. 어쩐
일인지 그의 시대에도 고려 백성들은 산다화를 동백이라고
불렀던 것 같다.

복사꽃 오얏꽃이 비록 아름다워도
바람에 흔들리는 꽃 믿기 어려워
송백은 아리따운 맵시 없지만
추위를 견디기에 귀히 여기네

이 나무에 좋은 꽃 있으니

눈 속에서도 잘 피어나네

가만히 생각하니 잣나무보다 나아

동백이란 이름 옳지 않아

桃李雖夭夭

浮花難可恃

松柏無嬌顏

所貴耐寒耳

此木有好花

亦能開雪裏

細思勝於柏

冬柏名非是

    송백松柏은 소나무와 잣나무이다. 둘 다 추위에 강한 나무이건만 아름다운 꽃은 없다. 그러나 동백冬柏은 이름대로 풀면 겨울잣나무이다. 시인은 그 이름에 주목하였다. 소나무나 잣나무를 전혀 닮지 않은 동백을 겨울잣나무라는 뜻으로 부르고 있으니 이름이 잘못되었다는 것이다. 그뿐인가. 소나무나 잣나무에게 이렇게 화려한 꽃이 없으니 잣나무란 이름의

'잣 栢(백)'이라는 글자는 더욱 어울리지 않는다고 보았다.

　다른 봄꽃들이 모습을 드러내기 전에 바닷바람에 피는 붉은 동백꽃은 혼을 쏙 빼놓기에 충분하다. 매혹적이고도 뇌쇄적이다. 복사꽃 오얏꽃이 아무리 고와도 동백에는 맞설 수 없다. 그 잎도 사철나무나 찻잎을 닮았고, 소나무·잣나무 종류가 아니다. 사철나무나 차나무를 닮았으니 차라리 동다冬茶라는 이름을 써야 더 적합할 것이다. 이래저래 동백이란 이름은 어울리지 않는다.

　동백은 대략 12월부터 피기 시작해 이듬해 3월경까지 핀다. 요즘엔 봄에 피는 동백은 따로 춘백이라고 부른다. 흔히 사람들이 하는 말로, 동백은 세 번 핀다고 한다. "가지에 한 번 피고, 바닥에 져서 다시 피며, 마음에 또 한 번 핀다."고 한다. 깨끗하게 쓸어놓은 마당에 송이송이 떨어진 동백을 바라보면 숨이 막힐 듯하다. 거기에 '사부락 사부락' 봄비라도 내리면 뭔지 모를 아릿한 감흥이 돋는다. 그 모습 사진처럼 마음에 들어와 앉으면 오래도록 동백은 마음속에 자꾸만 피고 또 핀다.

위대한 시인들의 사랑과 꽃과 시 ❷

무엇을 성찰할 것인가?

지은이 | 서동인

펴낸이 | 최병식

펴낸날 | 2025년 1월 20일

펴낸곳 | 주류성출판사

주소 | 서울특별시 서초구 강남대로 435 주류성빌딩 15층

전화 | 02-3481-1024(대표전화) 팩스 | 02-3482-0656

홈페이지 | www.juluesung.co.kr

값 21,000원

잘못된 책은 교환해 드립니다.

ISBN 978-89-6246-549-5 04810

　　　978-89-6246-547-1 04810(세트)